孔雀与蔷薇

米炎凉 著

图书在版编目（CIP）数据

孔雀与蔷薇 / 米炎凉著 . -- 南京：江苏凤凰文艺出版社，2019.4
 ISBN 978-7-5594-3331-2

Ⅰ. ①孔… Ⅱ. ①米… Ⅲ. ①长篇小说－中国－当代 Ⅳ. ① I247.5

中国版本图书馆 CIP 数据核字（2019）第 026625 号

书　　　名	孔雀与蔷薇
著　　　者	米炎凉
选 题 策 划	黄　山
责 任 编 辑	张　倩　王　青
文 字 编 辑	吴志群
装 帧 设 计	李　娟
出 版 发 行	江苏凤凰文艺出版社
出版社地址	南京市中央路 165 号，邮编：210009
出版社网址	http://www.jswenyi.com
印　　　刷	湖南新华精品印务有限公司
开　　　本	880 mm×1230 mm　1/32
字　　　数	221 千字
印　　　张	9.5
版　　　次	2019 年 4 月第 1 版，2019 年 4 月第 1 次印刷
标 准 书 号	ISBN 978-7-5594-3331-2
定　　　价	39.80 元

（江苏凤凰文艺版图书凡印刷、装订错误可随时向承印厂调换）

- 引子 /001
- **Chapter 1** 旧爱与新年 /005
- **Chapter 2** 放生与杀生 /023
- **Chapter 3** 美食与爱情 /041
- **Chapter 4** 空城与约定 /059
- **Chapter 5** 告白与期待 /081
- **Chapter 6** 城府与天真 /098
- **Chapter 7** 台风与月色 /111
- **Chapter 8** 噩梦与善举 /128

- **Chapter 9** 皮相与骨相 /146
- **Chapter 10** 美女与野兽 /161
- **Chapter 11** 流途与归路 /188
- **Chapter 12** 冷冽与热爱 /207
- **Chapter 13** 众生与独舞 /227
- **Chapter 14** 他城与故里 /247
- **Chapter 15** 孔雀与蔷薇 /268
- **后记1** 我不愿深情是场悲剧 /292
- **后记2** 温柔而暴躁的夏天 /296

引子

机舱内响起了一阵小范围的骚乱声。

登机已经近一个小时了,客机却迟迟没有起飞,乘客们将安全带系得齐齐整整,如同闷在机舱中的沙丁鱼罐头。

渐渐地,有人开始坐不住了,微胖的中年妇女用粤语不耐烦地抱怨:"我们怎么还不起飞?"

"是啊,该不是出什么大事了?"

过了一会儿,机舱内响起了广播的声音:"因为航空管制等特殊原因,本次航班起飞时间未定,请旅客们在客舱耐心等候。"

航空管制是航班延误时常用的官方理由,但"特殊原因"四个字甚有几分意味深长,耐人寻味。

孔雀与蔷薇

"有冇搞错啊？这要我们等到几时？"注重效率的香港人心怀不满，不吐不快。

拿着公文包的男子也抬腕看了看表，坐在他旁边的是一名年轻女子，她戴一顶浅棕色窄檐毛呢帽子，身上披着短款流苏披肩，坐在靠窗的位置，双手捧了本书，全程未发一语，仿佛与这一整个机舱的人都格格不入，却又孤独地美丽着。

早在候机厅，男人便注意到她了，她虽然被衣帽遮挡严实，但仅露出来的一点小脸白皙精致，身上有种干净清冷的美好气质。

接下来，男人惊喜地发现，她竟坐在他的旁边。难得遇到这么有气质的女人，她很安静，翻开一本书坐在那儿像一幅画，男人心里琢磨着怎么搭讪。

"小姐，你好像很淡定，不赶时间吗？"借着机舱那一点将要散去的热闹，他笑着问出了那句在心中酝酿了很久的话。

女人回过头，礼貌地笑了笑。

她依旧没有说话，可是，一双乌黑明亮的眼睛让人过目难忘，那是一双仿佛会说话的眼睛。

男人竟看得有些失神。

过了一会，舱门忽然被打开了。

在航空公司，是否准时关舱门是他们承担延误责任的标准，这时候，打开舱门基本上意味着他们在主动揽责。

与此同时，几个身着黑色西装的男人登机，个个看上去训练有素，他们面无表情、目不斜视地往前走，不知道发生了什么的旅客们面面相觑，却谁都不敢作声。

西装男走到一半停下脚步，为首的那个人露出了客气的笑容，对靠窗的美丽女子微微弯下腰："柳小姐，文先生派我们来接您。"

一直镇定或者说强作镇静的柳莹莹顿时面如死灰。

这两年，她尝试了无数次逃跑，可是，每一次都毫无例外地被人"接"了回去。

就像这一次，她默默地策划了那么长的时间，好不容易等到了一个好时机。她以为过了登机口，舱门关了，飞机就能够带着她远远地逃离香港，逃离他的禁锢，而他与她之间的情仇恩怨终有一天会随着时间的流逝烟消云散。

她以为生死不见，便再无瓜葛。

可是，她还是低估了他。她没有想到，他在这座城市已经只手遮天到如此程度，竟能控制航空公司，让即将起飞的飞机为他等候。

握着书脊的手泛了白，她一动不动地坐在那里，如一个美丽而又脆弱的瓷娃娃。

"柳小姐，请您不要为难我们。"

——呵，为难！她在心里冷笑。

"大家是不是有什么误会，这位小姐似乎不太愿意跟你们走，有事可以好好商……"一旁的公文包男想帮她说句话。

可是，他"量"字还没出口，便被对方粗暴地打断了："柳小姐，如果您不肯跟我们回去，这架飞机将永远不能起飞。"

机舱里的旅客已经开始议论了起来，声音越来越大，什么航空管制，原来导致航班起飞时间未定的不是"风雨""雷电"，不是任何危险，而仅仅是一个女人。

"真是自古红颜多祸水。"

"可不是吗？做人还是要有点自知之明，不要连累了大家。"

"叫空服员,问问这飞机还飞不飞了,不飞就退票赔偿。"

"……"

就这样僵持着,过了很久,柳莹莹终于下定决心般站了起来。

她轻轻地合上书,抱在怀中,跟着西装男走了出去。

那一刻,她不用想就能知道,接下来文浚那张英俊的脸上会出现什么表情——他曾和她说过无论你心系着谁,你都只能身老于此。他说,就算是死,你也只能死在我的面前。

他是掌控欲如此强的人,在他与她这场猫和老鼠的游戏中,他已然被激怒,绝不允许她一而再,再而三地挑战他的底线。

只是,她真的累了。

一行人的离去,让机舱迅速恢复了清静,旅客心里都在为解决了"麻烦"而欢呼喝彩吧!只有一旁那位起来让路的男人注意到,那个女子孑然一身,竟一件行李都没有。

他注意到的还有她的神情——是疲惫的、绝望的。

Chapter 1
旧爱与新年

01

莹莹几乎是被文浚拖着强行塞进车里的。

一九九二年,香港,莹莹兼职了很多份工,从发传单的小妹到街边小食店的洗碗工,辗转腾挪,休息日她便在旺角摆一个小小的卖花摊。

这是她做过最令人愉悦的工作,每一种花都有它独特的颜色、香味、花语,将不同的花朵加工、搭配过后似乎就有了不同的魅力。人们爱花,不仅因为它们鲜艳美丽,更重要的是融入人文的含义在其中,它们被赋予的意义。

花卉的颜色五彩缤纷,置身其中,让人心情也放松下来。

元旦的前一天,行人纷至沓来。

孔雀与蔷薇

小情侣们穿得十分精神，开心地在莹莹这里选走一束花。

莹莹也开心，因为阿良说兰桂坊有大型跨年晚会，约她一起去倒数跨年。

阿良的全名叫魏子良，是莹莹的初恋男友，为了这次约会，莹莹早早地收了摊，去他们常去的小食店打包了他最爱吃的咖喱鱼蛋。

她素白着一张脸，穿一条厚棉布裙子，孤身站在街口等啊等，终于等到了姗姗来迟的魏子良："对不起，莹莹，我迟到了。"

"没事的，我也才到。"莹莹善解人意地将咖喱鱼蛋藏到身后，冷掉的咖喱鱼蛋就不好吃了。

与此同时，魏子良的身后冒出一个头来："还记得我吗？"

莹莹一愣："芷君？"

杜芷君是魏子良的朋友，据说他们打小就相识了。

莹莹对她不算熟悉，只是一年前经由魏子良介绍，有过一面之缘。

这天，杜芷君新烫了头发，穿着打扮也和以往大不相同，乍一看变化很大，莹莹几乎无法辨认出来。

眼见她光鲜亮丽的模样，莹莹不自觉地低头看了看自己身上旧的棉布裙子，那是母亲秦淑雅亲手给她做的，有一些年头了，如今被衬得十分寒酸。

魏子良并未察觉莹莹的小心思，小声对她说："我见芷君没事，就喊她一起出来热闹热闹，你不介意的吧。"

莹莹连忙摇头，三人上了一个小坡，往兰桂坊的方向走去。

入夜之后的兰桂坊永远灯红酒绿，歌舞升平。

为了迎接节日，兰桂坊布置了巨大的舞台，电视台的工作人员操作着偌大的机器在直播现场盛况，很多市民和外地游客挤在那里，等着倒数跨年。那盛景用"万人空巷"来形容也不为过。

莹莹长这么大从来没有见过那么多人，各种发色、肤色的人，个个面带着喜庆，挤在高楼间狭长的街道上。

大概也是因为人多，还有一些警员在现场维持秩序。

晚会进入新年倒计时的时候，好像越来越多的人涌了进来，夹在酒吧与餐馆之间短短的一条街道被挤得水泄不通。

一时之间，欢呼声沸反盈天，从上俯瞰像是一场暴动。

节日永远给人放纵的理由，更何况是这种辞旧迎新的日子。

也不知是谁先开始喷射彩带，有人带头用打火机点燃了报纸，有人喷洒酒和汽水，更疯狂的人索性把自己手里的酒瓶、包包抛向了空中。

一切好像忽然之间失去了控制——

被重物砸到了的人哀号、尖叫，有人愤怒地还击，各种语言交织在一起。

伴随着倒计时结束的声音，有一个游客跌倒了，然后是第二个、第三个……

仅有的理智尚存的人举起手来高呼"大家都不要再挤了，有人摔倒了"，意图控制住场面。

可是，没有用，声音几乎瞬间就被其他巨大的人声淹没和吞噬。

莹莹被拥挤的人群推搡着，一度差点跌倒，又被身前结实的人墙挡了回来。自己才站稳脚，她就迫不及待地大喊："阿良、芷君，这边人多，你们小心点儿。"

半天没有人回应。

莹莹察觉到不对，猛地转回头，只见黑压压一片人头攒动，并没有魏子良和杜芷君，显然，他俩不知何时已经被人群冲散了。

莹莹顿时慌了："阿良，阿良……"

她喊着男友的名字，声音被掩盖在满世界狂欢和混乱得仿佛末日到来的尖叫声里。

她在人群里跌跌撞撞地寻找着男友，终于看见了那道熟悉的身影，这一刻，她忘记了杜芷君，忘记了所有，哪里还顾得上什么狂欢，一把拉住他的手奋不顾身地往外冲。

本来是她牵着他跑的，可男人腿长、个子高，在跑步中很占优势，很快就跑在了前头。

那样多的人，那样喧闹混乱的场景，她不觉得害怕，因为那只结实有力的大手紧紧地握住了她的手。一路上，他都用他有力的手臂挡开人流，保护着她，避免她被人撞倒。

两个人几乎用尽全力才冲出人海。

可是下一秒，莹莹气喘吁吁地望着眼前这个人，傻眼了，他穿着与魏子良相近的衣服，同样个子高，近看甚至比魏子良更加挺拔修长一些——

可他不是魏子良，是她在混乱里认错了人。

这个与她在数万人里紧紧牵着手逃亡的，是一个陌生的男人。

02

太丢人了。

诧异很快被尴尬和没有找到男友的失望取代，莹莹心里突突地响起了鼓点，手像被灼烧到一般，慌乱地放开那个人，一张小脸写满真诚和歉意："对不起，我认错人了。"

酒吧里传出音乐声，迷离的灯光揉进无边的黑夜中，他们身后的喧嚣、嘈杂如潮水一般，涨至高处，尚未退去，节日的气氛最大程度地笼罩着香港这座光怪陆离的城市。

男人微蹙着眉，一言未发。

莹莹心里过意不去，可眼下她没有太多时间解释了，道歉后，便像一头豹子一般往回冲。

文浚眼明手快，将她细小的胳膊拉住："你去哪？"

声音是低沉有力的。

"我男朋友还在里面，我要去找他。"也许是因为刚刚的奔跑，也许是因为焦急，她的气息不稳，鼻尖在这冬日的香港沁出了一层薄薄的汗。

夜色那么浓，将她姣好的面容掩饰得有几分朦胧。

"里面混乱一片，这时候进去找人，怕是找死还差不多。"

他说得没错，现场一片混乱，就连霓虹都仿佛是幻影，男人的声音却一丝不乱，反而有种清冷的嘲讽。

与此同时，救护车的声音由远及近，跌倒的人似乎是遭遇了人群踩踏，受了伤，已经被隔离了起来。

可是，他的话和这一切并没有把莹莹的理智唤醒，她像个宿醉之人："你放开我。"

这句话她几乎是咬着牙从喉间发出来的，她的声音本如珠玉相撞般清脆，此刻却带了沙，似有些哽咽。

文浚不是一个耐心好的人，这会已然不悦，她要送死，他何必多管闲事，可是，思及刚刚她和他一起经历的生死逃亡，就这么由着她犯傻，多半要出事……

她越是挣扎，他越是不放。

孔雀与蔷薇

不料，这个毫不领情的女人忽然低下头，一口咬在他的手背上，咬得非常用力。

他吃痛地闷哼："你属狗的吗？！"

他的手一松，莹莹便不要命似的往前奔去。

很快，她就在警卫那里被拦住了。

她双手合十，低声哀求道："叔叔，放我进去吧，求求你了，我和我男朋友走散了，我得去找他。"

若是平常，警卫哪扛得住柔柔弱弱又异常漂亮的女孩这般求情，可是，里面已经有人员伤亡，特殊时候，绝不可能再让任何一个人以身犯险。

见那女孩固执地死死纠缠，警卫也很为难，手几乎放到了腰间的电棍上。

"别找了，亲爱的，我没事的。"一个高大的身影笼罩下来，长臂一伸一揽便圈住了她的肩，将她的头使劲往怀里按的那只手上有一个血红的牙印——刚刚为了逃脱，她咬的时候用了力，此刻沁出的血珠正往外滚。

男人面上带了一丝笑，对警卫说："不好意思，女朋友担心我出事，给你们添麻烦了。"

说完，那个该死的男人竟在她挣扎之际，当着警卫，用嘴封住了她的嘴，将她那句"他不是……"封在了唇间。

警卫摇了摇头，青春真好。

那是一九九三年的开端，兰桂坊高楼林立，城市的夜空璀璨耀眼，巨大的彩色气球飘在空中，有烟火，有歌声，有喧哗，有眼泪，有呐喊，有宣泄，有挣扎，有哭泣，有新生，也有死亡……

一天之间,阅尽世间百态。

一个错误,拉开一生的故事。

03

莹莹发誓,她生平从未见过这么专横的人,被丢进车里的那一刻,几乎是下意识地反手去开车门。

可没有用,车门和车窗无一例外地被锁得死紧,显然对方对她的一举一动,早有预料和设防。

而罪魁祸首面色平静地看着她。

车内的光线并不明朗,可是就在刚刚,莹莹借着灯光隐约从轮廓中看出这是一个英俊的男人,只是,这个人与她无冤无仇,甚至可以说素昧平生,为什么非要阻挠她。

不能乱了阵脚,莹莹强迫自己冷静下来,语气放平缓了一些。她试图说服他:"先生,我刚刚认错了人,我已经道过歉,我知道你是好心,但是,我真的有重要的事,所以,麻烦你放我下车。"

还是第一次听到有人说他好心,他嘴角噙着一抹淡淡的笑,让他冷峻的面孔有一丝危险迷乱的气息:"如果我说不呢?"

"你为什么要这样做?"

"可能因为今天天气好,不想看人自寻死路。"这人理直气壮,吐出这句话,不由分说地发动了车子。

"你……要带我去哪?"莹莹蒙了,"你怎么可以这么不讲道理,如果阿良出了什么事情,我这辈子都不会原谅你的。"

"……"文浚置若罔闻,直接把她当成了空气。

车子拐了个急弯,一脚油门开进了医院,他把她扔到医生面前,语气嘲讽又刻薄:"看看她脑子是不是有病?"

莹莹瞪了他一眼,在医院明亮的灯光下,才真正看清他,这个人眉眼漆黑,神情骄矜,经历了这场混乱,依然人模人样、衣冠楚楚。

虽然说,人不应该分三六九等,但眼前这个人怎么看也不像是和自己属于同一阶层的人。

医生也是个年轻男人,和文浚是熟人,他看了看莹莹,目光却落在文浚的手上,暧昧地说:"敢情我们文总文少爷大半夜把我叫来医院,就因为手被女人咬了?"

文浚给了他一记眼刀:"少废话,她脚受伤了,检查完她的脑子后,也顺便给看看。"

莹莹心里一惊,文浚怎么知道她的脚受伤了?当时扭到的时候,她一心只想往人群里冲,连自己都顾不上痛。

欧阳医生让她卷起裤脚。

莹莹将脚抬起来一看,果然脚踝扭伤,高高地鼓起了一个包。

那是非常难熬的一夜,在医院里折腾一番后,已是夜里三点。

莹莹一瘸一拐地走在马路边,这条路与兰桂坊全然不同,马路寂静无声,别说是车,这个时候几乎连个人影都没有,唯有路灯没精打采地亮着。

她心里发起愁来,这可怎么回去。

身后响起了一阵汽车鸣笛声,文浚将车开到她的面前,降下车窗,声音淡淡:"上车吧,女壮士。"

"不用了。"她一字一顿地说,"我自己可以走。"

一方面,她是真的不想再麻烦他,另一方面,"女壮士"三个字刺激了她。

"你是不是特别喜欢做不自量力的事？"他用火柴点燃了一根烟，火光亮起时，照着他格外幽深的一双眼睛，像一座湖，他的脸部线条几乎可以用优美来形容，火光熄灭后，烟头便剩下腥红的一点，在夜色里忽明忽暗，格外妖娆。

"但是，这与你无关吧。"不管怎么样，气势不能输。

"我说最后一遍，上车。"烟抽到了一半，他的耐心好像已经消失殆尽，几乎用了命令的口吻。

也许是被他骇人的气势吓住，莹莹最后还是拉开车门，坐了上去。

他们一路无话，到了学校。

莹莹来不及回自己的宿舍，而是先去了男生宿舍，可是，魏子良没有回来。

母亲总说，莹莹遗传了她的死心眼，认准了的事，便会一条路走到黑。

莹莹在宿舍门口苦等了一夜，天亮的时候，宿舍楼下值班的大爷看到她将自己抱成小小一团，缩在门口，说："同学，这大清早的，你在这干吗呢？"

莹莹脚上本来就有伤，蹲久了又麻又痛，可是，身上的痛都不及对阿良的担心。

这一夜，文浚也没有睡好，他抬起右手，目光定在上面，嘴角扬起一抹微不可见的弧度。

这只手被一块素色手绢缠了一圈，绑了一个结。

两个小时前，在医院处理完柳莹莹的脚踝之后，欧阳说要给他的手也做个简单的消毒包扎一下，当时，他扫了柳莹莹一眼："我看要

孔雀与蔷薇

打几针狂犬疫苗？"

莹莹显然也听出他在拐弯抹角地骂她，她敢怒不敢言地把钱包里的钱都拿出来摆在桌上，文浚自然不知道这是她这一天卖花的全部收入，只听到她对欧阳医生说："今晚麻烦医生了，这是我和他的医药费。我……先走了。"

然后，她便一瘸一拐逃也似的离开了。

欧阳拿起桌上面值不大但整整齐齐的一沓钱，在手上拍了拍，心中不无感慨，文浚带来的女人竟然会主动付医药费，还真是头一次见。敢情她还不知道文总是什么身份吗？

她人一走，文浚也拒绝了包扎，只说小伤不碍事，就跟了出去。

香港各方势力盘根错节，这个时间段一个女孩子走在街道上，自是不会安全到哪去。

文浚开车将她送回了学校，有趣的是，她之前一直拒绝上他的车，可是，车子停下后，她却没有迫不及待地下车，反而向他握方向盘的手微微俯过身，说："麻烦把手抬一抬。"

她的身上有淡淡的花香，他不知道她要做什么，却像受了蛊惑一般，鬼使神差地抬起手。

确切地说，他想知道她要做什么。

"别动。"她不知从哪变出一方手帕，小心翼翼地在他的手上包了一圈，然后轻轻地打了一个结。

马路上开过一辆摩托车，按说，平时这个时间路上是不会有车的。有一瞬，刺眼的摩托车灯透过玻璃将他们的车内照亮。

她微微低着头，垂着眼睑无比认真地帮他包扎着那个被她咬出来的伤口，她的头发微微有些凌乱，额前有两缕黑发滑落下来，将她白暂精致的脸衬得更小了，仿佛还没有他一只巴掌大。

这一刻，时间仿佛静止。

她的面容那样温良，眼神也是柔和的，与那个牵着他在混乱里疯狂奔跑的她，以及那个拼了命也要去寻找男友的她，完全判若两人。

他手背上的血迹已经凝固，被她仔细地包在手帕内，而他的眼神，也有一瞬就那么凝固了。

"包好了，这几天不要碰水，不然，会留下印子。"她缓缓地抬起头，说话的声音将他的思绪拉回来，"伤好了后，手绢丢了就行。"

见他没应声，她打开车门，风灌进来，将他吹得清醒了一些，她的声音和着风声响起："谢谢你送我回来，以后我们互不相欠。"

此刻，文浚坐在家里豪华的卧室沙发上，咀嚼着这几个字——互不相欠。

一双漆黑的眸子，越发深邃。

然后，他左手指尖一扬，扯掉了手上的手帕。

这是一方浅蓝色的手帕，上面绣着她的名字——柳莹莹。

他简单地把手帕叠成方形，整整齐齐地放好，去洗手间冲干净手上的血迹。

04

家世显赫、根深叶茂的文家在半山和浅水湾都有房子，祖宅位于九龙塘，主楼是三层楼独栋的老别墅。爷爷是香港赫赫有名的人物，有格局，也懂得享乐，年轻时干出的都是让人口口相传的大事，买这里的时候，连着这附近中意的地皮都一块买了，不到五十岁就退休在

与孔雀蔷薇

家享受生活。

房子修建的时候,用的便是当时顶级的材料,爷爷过世前,给后辈留了话——文家在,这座宅子便在。

文浚的房间在主宅二楼,这天他起来得格外早,家里的帮佣还在忙着准备早茶,见了他,说:"二少爷早,今天想吃什么?"

说这话的人叫小秋,她和细细一起在文家做帮佣有些年头了。

"父亲起了吗?"

"起了,老爷最近天天早起去跑步,可勤快了。"小秋指了指院子里的林荫大道。

文浚顺着她手指的方向走过去,走了一会儿,果然在成荫的绿树下找到父亲的身影,男人穿着一身运动服,脖子上挂着一条毛巾,有种不怒自威的气场。

文浚小跑着跟上去,喊了一声父亲。

男人没有停下脚步,他的步伐沉稳,气息不乱:"无名湖边那块地怎么样了?"

"我去实地考察了,是块好地。"文浚回道。

父子俩跑了两圈,吃过早茶后,负责起居的细细手里拿着一个衣架走过来,衣架上挂着熨烫好的洁白的衬衫:"二少爷,这件衣服袖口……"

"细细,有事改日再说。"文浚站起来往外走去。他是个讲究的人,衣服永远熨得笔挺,这方面一直由细细他们打理,没出过什么岔子,他也从不过问这些。

司机已经将车开到了门口。

管事的张妈数落了细细两句:"细细,什么事慌慌张张的,跟你说过多少遍，小事情不要去烦少爷们。"

"张妈，我洗衣服的时候，发现二少爷这个衬衫袖口的扣子掉了一颗。"细细在这个家这么多年，自是知道少爷们的衣服，小到一粒扣子可能都是国外的大设计师定制的，她就算把全部工钱拿出来，也赔不起的，她委屈地说，"但真的不是我弄掉的。"

"先放着吧。找机会我和他说一说。"张妈到底是老到些。

没有等到魏子良的莹莹，在食堂小小的黑白电视上看到兰桂坊的新闻，才得知这场狂欢酿成的惊人惨剧，听到死亡人数多达二十一人时，她不禁打了一个寒战，汗毛都要立起来了，电视上公布了伤亡的人数和名单，所幸没有魏子良的名字，她终于长长地舒了一口气。

可是，她高兴得太早了。

就在下一秒，一个熟悉的名字映入她的眼帘：杜芷君。

莹莹和杜芷君虽然算不上很好的朋友，但毕竟她是魏子良的小青梅，而且他们共同经历过可怕的一夜，于情于理，莹莹都应该去医院探望她的。

莹莹找了很多家医院，才找到杜芷君住院的地方。她提着果篮愣愣地站在病房门口，不知应该先迈哪只脚——她竟在这里看到了那个她疯狂地寻找和等待了整个晚上的人——魏子良。

莹莹感到鼻子一酸，她担心他，疯狂地寻找他，从昨晚到现在，饭都不曾吃过一粒，而他呢，他握着别的女生的手，眉目温和如画，满脸微笑宠溺。

莹莹的身体遏制不住地发抖，手中的果篮掉落在地上。

"莹莹，你来了。"穿着病号服的杜芷君闻声朝门口看了过来魏子良也回头看到她，他似乎张嘴想喊她的名字，却没有发出声音。

他们静默地对峙了一分钟，那一分钟，莹莹脑海中闪过很多自己与他相处的画面——她刚来香港，不会讲粤语，他耐心地教她发音；她寻找父亲，遇到了骗子，是魏子良帮了她，还有……那次溺水，四面八方的水，无穷无尽地灌进耳朵、鼻子，水压让耳边响起轰隆隆的声音，脚下却像踩着虚无，人开始脱力，越是奋力扑腾和挣扎，身体越失重，是他游过来，用有力的手臂拉住她，抱着她上了岸。

……

可是，那些画面都在这个瞬间成为碎片，她忽然明白了一切，他对她做的一切都是出于善良，也仅仅是善良。

他从来没有说过他爱她，是她一厢情愿地以为他为她做的一切是因为爱。

而今，他用眼神和行动在她面前承认了他的心。

莹莹弯腰将散落一地的水果一个一个拾起来，她心里痛得要命，也恨得要命，她多想拎着果篮朝他的头砸过去。

但她连那么做的理由和资格都没有，只是沉默而僵硬地把果篮放在他们面前的柜子上，然后转过身，默默地离开了。

她的步子渐渐变得踉跄，一直走到医院对面的马路上，拼命伪装起来的平静终于沉沉地塌了，就仿佛那种溺水的感觉又汹涌而来，压得她喘不过气来。

她单薄的肩膀瞬间垮了下去，双脚也像失去了站立的力气，颓然地蹲了下去，在人来人往的大街上呜咽起来，眼泪越来越多，最后终于放声大哭。

这医院里每天都上演着生离死别，眼泪是最廉价、最没用的东西了吧。

就这样,她哭了很久,久到有一辆车开到了她面前,都没有察觉。

05

茶色的车窗缓缓降下,从车里走出来一个戴着墨镜的男人,他微微俯身递给她一张纸巾:"你好,小姐,你叫什么名字?"

莹莹神情恍惚地抬起头,心里觉得奇怪,她并不认识他。

"我是一名星探,今天专程来医院观察哭泣的人,观察了很久,就属你哭得最好看。你愿意跟我去试镜吗?"他拿出一张名片,用两个手指头夹着,放到她的手上。

"星探"这个词,莹莹只在报纸和杂志上看过,她所处的那个年代的香港,娱乐业高速发展,巨星辈出,张国荣、周润发、张曼玉、钟楚红……这些名字好像突然之间就成了大街小巷家喻户晓的存在。

莹莹也在杂志上看到某某巨星因为逛街时被星探发掘,从此走上了星光大道的新闻!

来港之后,她偶尔听人和秦淑雅开玩笑:"你们家莹莹长得这么漂亮,将来要选上了港姐,没准还能嫁个富豪成为阔太,你就跟着享福了。"

秦淑雅总是苦笑着摇头:"选什么港姐,我只希望她以后找份稳定的工作,和一个好男人安安分分地过日子。"

"说得也对,别看那些明星富豪,家财万贯,生活混乱着呢。"

"……"

也许每个女孩心里都保有一份天真,用来做梦,魏子良也问过她:"莹莹,你的梦想是什么?"

孔雀与蔷薇

　　如果换作从前，莹莹一定会脱口说出自己的梦——"我想成为一名舞蹈家"，可是，现在……

　　莹莹想了想，回道："我希望能和喜欢的人白头到老，如果有闲钱，就开一家属于自己的花店，不用很大，足以养家就行。"

　　她以为自己是幸运的，因为她遇到了他，眼前人是心上人。

　　然而，魏子良不是她的良人，这段感情的终结如同一场夏日冰雹，兜头而来，砸在她的心上，她毫无防备，只能落荒而逃。

　　她是狼狈的吧，可此刻，已经顾不上体面了。

　　一九九三年的莹莹还是一个心无城府的小姑娘，心里也多少带了一些和魏子良赌气的成分——想要证明给他看，让他知道自己会变得更耀眼、更瞩目，那样，或许，他就会后悔没有选择她。

　　她又想，如果真的当上了明星，那么，是不是就有更多机会露面，有更多找到父亲的可能了。

　　莹莹用力抹了一把眼泪，站起来，上了墨镜男的车。

　　她的心中不是不忐忑的，好在试镜还算顺利，对方只让她对着摄像机做了几个表情，然后给了她一份合同。

　　合同是用A4纸打印出来的，有近十页，上面是笔画繁多的繁体字。

　　可能是因为流了太多眼泪，莹莹这会儿只觉得眼睛又涩又痛。

　　她这个人其实单纯得很，没来香港的时候，家里有过几年好光景，秦淑雅做生意忙不过来，她也经常在自家店里帮着卖衣服，客人们爱跟她讨价还价，她是个容易心软的人，别人三句两句，她就做出让步了。但有些客人，刁钻得很，你让了步，他还总觉得自己吃了大亏，每当这个时候，她就不跟他说话了，直接翻出进货单给人看。

　　秦淑雅的合伙人是个精明能干的人，她总说："莹莹，你这样做生意不行的。"

莹莹每次都一脸受教的样子,但就是不改。

后来,秦淑雅就不再让她接触生意上的事了,让她专心跳舞。

她这样的人怎么会懂合同里面的条条款款,看完一页就异常吃力了,心里也乱,后面匆匆扫了一遍,就抓过墨镜男递过来的笔,在上面签了字。

墨镜男满意地点了点头,让她回去好好休息,说养足精神才能拍广告。

莹莹揣着合同,不知为何,心里已经没有了来时的沉重。

她走出那幢灰蓝色的广告大楼,风在空气中流动,她的黑发被风吹起挡住了视线,又被吹开。

楼下有一棵巨大的圣诞树,上面挂了红色的袜子和小礼物,莹莹走到树下,忍不住伸手摸了摸挂在上面的礼物盒子。

可能上天终究会给每个身处绝境的人派发礼物吧,让她不至于心死。

莹莹回头望了一眼,心想,这就是她工作的地方了吗?

这样想着,她往回走的脚步就轻盈了起来,几乎是毫无意识地,她的脚就踩出了简单的舞步。

可是,只有那么极短的一刹那,她倏地顿住,然后全身变得僵直。不,她答应过母亲,也答应过自己,不再跳舞了。

如果舞蹈不能谋生,她家已经没有钱再供养她的爱好。

她摇了摇头,快步向前走去。

她并不知道,这楼上的某扇玻璃窗后面,有两双眼睛,正在看着她。

"她这是干吗啊?开心成这样?还真是只小白兔。"摘下墨镜的男人露出一双锐利的小眼睛,他将一份文件递给文浚,毕恭毕敬地说,"文先生,这是我们与柳莹莹的合同。"

文浚的目光片刻也没有从楼下那个身影上移开,直到对方消失在拐角,他才缓缓开口:"是她吗?"

他像是自言自语一般。

"她家住在哪里?"

墨镜男一时没反应过来,看了看手中合同上填写的住址,回道:"九龙城。"

Chapter 2
放生与杀生

01

没有去过九龙城的人很难想象在繁华的香港有这么贫穷的一个地方。

狭小老旧的巷子，矮小灰暗的建筑，曲折地延伸着，仰头看时，能看到头顶乱七八糟的线路。

晾晒的衣服经常湿漉漉地滴着水，地面也终年脏乱，到处可见废弃的家具和生活垃圾，就连空气也是潮的，散发着一股黏稠的霉味。

莹莹和母亲秦淑雅租住的房子就在其中，第一次来这里时，莹莹觉得触目惊心，她捂着鼻子想逃。

可是，秦淑雅说："就这里吧，打扫一下，挺好的。"

孔雀与蔷薇

好什么好。

她并不是穷苦人家出身的人，半生没有过过苦日子，又怎么会觉得这种地方好。

她不过是为了寻找父亲，甘愿委屈自己罢了。

十几年前，在她的家乡，她的父亲柳开明得罪了权贵，连夜离家，自此杳无音信。

整整两年，秦淑雅像失了魂，面容憔悴，消极度日。

后来，不知从哪流出柳开明偷渡去了香港的传言，秦淑雅忽然像变了个人，一反常态振作了起来，与人合伙做布匹和服装生意，家境也渐渐有所好转。

秦淑雅一心扑在事业上，店铺日渐壮大，陆续在她们家乡的城市开了好几家店，可是，在莹莹十四岁那年，她忽然把店铺悉数转让给了合伙人，散尽家财，用了前半生所有的人脉关系，不顾祖父母反对带莹莹移居到了香港。

莹莹这才知道，为了这一天，秦淑雅准备了多久——

毫无疑问，所有的一切都是秦淑雅为了寻找那个男人而做的铺垫。

在这里，她们租住的屋子又旧又小，不到二十平方米，里面摆了简单的生活用品后，连一张像样的床都放不进去，只能靠墙放一张铁架子床，上下铺，母亲睡在下面。

房子的窗小得很，玻璃是坏的，透着一点点光。

后来，莹莹买了一张大大的画报，画报上面是一扇面朝大海的窗，白色的窗棂，蓝色的天，海水在阳光下透着幽幽的蓝光。

她将它贴在上铺灰暗开裂的墙上，那就是她们家的窗。

与此同时，她在心里暗暗发誓，一定要努力，让母亲住上和画报上的一样、真正带大窗户的房子。

所以,当那个星探找上她的时候,她想不出一个拒绝的理由。

可是,这事是绝对不能让秦淑雅知道的,秦淑雅最怕的就是她像她爸一样好高骛远,一步踏错,终生歧途。

踩着铁架子床摇摇晃晃的楼梯,莹莹从枕头边拿出一个铁盒子,这是她们刚来香港的时候,母亲给她买的糕点盒子。

盒子是铁皮的,上面画着英国庄园,十分精致漂亮,莹莹舍不得丢,就用来装些女生的小东西。

她把合同放了进去,想了想,又怕母亲看到,拿出来准备先藏在自己的被子底下,这一拿一放之间,不小心打翻了盒子,哗啦一声,里面的东西掉了一床,有的从床上滚下来,落在了地上。

莹莹一一将他们捡起来,写着汉字的明信片,父亲的寻人启事,母亲送给她的礼物,儿时喜欢的发卡、珠花、彩色的发圈,还有一粒方形扣子。

事实上,莹莹也不知道这算不算扣子,那和扣子一样的东西小小的一颗,外面有一圈亮白精细的金属边,金属里面还镶嵌着两排闪闪发光、不知道是水晶还是碎钻的东西,没有镶东西的那面,纹路也是精致好看的,中间是通体透亮的绿,那种碧色,她长这么大,从未见过。

它实在不像她平常衣服上的扣子。

秦淑雅说,这是翡翠。

她做了很多年服装生意,却也把那扣子拿在灯下看了又看,不太确定地说:"这应该是一颗男式的翡翠袖扣。"

说起来,袖扣也来得诡异,一周前,莹莹差点与死神擦肩而过,她大难不死,带回了它。

孔雀与蔷薇

莹莹睹物思人,又忍不住想起了魏子良,脑海中清晰地浮现出那天的场景,心中一窒——

那天天气很好,暖阳照在碧绿的湖面上,淡而薄的一层,水流动时,湖面便泛起水银般细碎的光泽,层叠的、涌动的,像是新娘白纱的曳地裙摆,煞是好看。

湖边搭着简单的木板路,蜿蜒向下,路边草木长势颇好,有不知名的花躲在枝叶缝隙间慵懒地开着。而路面干净整洁,既不见残花,又不见落叶,像是为了欢迎谁的到来而清理打扫过。

魏子良在前面带路,她拎着一个浅蓝色的小桶亦步亦趋地紧跟在身后,桶里面用清水养着几尾游动的福寿鱼。

前些日子,秦淑雅碰到个热心肠的婆婆,听闻她们在寻找失散的亲人,建议她让家中小辈每年十二月十二日这天,去菜市场买九条福寿鱼放生。

婆婆说,这样会得到福报的,保不齐要找的人就出现了。

秦淑雅信以为真。

事实上,只要是关于父亲的任何事情,她都会信以为真。任何可能,她都愿意亲自尝试。

莹莹从没有见过比她更痴心的女人。

在这偌大的香港城,寻找一个失踪了十年、生死未卜的人谈何容易,一次一次的满怀期待,却换来一次一次的失望,秦淑雅终日沉默,头上添了银丝,面上的笑容越来越少。

莹莹觉得,也许她们这一生都不可能找到父亲,说实话,她对父亲已经没有什么印象,如果不是母亲拿着一张黑白照反复地看,她可能早已经不记得他的容貌了。

可是，无论如何，她都不忍心看到母亲伤心，当母亲的眼睛里闪着希望的光芒时，她就想，一定要努力不能让母亲流泪。

那天，临出门前，秦淑雅又仔仔细细地叮嘱了一遍："莹莹啊，婆婆说了，福寿鱼是淡水鱼，你可不能放到海里去。"

"妈，我知道了，放心吧。我一定给它们找一片淡水湖。"

可她哪里知道什么淡水湖，所幸魏子良是土生土长的香港人，他带着她穿过那些摩天大楼，穿过城市的心脏，在这里找到了一个淡水湖。

莹莹几乎是心情雀跃地走到湖边，她轻轻地弯下腰，小心翼翼地将小桶里的鱼连水一起倒进湖中："好了，你们自由了，游吧，游吧。"

鱼儿摇着尾巴，好像听懂了她的话般，一会儿就消失在深水中。

午间的阳光洒了少女一身，淡金色的，她有一头过腰长发，乌黑发亮，白蔷薇色的皮肤，眼睛如同宝石一般黑白分明，盈盈似水，往那碧水边一站，堪堪入画。

魏子良不禁轻轻地唤了一声："莹莹。"

"嗯。"

"你真好看。"

莹莹的脸一红，下一秒被他握住了手，说道："莹莹，你看，那边好像有人在钓鱼。"

莹莹顺着他手指的方向看过去，果然看到几个人，只是他们离得远，看不清楚他们的面容，只能依稀看出为首的人一身黑衣，个子却高，而在他们身后不远处停着一辆黑色的轿车。

"莹莹，你说，他们不会刚好钓走你放生的那些鱼吧。"

"不会的。"

"走，我们过去和他们说说。"魏子良牵着她往那边走。

"别去了,阿良。"莹莹适时地出声阻止,"这世上有人种花,有人摘花,有人放生,有人杀生,各自心安就好。"

02

百米开外,老刘恭恭敬敬地对为首的人说:"文先生,您看,在香港很难找到这种位置的净地了,放眼整个港城,也只有您能够拿下它。您觉得怎么样?"

老刘其实并不老,四十几岁,中等身材,中年男人的世故油腻在他身上都能看到。

"是块宝地。"文浚高大英俊,谈吐不俗,确实是个鹤立鸡群的男人。只是,他这人平日说话声音淡淡的,有一种与年龄极不相符的沉稳和清冷。

"您说得是,经您点石成金,可以预见这里未来的繁荣盛景,这是这片土地的荣幸。"老刘的笑容像是准备好的,贴在脸上,见文浚没有搭腔,连忙招呼湖边摆弄钓具的人,"嘉树,文先生来了,你还愣在那里干吗?快来问个好。"他又介绍说,"文先生见笑了,这是不才犬子刘嘉树。"

能和文家的人搭上点关系的人,多半是一只脚踏上了财富之门,因此,老刘才会让自己十三岁的儿子在他面前混个脸熟。

"文先生好。"刘嘉树正处于青春期,刚刚开始变声,声音有些他们那个年纪特有的沙哑,人倒也机灵。

"这河里都有些什么鱼?"

"就是一些草鱼、鲤鱼之类的。"刘嘉树回道。

"文先生平时工作繁忙,难得来一趟,我已经备好了渔具,您这边请。"

文浚看了一眼支在湖边的钓竿,竿尖一根透明的滞线纹丝不动地扎在水中。

他闲庭信步地走过去,坐在为他准备的椅子上,反手向后挥了挥。

几个人识趣地退了几步,不敢靠得太近,却也没有离得太远。

不多一会儿,滞线微微一动,水面上的浮漂立直并缓慢地下沉,文浚似乎是一个耐心的钓鱼人,他静静地坐着,整个人看上去都很放松,并没有心急地去扬竿。

他在等,等浮漂消失在水面的刹那,利落地转腕抬竿,手臂一抬,飞鱼入桶。

动作赏心悦目得让身后的人拍手称好,助理谢铭问刘嘉树:"看出来文先生钓的是什么鱼了吗?"

"是福寿鱼,福寿齐天,好兆头。"老刘抢在刘嘉树的前面回道。

"这种鱼也叫罗非鱼。"文浚的眼睛依旧盯着湖面,"如果湖中有其他品种的鱼类,最好不要放入它,它很强势,一旦在这一片水域里生存繁殖,它就会抢走其他鱼类的资源。"

老刘没有想到文浚会开口说出这样一番话。

混迹于名利场的人都有一套说话的技巧,通常都不说透,点到为止。

越是这样,越值得细细推敲,然后发现每一句话都蕴含深意。

老刘自是深谙这个道理。

倒是奇怪,刘嘉树经常来湖边钓鱼,每次带回家的也都是一些常规的品种,今天也是赶巧,居然让文浚钓到一条罗非鱼。

得亏老刘反应快:"物竞天择,适者生存。罗非鱼能抢占其他鱼类的资源,必有它的过人之处。"

此刻，老刘心里想，文浚在香港少年成名，而今不过二十六岁，却已经在各个领域混得风生水起，从他的强势与凌厉来看，他不就是一条罗非鱼吗？

03

清风拂过湖面，湖的对岸高耸着笔直的楼宇，一眼望去挤挤挨挨的，争先拔起，仿佛要耸入天际。而另一边依稀可见山峦，白云像一团团的棉絮飘着。

魏子良提议："莹莹，不如我们在湖面上划一会儿船？"

魏子良穿着一件白色上衣，高高瘦瘦，容颜胜雪。他眉梢那独属于少年的温暖常常不自觉地感染着莹莹。

湖边泊着几艘旧渔船，船上的油漆掉了大半。

莹莹还没坐过船，心里跃跃欲试，不由得点头应允："好啊。"

待魏子良解开绑在树上的粗绳，莹莹试探地伸出右脚，一只脚刚踩在船上，另一只没来得及踏上船，整艘船就向远处漂去。

虽然莹莹自幼练舞，身体平衡不错，但船漂得太快，船身又小，她一个踉跄，上前两步，船反而剧烈地摇晃着向前倾翻了过去。

"莹莹，小心。"

魏子良要拉船绳，可是已经来不及了，只听到扑通一声，是莹莹落水的声音。

"阿良，救命！"莹莹挣扎着，下意识地呼救，可是一张嘴，水就灌了进去。

魏子良也不会游泳，他小心翼翼地踩上那艘没有解开绳子的渔船，想将莹莹拉上来，然而，船被绳子牵制，无论怎么也够不到她奋力向上伸出的手。

眼睁睁地看着她挣扎，下沉，魏子良也慌了。

"救命啊，救命。"

好在这个时候他还没有完全丧失理智，朝着那些钓鱼的人所在的方向大声呼救。

老刘和刘嘉树他们都听到了声音，父子俩对视了一眼，刚要说什么，却发现文浚不知什么时候已经站起来，迈开长腿，朝着声源而去。

后来莹莹回忆起溺水的感受，四面八方的水，无穷无尽地灌进耳朵、鼻子，水压让耳边响起轰隆隆的声音，脚下却像踩着虚无，人开始脱力，越是奋力扑腾和挣扎，身体越失重。

一种前所未有的恐惧自莹莹心底升腾而起，她感觉氧气在消失，力量在流逝。

有一刻，她真的觉得自己就要死了。

不，她不想死，妈妈，没有了她，妈妈该怎么办啊。

那是她脑海里仅存的念头。

可是，好冷，大脑和身体的知觉被越来越多的水吞噬，世界陷入了漫无边际的黑暗。

过了好久。

直到……

直到水被划开，一双有力的手臂捞住她，抱着她上了岸。

是阿良吗？

阿良来救他了。

莹莹攀着那只手，想呼唤他的名字，可是发不出声音，她用尽了全身的力气想睁开眼睛，终于看到了一个模糊的身影——阿良的身影。

> 与孔雀蔷薇

白衣胜雪的阿良。

她放心地闭上了眼睛。

莹莹在医院醒来，魏子良坐在她的床边，说："阿姨，莹莹醒了。"

莹莹才知道这事惊动了她妈，秦淑雅说："阿良，你守了一晚，快去休息。我来照顾她就行。"

莹莹见魏子良的脸色十分憔悴，心中十分感动。如果说之前还有什么不确定，那么，就在那一刻，她想自己这一辈子都不会辜负这个人。

后来秦淑雅告诉莹莹，她从水里被救上来后，手里一直紧紧地握着的，就是那粒翡翠袖扣。

莹莹也觉得奇怪，湖里怎么会有这种东西。

秦淑雅认为这是吉兆，让她好好收着它，说是河神给她们的暗示。

莹莹心想，明明是湖，哪来的河神，可是，她什么也没说，只是牵了牵嘴角，对她说好。

而今，她双手捧着那颗翡翠袖扣，出了神。

04

周五，莹莹早早地从学校离开，因为下午要拍摄一个广告。

虽然已经不是第一次踏进这幢广告大楼，但莹莹还是和第一次来一样紧张。

几个工作人员将莹莹带到一个摆着摄像机、有很多布景的大房间，一个戴着黑色帽子、满是胡楂的男人从机器后面走出来，将她上下打量了一遍，说："衣服脱了吧。"

莹莹一愣，她从来都没有在人前脱过衣服，还好，今天她在里面穿了一件长袖衬衫。

她想了想，微微别扭地侧过身，慢慢地把外套脱下，露出里面有些旧的米色衬衫。

对方仍然不满意："还有衬衫。"

"就在……这里吗？"莹莹惊愕地张大嘴。

"就在这里。"那人提高了声音，似乎有些不耐烦了，"你新来的吗？要拍的是什么广告，没人和你说？"

"没……没有。"

"别愣着了，快点。"

莹莹拽紧自己的袖口，用了一些力，衣服已经有了褶皱，可是她的人没有动。

导演看向墨镜男："这新人你从哪里找来的，这么不懂规矩。"

墨镜男也有些不满："莹莹，快按导演说的做。"

"可是……可是，这里没有换衣间？"莹莹看着这屋里的两个男人，脸早已经像烧红的虾子，她能接受的最大尺度是脱一件外套，说什么也不肯继续。

末了，她弱弱地说："我可以不拍吗？"

墨镜男把她拉到一边："你这是闹什么别扭，你知道这广告有多少人等着拍吗？"

"对不起，我不拍了。"莹莹感觉自己一分钟也待不下去了，抓起自己的外套想往外走。

"柳小姐，你想清楚再决定。"墨镜男走过来，刚好站在她的面前，挡住了她的去路。

"我已经想清楚了。"

墨镜男冷笑："不拍也行，按合同，你应该赔偿公司五十万违约金。"

"你说什么，五十万？"莹莹惊呼，这才意识到自己被合同坑了，秦淑雅从小就教育她，天下没有免费的午餐，当年她爸会得罪地方权贵，就是因为他轻信了别人，以为可以发大财。

别说五十万，她现在连五十块都没有。

现在，她身在别人的地盘，对方又手握合同，人为刀俎，我为鱼肉，终究是无计可施。

莹莹急得浑身是汗。

文浚是被摄影棚里剧烈的吵闹声吸引而停下了脚步，他推开并未上锁的门，声音大得让里面争执的人全被吸引过去。

莹莹也抬起微微泛红的眼，望向他。

这天，文浚穿了一身淡灰色的手工西装，从衣领到裤脚，无一不熨烫得笔直挺括，显得身形愈加高大俊朗，眉眼里不是那日随意嘲讽的表情，而是一派威严冷峻，一双眼睛，犹如冬日湖泊般幽深。

他身后还站了个年轻男人，他转头对男人轻言几句，然后朝莹莹走了过来……

05

不等文浚走到莹莹的面前，导演就认出了他："文先生大驾光临，有失远迎。"然后，导演赶紧介绍，"哦，对，文先生，这是我们公司新签约的模特。"

"新人？"文浚居高临下地扫了莹莹一眼，并没有与她相认的意思，反而不满地说，"你们培养新人的眼光越来越不敢恭维了。"

这话让柳莹莹感到屈辱。

冤家路窄，竟然在这里又遇到了他，她低着头，不让人看到她赤红的双眼。

偏偏导演对文浚的态度与刚刚对自己的判若两人:"文先生说得是,我们这小广告公司的新人自然入了文先生的眼。"

"那就换人吧。"

对方一时没反应过来。

文浚忽然伸手握住莹莹的手腕,幽深的瞳孔在那张英俊的脸上像一湾冬日湖泊,他在小导演和墨镜男惊愕的目光中一言不发地将她从那黑暗的悬崖边带了出去。

"文先生,她和公司有约在身,您不能带走她……"墨镜男为难地跟上来,声音后半部分被隔在了门外,显然是文浚身后的年轻男人,阻止了他。

莹莹走在阳光下,文浚还拽着她的手,她竟一时之间忘记挣脱,只侧头望向他沉默清俊的侧脸。

直到他忽然停下脚步,松开她:"看够了?"

莹莹:"……"

她脸上的绯红还未散去,文浚觉得现在的她像一颗桃子,青春又健康,还有些可爱。

可是,莹莹实在不知道为什么总是会在自己最狼狈的时候遇到这个人。

是的,她承认,刚刚如果没有他,后果不堪设想。

可是,他有必要把话说得这么难听?

"不要以为你帮了我,我就会原谅你的无礼。"

"你怎么看出我需要得到你的原谅?"他挑眉,眼里的戏谑那么明显。

"我……"她竟一时语塞。

是的,他没有必要求得她的原谅。

虽然上次他将她送到医院包扎了脚,又将她送回了学校,证明他这个人其实不是太坏,可是,他也绝对不是什么好人。

"说实话,我很欣赏你这种盲目的自信。"

"彼此彼此。"莹莹实在没有心情和他周旋下去,她不知道自己这样从广告大楼里逃出来会有怎样的后果,心中充满了担忧,闷声往前走着。

"很想成名?"文浚跟上来。

她也懒得解释:"是啊。"

"模特这碗饭可不是谁都能吃的。"

"什么意思?"

"我以为意思不难理解。"文浚说完,兀自转身走了。

"什么人啊。"

莹莹郁闷地回去翻出合同,她仔细地看了几遍,越看越忧心忡忡,只后悔自己当时怎么就贸然签了字,心里知道这次自己惹上了大麻烦,可是又想不到解决的办法。

她就这样提心吊胆地过了一天。

秦淑雅几次见她心不在焉,关切地问:"莹莹,你是不是有什么心事?莹莹?"

"妈,你叫我。"

"你这孩子,最近是怎么了,一天到晚魂不守舍。"

母女正说着话,门外忽然响起了敲门声。

莹莹几乎是条件反射地走上去拦住了准备去开门的秦淑雅。

不怪莹莹警惕，这一片治安本身不是很好，她们住的房子平时鲜有客人。

这敲门声响得很不对劲，不知为何，莹莹有种不好的预感，想起自己在合同上填的地址，急急地竖起手指在嘴边比了一个"嘘"的手势，轻声说："妈，不能开门，千万不要开。"

敲门的人却很有耐心："柳小姐，请问您在家吗？"

全然陌生的男声。

这下，莹莹头皮发麻，心里更加害怕起来，她也想过他们会找上门来，可是没有想到来得那么快。

秦淑雅疑惑地看着她："莹莹，是认识你的人吗？"

莹莹飞快地摇头，轻声说："妈，我以后再和你解释。"

敲门的人见里面没有动静，并没有马上离开，他四处看了看，发现这个房子居然连像样的窗户都没有，看了看手中的牛皮纸袋，又折回门前，将它从门底的缝隙慢慢地推进去。

屋内的莹莹眼看着被一点点推进来的文件袋，十分防备地拦在她妈的面前，半天不敢动。直到听到门外的脚步声走远，她才小心翼翼地走过去，缓慢地、试探地把文件袋拿起来，解开封口的白色线绳。

做这个动作的时候，她把头躲得远远的，真怕从里面跳出什么来。

可是没有，莹莹十分惊愕地发现，那里面装的竟然是演艺公司的解约合同。

合同上广告公司红色的印章十分醒目。

06

莹莹飞快地打开门，门外早已经没有了人影。

她不假思索地追下楼去，一直追到楼下的巷子里才看到那道身影——来人醒目的黑西装和白衬衫与这条巷子显得格格不入。

可是，一晃，那身影便消失在转角。

莹莹焦急地喊道："先生，请留步。"

没有回应，那人显然没有听到她的声音。

"喂，你慢点啊……"

她加大了声音，那人终于闻声停下脚步，转过身看到喘着粗气追上来的她。

莹莹深吸了一口气，实在跑不动了，她用手撑着膝盖，觉得这个男人有些眼熟，可一时又想不起来在哪见过。

那人好像看穿了她的想法，主动自我介绍说："我叫谢铭，是文浚先生的秘书。"

他这么一说，莹莹终于想起来他是跟在文浚身后的那个男人："谢先生，您怎么……"

她想问，您怎么知道我家住在这里，又怎么会给我送来这份合同。

可是，她一时没喘过气来。

"我来是想告诉您，一切都解决好了，广告公司的人不会再来找您麻烦了，您放心。"

莹莹想起那个星探让她赔偿的样子，现在仍觉得心有余悸，五十万对于她和她的一家来说是个天文数字，哪怕是在早几年她妈生意鼎盛的时候，她也没见过这么多钱，可是，眼前的谢铭这样轻描淡写，仿佛只是谈论今天的天气一样。

正所谓"无功不受禄"，更何况她所受的是一笔巨款，她不由得警惕起来："谢先生，不好意思，冒昧地问一下，你们……"

她觉得自己的问题都有些羞于启齿，顿了顿："你们为什么要帮我？"

"文总交代的事，我们下面的人不敢多加过问。"谢铭十分礼貌客气，风度翩翩，全然没有他老板那样颐指气使的气质。

"文总？"莹莹咀嚼着这几个字，疑惑又加深了几分。

她知道他叫文浚，事实上，这并不是他第一次帮她了，他到底是什么人呀？

也许是因为想事情想得入了神，她没有看路，差点撞到了前面的墙上，她堪堪退了一步，看到墙面上贴的旧报纸，才猛然想起这个月忘了给母亲订报纸，母亲肯定等着呢。

她正要往回走，忽然，那张旧报纸上面醒目的头版新闻标题突兀地映入她的眼帘——文氏集团二少爷文浚留学归来参加文爷葬礼，百亿富三代表情沉痛。

看得出来，报纸已经发了黄，可见贴上去有一些年月了，旁边那张黑白照片更是模糊不清，中间还被撕掉了一块，露出灰白色涂着石灰的墙面。

莹莹只能从中隐约看出几个穿着黑衣、别着白花的人站在一片墓园中，肃静而悲伤。

来香港这些年，别的不说，文氏集团，莹莹还是知道的。

莹莹先前只觉得文浚专横霸道，有种浑然天成的、高高在上的优越感，而今想起他的衣着和做派，想起那个导演对他恭敬的样子，终于明白过来，原来他竟是文家养尊处优的二少爷文浚。

这些年，秦淑雅坚持订阅每个月的报纸，她们也在小报上登过父亲的寻人启事。

而文氏集团和文家人的新闻经常出现在财经版块和娱乐版块上。莹莹记得前段时间报纸上还登过文家大少爷和某个女明星的绯闻。

那时，她以为那些都是离她很远很远的世界，那些人是她想都不敢想、望都不敢望的世界里的人。

Chapter 3
美食与爱情

01

莹莹站在一幢摩天大楼下,抬头仰望时,阳光刺得她微微眯了眼。

他坐拥这样一幢高楼大厦,手中握着这个城市的经济命脉,也难怪好像五十万不足挂齿的样子。

莹莹小时候,有叔叔阿姨送她玩具,母亲就会问她回送叔叔阿姨什么。

就是这种从小养成的、你来我往的习惯,造就了莹莹不喜欢亏欠别人的性格。

有仇当然要报,但有恩也必须得还。

因为没有预约,她无法上楼找他,只能在楼下大厅等候。

也不知等了多久,她终于看到一个高大的、熟悉的身影从电梯里走出来,他的身后还跟着几个人。

莹莹发现,除了兰桂坊那一次,其余时候,她好像每次见到他,他的身边都是前拥后簇的。

"文先生。"来不及细想,莹莹连忙迎上去。

文浚看到她,似乎并不意外,只招手示意前台带她去他的办公室。

前台看上去也不过二十岁出头,穿职业套装,妆容精致,头发梳得一丝不苟,不笑的时候嘴角也是上扬的。她客气地伸手对莹莹做了个请的手势:"柳小姐,您请跟我来。"

她们坐的是观光电梯,上升到一定高度时,能够俯瞰半个香港城。

不仅如此,电梯里的空间开阔,直达室内。

数字跳到了"二十二",电梯停下,门徐徐打开。

两人一前一后地走了出去,莹莹找不到一个词语来形容她目之所及的空间,只觉得豪华、宽敞。

来港前,秦淑雅也有过几年生意鼎盛的时光,莹莹家里住的也是大房子。那个时候,她偶尔会和秦淑雅去参加一些聚会,见识过不少大场面,可是,那些都无法与眼前这里相提并论。

由于铺了地毯,莹莹踩上去,有点不真切的感觉,像是踩在棉花上。

这里的陈设并不复杂,沙发、茶几,还有一个博古架,上面摆着一些一看便知道价值不菲的古董和绝版书籍,细看这些东西,更是发现样样都不同寻常。

那前台姑娘介绍说:"里面就是文先生办公的区域,那边有游泳池和休息室,这一间是招待室,平时只招待贵客,您在这里等他即可。"

"好的,谢谢你。"莹莹心想,一间招待室都是这种规模,果然是有钱人的世界。

而前台姑娘的话让她有些诚惶诚恐,她不是什么贵客,只是一个欠他钱的人。

女人指着茶几上的精致糕点和水果说:"这些是为您准备的。"

若说对这里没有好奇,那肯定是假的,但莹莹是个有分寸的人,她不敢乱走乱碰,甚至没去碰那些点心。

她就那样枯坐着等啊等,等到大大的落地窗外的城市鳞次栉比地亮起了灯火。

千家万家灯火汇成闪烁的灯河,这样的角度,这样的灯影光色,把整个都市弄得如同明珠般耀眼璀璨。

就在这时,文浚终于出现了。

他显得有些疲惫,看到她,微微诧异:"怎么还没走?"

"我在等您。"柳小姐略显仓皇地站起来。

他微微松了松领带,走到她的对面坐下来:"找我什么事?"

莹莹一直觉得这个人身上有种说不出的优越感,而今近距离面对他,越发确定那是长年养尊处优、高高在上的环境造就的气质。

在这个环境里,即使他坐着,依然让她觉得被一种无形的压迫感笼罩着。

她将早已经准备好、捏在手里的一张纸递过去:"文先生,我收到了您派人送来的解约合同,这是那五十万的欠条。"

"哦?"他意味深长地看着她。

"对不起,我没有那么多钱,也知道自己一时半会儿可能还不上,但不论多久,我都一定会还给您的!"说着,大概她自己也觉得自己冒失,而这个期限遥遥无期,所以她的头微微垂了下去。

孔雀与蔷薇

文浚望着面前的女孩,才二十岁出头,年轻,漂亮,或许是因为肤白,或许是因为瘦削,让她整个人看起来有几分柔弱。

然而此刻,她举着那张欠条站在灯光下,双眼亮晶晶的,漾着剔透的光,又好似有种不达目的不罢休的勇敢,让文浚饶有兴趣地眯起了眼睛。

文浚的生命里从来不缺少女人,从上学开始,因为围在他身边的莺莺燕燕太多,获得各种外号。

可是,眼前这个女孩倔强的样子,不知为何,突然令他的心微微一动。

或许,早在兰桂坊跨年夜,她为了找男友不顾性命地往险境里冲,或许那一夜在车里,她温柔地帮他包扎伤口时,他就已经被吸引了。

又或许在更早更早以前……

他身边那些人,那些所谓上流社会的人,个个有头有脸、人模人样,谁不是玩得起、放得下,他们或许可以为了所谓的爱情不要脸,但绝对没有人可以为此不要命。

兰桂坊那次,文浚初时还挺好奇莹莹那个所谓的男友是谁,后来一回想,他们其实有过一面之缘——那天在无名湖边钓鱼听到有人呼救,他跳进水中救人。

溺水的女孩被他捞上来放平躺在地上,估摸着呛了不少水,人已经昏迷,一张小脸苍白。

"把她的腿拉直。"文浚冷静地对扑上来大喊"莹莹"的男生吩咐,一边轻轻地翻过莹莹的身子,让她俯卧,随后垫高了她的腹部。

在国外念书时,他经常和欧阳去游泳,欧阳是学医的,给他科普了不少救生知识,没想过有天会派上用场。

他和她一样全身湿透,黑发滴着水,白衬衫贴在皮肤上。

老刘战战兢兢地把外套送上来:"文先生,您的衣服……"

他打断他:"过来帮忙。"

魏子良见文浚将双手平放在莹莹的背上,主动请示说:"我……我来吧。"

文浚没有正眼看他。

文浚宽大的手指隔着湿透的衣服,贴着她的皮肤,四指微微并拢,开始来回按压她的背部。

按了半天,也不见地上的人有反应,文浚停下了动作。

可就在大家以为他要放弃的时候,他却忽然拦腰将人反抱了起来。

在众人微微错愕的目光里,文浚从容不迫地用一只手提起莹莹的腰,另一只手轻轻地扶住她的头,让她的腹部的重量压在自己的膝盖上。

几个人不解地看着她整个人倒挂在他的身上,却一句话也不敢说。

或许是因为他的膝盖按住她的小腹,如此来回起落了几下,她终于吐出一口水。

文浚面上没有什么表情,暗里松了一口气,这才将她重新放回地上,只是说了三个字:"送医院。"

跨年夜那天虽然混乱,可他一眼就认出了她,可能多少有些为她不值,才会极力阻止她犯傻。

而此刻,他没有让自己陷入回忆中,修长的手接过那张欠条,看了一眼,然后在她惊讶的目光里,一点一点撕成碎片。

"您……"

"如果真想谢我,请我吃饭吧,我忙到现在还没吃饭呢。"他站起来,声线淡淡的。

"那好吧。"她没想到他会这样说,略显拘谨地问道,"您想吃什么?"

"你做东,你说了算。"

不知是不是她的错觉,她竟从他的语调里觉察出一丝孩子气来。

他怎么可能会孩子气呢。

02

不提起吃饭两个字还好,这一提,莹莹发现其实自己也早已经饿了。

文氏地处繁华的商业区,莹莹早上来的时候,就发现了这附近有不少豪华的餐厅。

这回文浚帮了大忙,就算她下血本请他去昂贵的餐厅吃一顿好的也是理所应当的,可她手里已经没有什么钱了,再说,他这样有身份的人,什么山珍海味没吃过。

莹莹边走边想着,两人已经不知不觉地走到她来时下车的地方,好巧不巧恰好这时有一辆电车开了过来,熟悉的嘀嘀声让她想也不想条件反射似的、飞快地跨上去,对文浚说了句:"快上来。"

因为有舞蹈基础,人又纤瘦,她的身姿格外轻盈,行动总是先于意识。

说完,她见文浚长身如玉地站在原地没有动,才想起自己忘了他身份尊贵,一向豪车代步的文二少怎么可能和她一起搭乘电车。

她十分后悔自己的唐突,脸一红,正要下车,却见他长腿一迈,跟着上了车。

红色的有轨电车嘀嘀地响着,载着他们穿梭在香港冬日的街头。

文浚找了最后排的位子坐下。

他身形修长,随意地坐在电车固定的座位空间里,显得座位格外拥挤。

两边的窗户都大开着，冬日的风吹进来，凉凉的，但也不觉得冷，很舒适。

莹莹一直想找点什么话说，文浚却难得地先开口了："和你男朋友怎么样了？他没事吧。"

他就这么猝不及防地提起魏子良，莹莹神情一暗，手不自觉地、一下一下地抓着衣摆："他没事。"

只说了这句，她就再也不说话了，气氛陷入了短暂的尴尬。

文浚笑了笑，转移话题："电影《阿飞正传》看过吗？"

莹莹摇了摇头，她知道《阿飞正传》，上映的时候，电影海报在报刊亭背面也贴了一张，是张国荣演的，可是，她忙于为生活奔波，哪有钱买票看电影呢。

文浚靠在椅背上，表情格外放松。

不管是站，还是坐，他身上永远有种不经意的、浑然天成的高贵气质，与这电车上的其他人格格不入："坐在电车上，想起苏丽珍和超仔沿着电车轨道散步聊天那一段，挺有意思的。"

在他看来，有些人只有沿着电车轨道散步聊天的缘分，但有些人不是。

如此想来，他心情格外好了起来。

事实上，柳莹莹发现他不讽刺人、不命令人的时候，其实人还挺不错的。

莹莹带着文浚去了自己熟悉的小吃街，这条街离学校不远，沿街食肆毗连，有卖煲仔饭、炸蚝饼、火焗排骨饭和云吞面之类的，香港的平价小吃应有尽有。

各家小吃店的生意都不错，一到夜间，俗世烟火的气息就格外浓厚。

文浚诧异:"我们就在这里吃饭?"

"是您说,我做东,我说了算的。"可能到了自己熟悉的环境,莹莹也放开了一些,虽然称谓上仍然客气,但没了之前在他办公室的拘谨,"反正您连电车都体验了,就尝尝我们这些平民的美食吧,没准觉得好吃呢。"

"你道理还挺多。"他哑然失笑。

莹莹没管他,先点了一些小吃,他显然是第一次来这样的地方吃东西,好奇又新鲜,竟胃口大开。

莹莹说:"这里每家的东西都不一样,我们每样可以少点一些,这样,就可以各家的东西都尝一下。文浚见她嘴馋的样子,说:"你平时都这样吃吗?"

"平时当然不是啊。"莹莹眼神一暗,她确实爱吃,爱,但得节制着。

学舞蹈的那几年,为了控制身材,她一直都不敢放开自己去大吃大喝,后来到了香港,这座城市的美食种类繁多,可是她经济变得十分拮据,更加需要克制。

可是,今天,她就是想不管不顾,放肆地去把所有她想吃的东西都吃一遍。

这些天,她没有办法告诉任何人,自从那天在医院见了魏子良和杜芷君后,她的心里就像是被人挖走了一块,空荡荡的。

没有爱情,那么用美食填满肚子也是好的。

她甚至要了两瓶啤酒,文浚也吃得非常尽兴,路过一家卖咖喱鱼蛋的摊子时,他居然屈尊主动上前,对她说:"看起来不错。"

莹莹一愣,现在这个人像个好奇的孩子,身上哪里还有一点文总的样子。

莹莹其实不喜欢鱼蛋，不喜欢咖喱的味道，可是魏子良喜欢。

想到这里，她苦笑，往嘴里灌了一口酒，说道："只是看起来啦，很多东西都是好看不好吃的。"

好巧不巧，这话传到了摊贩老板的口中，老板不乐意了："小姑娘，你这样说，我就不高兴了，我们家的鱼蛋不好吃，我不收你钱。"

文浚连忙把她拉到自己的身后，用粤语说道："老板，你别理她，她就是个傻女。"

"你才傻女。"酒壮怂人胆，莹莹也不管他是文浚还是谁了。

两人正闹着，忽然传来一个熟悉的声音："两串咖喱鱼蛋。"

莹莹一愣，她怎么会忘了，对这条街熟悉的人不仅仅是自己，当初第一次来，还是那个人带她过来的。

"不要回头看，不要回头看。"她拼命地在心里对自己说，可是，身体已经不受控制地、缓慢地回过头去。

映入眼帘的是她最不想见的那两个人。

03

魏子良轻轻搂着杜芷君的腰，杜芷君一只手端着一个透明的水果盘，另一只手正用竹签叉着一块西瓜往那高她一头的男生嘴里送，男生似乎很习惯这样的举动，张口将西瓜咬在嘴里。

"甜不甜？"女生声音娇俏，神采飞扬。

魏子良一边咀嚼，一边发出模糊的声音："嗯，很甜。"

眼里瞬间涌起一股热意，莹莹感觉自己的上牙轻轻地磕着下牙，微微有些发颤。

那就是她第一次喜欢的人，想要全心全意和他在一起的人，他们

与孔雀蔷薇

距离那样近,可是,是夜太黑了吗,她竟有些看不清他了啊。

"咦,那不是莹莹吗?"和上次在医院一样,仍是杜芷君率先瞧见了她。

"莹莹。"这一次,魏子良没再欲语还休,而是轻声喊出了她的名字。

既然避无可避,莹莹吸了吸鼻子,收住眼泪,与他们对视:"真巧,你们也在啊。"

她明明很难过,却努力掩饰自己的样子没有逃过文浚的目光,她脸上满不在乎,他却清楚地捕捉到她清润黑亮的眼底一闪而过的晶莹。

文浚心如明镜,却不露声色,只是于烟火迷乱的夜色中,自顾自地伸手揉了揉莹莹的头发,嘴角噙了一抹温柔:"吃饱了吗?"

那样的情景,那样专注而宠溺的目光,仿佛他的眼里除了她,其他一切都不过是闲事,足以羡煞旁人。

莹莹也感受到了他的注视和忽然变得亲昵的动作,微微有些不自在地想拂开他的手。

她心里乱糟糟的,不知道出于什么心态,还是不想魏子良看到自己与别的男人那么亲近。

可是,她明明没用力的,他却皱眉闷哼了一声。

"怎么了?"

"撞到桌子角了。"文浚答得快。

莹莹慌乱地抓过文浚的手去检查,他的手修长白净,骨节分明,指甲也修剪得整齐干净,只是,手背前不久被她狠狠地咬过,本来结了痂,这下好巧不巧地把痂撞掉了,露出了里面没有痊愈的红色伤口。

莹莹没想到会这样,自责地连声说对不起。

她哪里知道,就在刚刚,趁着杜芷君和她说话的时候,某人暗暗地,眉头也没皱一下地撕开了自己的伤口。

然后呢？

然后，就有了刚刚那一幕。

他旧伤加新伤，都是她造成的。

"对不起，我不是故意的。"心里的内疚无处可藏，让她的声音变得格外柔和，"那边有药店，我带你过去上点药。"

文浚喜欢看她对他心怀歉意的样子，有种说不出的可爱，她站得很近，身上有淡淡的甜香，在他的鼻间萦绕，让他心情愉悦。

前两次，他以为那是花香，如今却觉得比花香更淡一些。

"不需要，用这个就行。"他突然像变戏法一样伸出手，手心里静静地躺着一块淡蓝色的手帕，叠得方方正正、齐齐整整，正是当时莹莹在车里给他包扎时用的那一块。

"你还没丢啊？"莹莹讶异。

只是一块不值钱的手绢，她说过让他扔了的，可他堂堂文氏集团的二公子，居然将它细心妥帖地收好，还随身携带着。

"嗯，我怎么舍得。"他像催眠一样地说道。

语气在旁观的人看来已经非同一般，颇有些暧昧了，可莹莹太担心他的伤，身在其中，却没觉得气氛有点尴尬。

她把手绢接过来，和上回一样，仔仔细细地给他重新包好。

整个过程，文某人享受地凝视着，眼里的温柔更加不加掩饰，像海一样漫延开来。

注视着他们的还有魏子良和杜芷君。

他俩的举动在外人眼里要多亲密有多亲密。

其实，杜芷君一早就注意到了莹莹身边的男人，坦白讲，论外貌，她从小看到大的魏子良算是好看的人了,可是现在两个人站在一起一比,魏子良在气质何止输了一点。

这样想着,杜芷君有些不甘地剜了莹莹一眼,不冷不热地开口:"莹莹,这是谁啊?你都不介绍一下?"

"他是文……文氏集团的人。"莹莹一边回答,停下了手上的动作,"包好了。"

"文氏集团?你少骗人了,文氏集团的人会来这种地方。"杜芷君是真的不信,要知道文氏在香港几乎是传说一样的存在。

文浚什么也没说,只是对着隐在暗处的人使了个眼色。

忽然传来了一阵车声,一辆黑色的奔驰缓缓开进了这条狭窄的街,车身在斑斓的夜色中如一把利剑。

车上的人恭恭敬敬地下来,对文浚点头哈腰。

文浚拉开后座的车门,对莹莹做了一个请的手势。

这一刻的他,言行举止都透着一种英国绅士的高贵。

谦谦君子,不过尔尔。

杜芷君简直目瞪口呆,她想不通,才不过几天时间没见,柳莹莹怎么可能会认识文氏的人,而且这人看上去还来头不小。

何止是她,魏子良也觉得意外,他上前了一步,说:"莹莹,对不起。"

他不知道,这声道歉,莹莹等了很久很久,它来得那样迟。

莹莹忽然笑了,见文浚用手扶着车顶,她猫腰上了车,故作洒脱地对着车窗外的人挥了挥手:"没事,再见。"

文浚绕到车的另外一边,上车,关门,从始至终,也没有拿正眼看那两个人一眼。

司机摇上车窗。

轿车的空间很大，但文浚一上来，莹莹便条件反射地往车窗边微微挪了挪，现在的她，嘴里啤酒的味道交织着遇到魏子良他们的苦涩感，似乎散去了些。

她状似轻松地问出了那句忍了半晌一直想问的话："这车是什么时候开来的？"

"一直在。"文浚也说得漫不经心。

"啊，不会吧。"莹莹惊呼，所以，从他们坐电车起，他的人就开着车跟在后头了，而她，竟毫无察觉。

"你不喜欢？"他轻声问。

车窗外流光如梦，眼前人的眼神亦像那流光与夜色，像一场梦，不可信，不真切。

"没有。"

"带你去个地方。"

"去哪？"

"到了就知道了。"

04

不一会儿，车子开出了市区，开上了一条山路。

莹莹也很快感知到了车窗外景色的变化，鳞次栉比的灯火被寂静黝黑的树和群山取代。

在这种黑灯瞎火的夜晚，但凡有点安全意识的女人，被男人带到自己完全陌生又人迹罕至的地方，都应该感到不妙了，更何况因为对人不设防，刚被所谓的星探骗着签了合同吃过一次亏的莹莹。

"怕吗？"文浚似乎感应到了她的想法。

孔雀与蔷薇

"不怕。"莹莹认真地说。

她总觉得文浚不会害她,她也不知道这种没来由的信任到底从哪来的。

很多年以后,莹莹才知自己道行太浅,有些人越是衣冠楚楚、风度翩翩,越是危险。

他文浚并不是什么磊落之人,干出几件乘人之危的事对他来说又算得了什么。

可是,那个夜晚,是美好的。

文浚带着她登上了太平山顶,一下车,她就闻到空气里独有的山间树木的清新,有些陌生,但也有些熟悉。

莹莹喜欢海,也喜欢山,喜欢自然界的一切花草鸟兽。她幼年时去乡下的爷爷奶奶家,奶奶在山上种果树和蔬菜,她就拾松果,采野花,编一个花环戴在自己的头上,在大草坪上唱歌,跳舞。

她从小就是很有舞蹈天赋的孩子,还会自己跟山上的小动物学一些动作,大雁展翅,鱼儿摆尾……连老师都惊讶地夸她,说她有灵气。

如今,那些记忆,那些属于山、属于童年、属于故乡和亲人的记忆好像隔了半个世纪突然被唤醒。

文浚说:"这是 The Peak,这里能看到香港最美的风景。"

几个小时候前,莹莹刚刚被文浚办公室的窗口看过的美景惊艳过一次,可直到这一刻,她才知道什么叫一览众山小!

从山上俯瞰,香港的壮丽景色尽收眼底,迷人的维多利亚港、九龙半岛、香港市区,远一点的九龙山,都变成一片迷离闪烁的灯海。

为生活奔波忙碌的莹莹,从来没有机会认真去看、去感受这座繁华的城市。

这一刻,她觉得自己站在高处,却那样渺小。

平凡人的爱恨、生死、别离,在大世界里,都是微小的吧。

"在想什么?"文浚问。

"我的故乡。"

"是个怎样的地方?"

"没有香港这么美,那里没有海,有山,有江河,有盘子那么大的月亮,还有我的亲人。"

这样说着,她忽觉肩膀一沉,文浚脱下自己的西装披在她的肩上:"山上风大,小心着凉。"

莹莹吸了吸鼻子,受宠若惊:"我不冷。"

"穿着。"他的语气近乎命令,不容拒绝。

沉默了一会儿。他又问:"来香港多久了?"

"快六年了。"

"我和你差不多。"

"文先生不是香港人吗?"莹莹诧异。

"我是。但我在国外待过几年。"他淡然地说。

莹莹忽然想起她在报纸上看到文浚回国参加他爷爷葬礼的那条新闻。

不过,他没有和她多说,她也没有问。

05

两人就这样慢慢熟悉起来,他找她的次数越来越多,豪车停在校门口十分惹人注目,而他的人比那车更引人注目。

孔雀与蔷薇

女同学们纷纷探出头来，羡慕地问："莹莹，你男朋友吗？你在哪找了个这么有钱又帅的男朋友？"

"不是的。他只是……"他只是她的债主啊。

可是，她越否认，越被传得神乎其神。

她们哪知道，这个既有钱又帅的"男朋友"是来让她请吃饭的。

他半真半假地和她说："我可在你那里存了五十万的伙食费呢，还没吃完吧？"

什么叫人穷志短，莹莹这样就是。

她找不到一个合理的、可以将其拒之门外的理由，真是哭笑不得："这么多钱，一辈子都吃不完吧。"

那个时候的她可真是被贫穷限制了想象力。

"我不介意吃一辈子。"他答得自然轻松，仿佛一辈子于他不过一朝一夕，抑或只是弹指之间的事。

"不行，"莹莹想也没想，正色道，"我一定要赶紧赚钱还给您。"

"怎么？"他漆黑的眉眼原本是沉静的，露出微微受伤的表情，"那么不想和我一起吃饭？"

他这样说着，一张原本冷峻的脸上，带着点秋天月色般的忧伤。大概这也是不经意间的自然流露吧，可他太知道自己哪一面最让女人沉溺了。

"我不是这个意思。"莹莹傻傻地解释，"我只是……"

"你只是不想一直欠着别人……"他不假思索地把她没说出口的话说了出来。

"你怎么知道？"她错愕，有一种被人看穿的窘迫。

"我会读心术。"

没错,文浚并非一个有很多风流情史的男人,却是一个好的猎人,循循善诱,步步为营,直到猎物掉进他设置好的陷阱——

或许这就是上天赐予他们那样出身的人的某种天赋。

正好这个时候有人给他们上完菜,莹莹反手指指服务生的背影,嘴角一弯:"那你快读一下她在想什么?"

他没有接话,似在沉思。

"读不出来了吧,原来文先生也会吹牛。"

他却忽然看着她,目光灼灼烫人:"读心术只对喜欢的人才用。"

他是说……他……喜欢她?

莹莹半晌才反应过来,手上一慌,手中的筷子掉落:"文先生,我……"

他看着她手足无措的样子,觉得有意思极了,一边喊来那个离去的服务生重新送来一双筷子,一边说:"和你开个玩笑。"

莹莹不由得松了一口气,同时,心里隐隐有些空落落的。

他总是这样,说话半真半假。

莹莹有时候甚至觉得他看她的眼神里有深情,可是转瞬即逝,她知道那都是她的错觉。

可是,两个人吃饭是件很有意思的事,她经济拮据,哪怕每次都去吃小吃摊的食物,对她来说也是一笔不小的花费,她便买了两个金属保温盒,自己在家里做好,仔仔细细地装进去。

第一次拿出来给他时,她觉得不好意思,脸涨得通红,生怕被他嫌弃。

与孔雀蔷薇

  他揭开保温盒的盖子，铺在白米饭上的食物摆得一丝不苟，土豆丝、香干炒肉、菜薹，都是非常家常的中式小菜。

  "你做的？"他诧异。

  她点头，一双眼睛惊人的亮，又有点不好意思。

  "难怪这么惨不忍睹。"果然，他的嫌弃溢于言表。

  "不吃算了。"莹莹要把盒子收回来。

  "也没说不吃。"他端过饭盒，吃相永远那么优雅，却吃了个精光。

  后来，即使文浚在公司忙不过来，也会派谢铭去接她和他一起吃饭，谢铭说："柳小姐，我们负责订餐的助理让我问问你，你到底给文先生做了什么山珍海味，他现在对食物越来越挑剔了。"

  可是，在莹莹看来，他从一开始对环境对食物的挑剔讲究，变得"好喂养"多了，因为每天都在思考明天做什么菜，少了胡思乱想的时间，莹莹人也跟着变得开朗了些。

  秦淑雅很快就发现了莹莹每天都用两个饭盒带饭，以为她给魏子良做了一份，说："阿良是个好人。"

  是啊，他是个好人，却不是她的好爱人。

  秦淑雅看了看自家女儿，说："最近气色不错，胖了点儿。"

  女孩子哪个喜欢听到别人说自己胖，可是长辈刚好相反，总嫌自己的儿女太瘦。

  莹莹并没有意识到自己已经慢慢地从魏子良带给她的伤心中缓了过来，慰藉她的不知道是食物，还是文浚。

Chapter 4
空城与约定

01

周末的旺角,一眼看去,最先看到是红的、黄的、绿的、各式各样的广告牌,在那些广告牌下面有个并不引人注目的小角落,是一个小小的卖花摊。

莹莹还是和往常一样在此间忙碌着,花香在空气中弥漫开来。

对面新开了一家高级海鲜酒楼,生意很好,每天宾客络绎不绝。

此刻,二楼贵宾包厢挂着厚重的窗帘,丝绒帘子挨着地面,有一只修长苍劲的手挑起窗帘一侧,男人站在窗前,他戴了副金丝边框眼镜,紧闭着嘴唇,一半脸在正对着光,一半脸藏在阴影中,光影将他精致的五官勾勒出好看的弧度,让人想到四个字——粉雕玉琢。

他的另外一只手里拿了张照片,眼神却落在对面那不起眼的卖花摊上。

他身侧的女人开口说道:"看清楚了吗?就是这个女人,这阵子,除了必要的工作之外,你那个好弟弟文浚一有时间便成天和她纠缠在一起。"

"找人查过底细吗?"

"查过了,湘城人,现在和她母亲在贫民区住着,是来寻亲的。"

"有点意思。"镜片后面的眼睛似笑非笑,那明明是一双好看的桃花眼,却有些让人探不明的阴沉。

"小旭,我早就提醒过你,光顾着和文劲森较劲没有意义,你要提防着文浚,你就是不听。文浚的心思比你的复杂得多,城府又深,他才回国几年,文劲森已经把半数生意交给他了。你呢?说是要让你接手娱乐城,却挂了个闲职。"

文旭金丝边框眼镜后面的眸子没有一丝波澜,就那么无声无息地站着。

"你要是早点娶了简小姐,也许劲森还会对你另眼相看。"

"小姨。"文旭的眼里终于闪过一丝不悦。

"你别怪小姨多嘴,小姨也是为你好,明明你才是文家的大少爷,是他妈妈那个小贱人害死了你妈,我可怜的姐姐走的时候最放心不下的就是你了,现在这小狼崽又回来抢你的东西。"

"我知道怎么做。"文旭把照片收了起来,那只手指节微微泛白,食指上戴着一枚乳白色的鹿角手工狼头戒指,鹿角不是特别值钱的东西,只是那戒指似乎戴了很久,戒指指圈被磨得十分光滑,戒面上的狼头雕得极其精致，栩栩如生。

他长腿一迈，往楼下走去。

"先生，请问您需要买花吗？"莹莹把一枝剪好的白玫瑰放回小篮子里，她这里红白玫瑰最是好卖，买主大多都是年轻男人，就比如眼前逆光站在她的小花摊前的这一位。

这位的身后跟了个年长一些、戴着珍珠项链的女人，女人满脸挂着讨好的笑容，对男人说："简小姐喜欢粉玫瑰，你买了送她，她一定会很开心。"

男人的眼神却飞快地掠过各色抢眼的玫瑰，落在角落不太起眼的一束线捆马蹄莲上，那花因为无人问津许久，已经有些不新鲜了，被莹莹搁在了角落里，准备晚些时候丢掉，可是男人慢条斯理地开口说要买它。

"不好意思，先生，如果您要马蹄莲，您明天这个时候过来。"

"就这束吧，包起来。"文旭倒是有些好奇她为何放着生意不做，以为是那花已经有人预订了，扯了扯嘴角，说道，"我可以出两倍的价钱。"

"先生，坦白和你说，这花已经枯了，您买它，并不划算。"莹莹当然想赚钱，可是做生意也不能完全昧着良心。

她刚说完，那女人一句话堵住了她："让你卖，你就卖，哪那么多废话。"

他们正在僵持的时候，突然一个急促的声音传来："莹莹，快收摊，跟妈去个地方。"

"妈，我今天不是让你在家休息吗？怎么到这来了？"莹莹惊讶地对着跑得上气不接下气的来人问道。

"你爸有消息了。"秦淑雅的声音是急促的,可是脸上有一点掩饰不住的喜悦。

是的,也只有她爸爸的消息能让她这样了。

"这次是什么消息?"莹莹把手放在母亲的背上,来回几次帮她顺气,并小声地问了一句。

在寻找父亲的过程中,她们走过太多弯路,失望过太多次了。

"我听人说,在深水埭的窝棚底有个流浪汉,每天都咿咿呀呀地唱着一些别人听不懂的曲调,莹莹,你陪妈妈去看看。"

莹莹想说"那流浪汉怎么可能是爸爸,咱们要找我爸,但也要理智一点",可是,话到嘴边又咽了下去。

秦淑雅还在自顾自地说着:"我以前教过你爸唱花鼓戏的呀,他喜欢喝酒,醉酒了就会咿咿呀呀地唱起来。"

莹莹知道秦淑雅曾经是个花鼓戏演员,还会唱越剧。她不止一次和莹莹讲过她和柳开明的故事。

当年柳开明跟着他舅舅做学徒,陪他舅妈一家去看花鼓戏,唱的是湖南的名曲小品《刘海砍樵》。

秦淑雅开口唱"我的夫,你把我比作什么人",眉眼流转,顾盼生姿。

柳开明直愣愣地看着,他舅妈喊他去买水,喊了几声,他也没有听到。

舅妈平日就爱看戏,看完后,热情地邀请演员去家里玩。

喝茶聊天,光阴飞逝,演员离开的时候,不知道跑去哪里的柳开明突然冒出来,拿了一些水蜜桃塞了秦淑雅一个满怀:"这……这是我在树上刚刚摘下来的,新鲜的,很甜的。"

他满头大汗,脸几乎红到耳根。

小城莺飞草长的五月,空气中流动着植物旺盛生长的气息,夹着泥土和不知名花朵的芬芳。

都说五月杏,六月桃,七月梨,八月枣,这个时节,还只有最早一季叫五月脆的桃子熟了。这种桃子清甜多汁,最是好吃,秦淑雅欢喜地接下了。她手边没有什么东西,只有一把道具扇子,见他说话时不敢看她,就盯着那扇子,说:"那我把它送给你吧。"

这是他们的故事,一见钟情,投桃报李。

在柳开明离开后的很多个深夜里,莹莹从睡梦里醒来,还能听到母亲倚着墙咿咿呀呀地唱着……

莹莹在心里轻轻地叹了口气,面上却不露痕迹,说:"好,我这就陪你去看。"

说话间,她手中摆弄的动作却没有停下,既然客人执意要买那接近枯萎的马蹄莲,她也将利弊说明了,那么,她便不再坚持了。

她将花包好,双手递给客人,笑得礼貌又客气:"先生,您的花。"

02

这座城市日新月异,车如流水,马如龙,放眼望去,广厦千万间,遍地是黄金。只是,也并非人人都坐享着这盛世。在繁华的背后,还有不少无家可归的人连一个几平方米的"棺材房"都买不起,他们衣衫褴褛,露宿街头,被城市包容,也被繁华遗忘。

秦淑雅特意带着莹莹绕道去超市买了食物和水果,挑挑拣拣,全都是柳开明以前爱吃的。莹莹能够感觉到在去深水埗的路上,母亲的不安。她知道,母亲一定害怕那个人就是柳开明,怕他吃不好,睡不好,过得比她们还要落魄一百倍，可母亲更怕那个人不是他，那样，母亲便只能继续找下去，永无止境地找下去。

就这样，母女俩带着复杂矛盾的心情抵达目的地。

几经打听，她们才来到那个流浪汉经常露宿的窝棚。

这窝棚底下，有不少无家可归的人，他们有的佝偻着身子，面前放着一个碗，有的躺在地上，然而，无一例外的是，每一个人都衣衫不整，头发又脏又乱地蓬起来，身上散发着难言的味道，行人避之不及，让人心酸不已。

秦淑雅双眼瞬间红了，她一个一个辨认过去，最后对莹莹摇头。

不知是幸还是不幸，他们都不是柳开明。

莹莹还是把带来的食物分给他们，看着他们捧着食物狼吞虎咽，鼻头一酸。

也不知道为什么，她忽然很不合时宜地想起了文浚，想起了那栋摩天大楼里，他那个豪华得让人咋舌的办公室。

上天真是不公平，都是第一次做人，有些人注定一出生就拥有泼天富贵，而有些人唯有颠沛流离地讨生活。他们食不果腹，衣不暖身，无家可归事小，很多人有病都不能医……

她心里悄悄地喟叹了一声。

一想到文浚，莹莹马上抬腕看了一眼手上的电子手表，这一看吓一跳，竟然已经下午两点了。

完了，昨天文浚和她说，中午带她出去吃饭，下午顺便给一个做节目的朋友捧场。

莹莹虽然不知道那是什么节目，但她当时爽快地答应了他一起去。

文浚见她没有拒绝，似乎心情不错，说："那我到时派人来接你。"

怎么会忘了这事,她大力拍了拍自己的脑袋。

此时的文浚却坐在车里,眉头深深地蹙起,在他旁边空着的座椅上静静地摆着一个礼物盒子,盒子里装着一件小礼服和一套简单的首饰,是他亲自挑选的。

这天是叶柏伦的舞剧即将在香港首演的日子,文浚答应了冯苗苗去给他捧场。

冯苗苗是他姑姑的女儿,文家就这么一个外孙女,家里长辈和哥哥们都疼她疼得紧。上回见到她,她抱住文浚的胳膊:"二哥,你们男人心里到底都在想些啥?"

"怎么?和姓叶的小子发展不顺利?"文浚不动声色地拿开她的手,冯苗苗这个娇生惯养的小公主人生里唯一的烦恼来源就是叶柏伦。

这在上流社会早已不是什么秘密。

对此,文家人都乐见其成。

"别提了,柏伦现在比你还忙,他的舞剧快要首演了,一天到晚都在筹备,恨不得和那些舞蹈练习生同吃同住。"

叶柏伦和文浚是截然不同的人,文浚十几岁被送到国外念金融,天生便是要成为文氏接班人的,而叶柏伦不同,他祖上都是艺术家,所以他自幼便被艺术熏陶着。

"首演定在哪天?"文浚随口问道。

冯苗苗惊讶地说:"二哥这种分分钟做几千万生意的人,怎么突然对舞剧感兴趣了。"

文浚声音轻浅:"从什么时候开始,在你的眼里,你二哥已经满身铜臭,不能有点高雅的爱好了。"

冯苗苗连连摇头，故意巴结地说："不，我二哥那是英俊多金，往那一站就是高雅本人了。"

"……"

"对了，二哥有空去给柏伦捧场吗？"冯苗苗见缝插针地说，"我通知他，给二哥预留好座位。"

说着，她也不等文浚回答，生怕他拒绝似的，补上一句："说好了啊。"

"那你让他将最好的两个座位留着。"

"两个座位？"冯苗苗捕捉到了关键词，"二哥要带人去？难道是女人？"

说着，她暧昧地挤了挤眼睛。

与此同时，门口传来几声轻咳，两人抬起头，看到文旭站在那里，也不知道站了多久，文浚和冯苗苗异口同声地喊了一声："大哥。"

冯苗苗说："我正在和二哥说柏伦舞剧的事，大哥有空来捧场吗？"

文旭若有所思地看了文浚一眼，意味深长地说："这个家里谁都清闲不过我了，难得阿浚有空，一起去。"

文浚没太在意文旭话里话外的深意，他甚至没有去细想，如果文旭也去的话，柳莹莹这次与他这两位家人在所难免地见上一面是否妥当。

从冯苗苗提起舞剧的那一刻起，他的脑海中就一直萦绕着一个跳舞的身影，已经过去很多年了，可是，那一幕还是时常在他的脑海中浮现。

紧接着，他又想起那天在广告公司楼下见到的情形，柳莹莹不自觉地踩出却又倏地收住的舞步。

看得出来，这不是没有舞蹈功底的人会做出的举动，如果她会跳舞、喜欢跳舞，是什么让她却步？

03

歌舞大剧场竟座无虚席。

二十世纪九十年代，醉心做舞剧的人并不多。叶柏伦是一名优秀的舞蹈家，虽然在舞蹈领域成名很早，成就显著，为人却十分低调。他不求盛名，带了一批练习生，在电影及娱乐产业兴起的香港，专注做冷门的舞剧。

来的人多半也是捧他和冯苗苗的场——

叶柏伦虽然在国外斩获各大舞蹈奖项，但香港上流社会的千金名媛也却都是因为冯苗苗才知道他这个人的存在的，由此可以想象冯小姐的社交能力。

这一回，她对外早早放出风声，说文家兄弟文旭和文浚会亲自到场支持。

没人比冯苗苗更清楚一个"文"姓能让多少名门淑女趋之若鹜，更何况他这两个表哥都是人中之龙，从小到大，她的同学朋友里不知有多少女孩对她明示暗示，想要通过她去接近那两位公子哥。

——这天，剧场楼下一字排开停满轿车，到场的美女明星不少，观众席俨然时装秀场，个个穿着礼服，争奇斗艳。

"二哥，你终于来了。"冯苗苗在几个工作人员的带领下，亲自去接文浚，"都已经开始了，咱们快进去。"

座位在第一排，文浚走过去，一眼看到了文旭，他唤了一声大哥，冯苗苗指着自己旁边两个空座位，说："这是我特意给你们留的座位，咦，二哥，怎么只有你一个人来？"

孔雀与蔷薇

　　文浚坐下，说："她要晚点才能到。"

　　舞台的灯光已经亮了，打在舞者的身上。

　　年轻的舞者一红一白，前者着素色旗袍，扎着两条粗辫子，是朴素淡静的装扮，后者却极其张扬地穿着一件绯红的连衣裙，红唇如酒，眉眼带媚，脂粉涂得很厚，面孔是白皙精致的，在视觉上形成对比。

　　许是为了衬出旗袍女的素静，红裙女身姿曼妙，眼波流转，动起来时，那裙摆像绽开的花朵。

　　舞剧叫《一种相思两处闲愁》，讲的是才华横溢的年轻剧作家痴迷舞小姐白海棠，却被迫娶了乖巧的小师妹，而后伤害、深爱、遗憾、圆满。

　　这一场是他们的首演，也许知道来了很多有头有脸的人物，舞者跳得格外卖力。

　　然而，文浚看得略有几分心不在焉。

　　舞台上，女舞者如同蝴蝶般飞舞着，舞台下面，有人施施然地走过来，指了指文浚右手旁一直空着的位置，说："你好，先生，请问这里有人吗？"

　　来人一袭抹胸长裙，烈焰红唇，十分夺人眼球，可惜文浚连眼睛也没抬半分，薄唇轻启，沉沉地吐出一个字："有。"

　　"咦，文浚，是你啊？我还以为我认错人了。"女人忽然露出惊喜的表情。

　　"我们认识？"文浚终于抬了抬眼眸，却明显没有被她的情绪带动。

　　"你不记得我了，我是袁姝啊，中学的时候，我在你隔壁班。那时候我还给你借过橡皮擦。对了，我爸爸是万福珠宝的董事袁建城。"

女人说着，自顾自地在文浚的旁边坐了下来。

她一早就知道文浚和文旭会来，这段对白已经在她心里预演过很多遍了，每说一句话的表情和笑容都控制得恰到好处。

都说伸手不打笑脸人，再怎么样，文浚应该也不至于将她拒之千里之外吧。

文浚似乎笑了一下，似乎又没有，至少他的眼底是没有温度的，声音也是："不管你是谁，请你起来。"

女生半委屈半撒娇地说："我不是看这座位没人吗，等他人来了，我让出来也不迟嘛。"

文浚的目光冷冷地落在她的身上，显然没有耐心："袁小姐，同样的话，我不喜欢说两遍。"

冯苗苗适时地打圆场："袁小姐，今天我哥心情不大好，你还是另外找个地方坐吧。"

女生不情不愿地站起来，悻悻地离开了。

暗处，也不知有多少双眼睛看到这一幕，还有人幸灾乐祸地小声议论起来。

有了前车之鉴，没人再来碰钉子。

于是，这个座位成了整个剧场唯一的空座位。

冯苗苗知道二哥在等什么人，只是他一向性子沉稳，她平时很少见他对人这样，出于好奇，原本还想问几句，话到嘴边却又吞了下去。

她索性把话题转移到舞剧上面："大哥、二哥，你们觉得刚刚那个女孩跳得如何？"

文旭和文浚的反应截然不同。

前者点头说："不错。"

后者却评价道:"平平无奇。"

"别这么挑剔嘛,我觉得她跳得还挺好的,毕竟柏伦为了它付出了很多心血。"

文浚没有回答,漫不经心的,眼睛下意识地看了看表。

该死,她还是没有来。

过了一会,谢铭从外面走来,在文浚的耳边轻轻说了句什么。

文浚依然坐着,观众席的光线暗了下来,没人察觉他脸色一变:"派人去找,不管用什么方法,把人带到我的面前。"

然而,一直到舞剧结束,叶柏伦带着演员出来谢幕,文浚等的那个身影始终没有出现。

文浚黑着脸站了起来,冯苗苗适时地说:"一会还有庆功宴,我已经和柏伦说好了,二哥,你可不能缺席。"

文浚的声音听不出悲喜:"我有点事,不去了。"

04

一个人要承受多少次失望,才会彻底绝望。

莹莹不知道。

也许失望的次数多了,就渐渐习惯了,心里就慢慢生出了坚硬的墙壁。

秦淑雅或许也有了墙壁,这一回,她表现得比以往任何一次都轻松,甚至有几分如释重负地说:"也好。不是他也好。"

"妈……"

"莹莹啊,妈没用,这些年,让你跟着我受苦了。"

"我没事,只要和你在一块,我一点儿也不苦。"莹莹抱着秦淑雅的手臂，像幼时一样把脸埋过去蹭了蹭。秦淑雅摸了摸她的头，两人一起踏上了回家的电车。

下车后，莹莹便称自己还有事，让母亲先回了家。

她火急火燎地赶到和文浚约定的大剧场，可是，问了工作人员才知道，舞剧刚结束不久。

当时文浚只说要带她来看演出，并没有说是舞剧。

此时，大厅一张舞剧首演的大海报落入她的眼里，海报上，女孩踮脚飞舞的身影像一根丝带，如梦如幻。

莹莹站在海报面前愣了好一会，或许在她年少的梦里有过这样的场景，她少年时代表学校去演出，如果她没有放弃舞蹈，会不会有一天她也能出现在这里。

不。她逼自己打住这个念头。

莹莹迅速地转过身，心想：既然结束不久，文浚可能还没走。

她跑得太快，并没有注意到转角有几个工作人员抬着酒箱和大蛋糕过来，堪堪撞了上去，然后是哗啦啦一片玻璃破碎的声音。

"喂，你怎么走路的，没带眼睛吗？"工作人员的斥责声劈头盖脸地砸了下来。

"对不起，我不是故意的。"莹莹人也被撞翻在地，一只腿半跪着。

蛋糕连盒子都扁了，可想而知是多么惨不忍睹。被打碎酒瓶的洋酒浸透箱子，顺着地板往外淌，一时之间，空气中全是醇香的酒味。

"对不起？你说得轻松，你知道这酒有多贵吗？"工作人员气急败坏地呵斥着莹莹。不怪他这么生气，这酒是冯大小姐特意为舞剧庆功准备的，一瓶就抵他几个月工钱，这下别提工钱了，保不齐他工作都要丢了。

莹莹蹲在地上，把半倒着的酒瓶扶了起来。

地上有很多碎片，她用手去拾，一边拾，一边说："真的对不起，我一定会赔的。"

"赔？你赔得起吗！"

另一个工作人员小声说了一句："那不是叶先生和冯小姐吗，他们好像往这边过来了，今天这事注定凶多吉少。"

"发生什么事了？"

虽然声音听上去，这冯大小姐心情似乎不错，可是工作人员依旧战战兢兢，这些有钱人一向喜怒无常的，他们惹不起："冯小姐，我们正准备把您的酒和蛋糕送过去，这个女人不知道从哪里冲出来……"

冯苗苗扫了地上一眼，目光转回来："这点小事都办不好，要你们这些废物做什么。"

"对不起，这事跟他们没有关系，都是因为我才这样的。"冯大小姐正在训话，不想地上的人忽然站起来，"我愿意承担全部责任。"

"你谁啊？配和我说话吗？"今天是个好日子，冯苗苗不想动怒的，可说不上为什么，冯苗苗第一次见到莹莹，就不喜欢她，因为被破坏了兴致，更因为，她发现这个女孩穿得普普通通，却有种让人难以移开目光的美，美丽而不自知。

一旁沉默的叶柏伦忽然开口说："算了吧。"

这句话更加令冯苗苗感到错愕。

旁人都以为叶先生宽宏大量，可冯苗苗不这么认为。这些年她像一朵向日葵，一直围着叶柏伦转。她太了解叶柏伦这个人了，除了他执迷的舞剧，他对别的事一向是漠不关心的。

而且，她发现那女孩乌黑发亮的眼睛里有一簇小小的火焰，她最讨厌别人和她叫板，忽然伸手朝莹莹用力一推，莹莹毫无防备，再度跌在地上，手里还握着玻璃碎片，锋利的一头扎进了肉里，一阵痛感朝莹莹袭来。

"苗苗，行了。"冯大小姐在家想拿谁撒气就拿谁撒气，养成了一身的坏毛病，叶柏伦不是不知道，早年她外公文爷还在世时，就对外放过话，他的这个外孙女想要天上的星星，他都可以给她摘下来。

但是，在叶柏伦面前，她一直表现得乖巧顺从，这么过火还是头次。

叶柏伦见那女孩摔得不轻，蹲下去，关切地问了句："你还好吗？"

"我没事。"莹莹连忙将手藏起来，一双黑亮的眼睛没有半分泪意，像黑夜里的星。

"损坏了别人的东西总要付出点代价吧。"冯苗苗昂首阔步，这时，一出剧场就被几个女人缠住了的文旭终于脱身走了过来，冯苗苗扬了扬手，"算你运气好，既然柏伦说算了，那酒就不用你赔了。柏伦，大哥来了，我们走吧。"

叶柏伦也不想驳文家人的面子，对文旭点了点头，一行人往外走去。

他们没有发现，文旭故意落后了两步。

他走到门口，又远远地回过头，眼神无声地落在了那个本该狼狈求饶的女孩身上。

05

冬日的天黑得快，莹莹回到自家楼下，夕阳已西沉。她踩着即将退去的那一点天光，走在熟悉而又破旧的老巷子里，想着：今天真是糟糕的一天。

孔雀与蔷薇

她加快了脚步往家走,走到楼梯口,忽然看到一道影子斜斜地映在昏沉的路灯下。

"谁?"这里治安不是很好,本来路灯也是没有的,还是魏子良有回送她回来,见楼道漆黑一片,买了两个灯泡装上。

那一天,他站在新装好的灯泡下笑容明亮,对她说:"人生里第一次安装灯泡,献给你了。"

柠檬黄的光落了他一身,莹莹觉得心里暖暖的。

以后她每次回家便大胆了很多。

这会,影子一闪就消失了,冷不防一双大手从右侧伸过来,压在她的肩上,一股大力将她逼到墙根处。

莹莹惊叫,血瞬间往上涌,她用尽全力想要推开对方,可是那人岿然不动。

"你……你想干吗?"

那人修长的手臂撑着墙面,这楼道口本来就狭小,他高大的身躯将她禁锢在墙角,让她的活动空间更逼仄。

莹莹根本摆脱不了他,仰头去辨认他的脸,惊讶道:"文先生,你怎么在这里?"

"叫我文浚。"

莹莹觉得他今天有点奇怪,周身散发着一股迫人的寒气:"文、文浚,你先把手拿开好不好?"

文浚没有动,沉郁的声音响在空气中:"今天去哪里了?"

"去……"莹莹支吾了一声,心想,不能和他说去找她爸的事,那毕竟是她自己的事情。

"说话。"他像要失去耐心般,又朝他逼近了一些,她身上没有熟悉的甜香，也没有花香，而是一身酒味。

文浚好看的眉头拧了起来。

"文总，我不是您的下属，我去哪里，应该不需要向你报告吧。"他靠得太近，男性的气息喷薄在她的身上，让她心慌意乱，手足无措，她只想逃离。

可她的话无疑火上添油，激怒了文浚，该死，他等了她一天，失约的人明明是她，她竟还如此理直气壮。

"是不是去见那个人了？"他眸色漆黑如墨，身体倾覆过来。

"我不知道你说的是谁。"莹莹闪躲不了他的靠近，只能把双手举到胸前，人几乎往墙面上贴仰着，姿势十分奇特。

"那你知不知道什么叫信守承诺？"他冷冷地盯着她。

"今天发生了一点事情，我处理完后就去大剧场找你了，可是没有找到你。"柳莹莹无声地叹了口气，忽然气势一颓，"文浚，我今天有点累了，能不能让我回家。"

看到她眼里的疲惫，他的表情微微有些松动，手臂也缓缓地放了下来。

莹莹没有看他，踩着灰旧的楼梯，一步一步，向前走去，好像每一步都迈得十分吃力。

"柳莹莹，"眼看着她从他面前离去，他竟冲动地想追上去将她抱起来，一定是疯了。

他控制了自己的想法，站在原地，对着她的背影说："我等了你很久。"

莹莹一愣。

"这个世界上有很多路，你可以不用选择走最难的那条。"

他的声音低沉有力,清晰地传到她的耳朵里。

和秦淑雅见到那些乞丐,一个一个去辨认他们是不是她爸的时候,她很难过,但她没有哭;被冯苗苗推倒在地,被玻璃碎片割伤了手,她很痛,但她没有哭;可是,不知道为什么,文浚这一句话让她鼻头发酸。

良久,她叹了口气:"文浚,你不会懂的,选择这个词天生就是为你们这样的天之骄子量身打造,而我,我别无选择。"

"你有。"文浚顿了一下,忽然温声说,"因为你,有我。"

06

那一夜,莹莹脑海中一遍一遍闪过文浚对她说的话。

她不敢往深处想,可是,不知道为什么,那道低沉的声音就在耳边挥之不去,后半宿好不容易睡去,却做了个梦。她梦到自己去参加舞蹈比赛,可是舞裙不知怎么回事竟然无端地消失不见了。梦里的她几乎翻遍了整个化妆间,可是,遍寻不获,已经轮到她们上场,她急得要哭了,就在这时,忽然发现那条裙子穿在别人的身上,她就一路追着那个人,跑啊跑。

醒来,她只觉得筋疲力尽、大汗淋漓。

次日,有人早早地出现在她的小花摊前,他穿着一样苏格兰风格的格子羊绒大衣,负手而立,玉树临风,身上带着那份独属于他的高贵冷清。

他对她说:"你是不是应该为你昨天失约有所表示,柳小姐?"

"你要什么表示?"莹莹没有睡好,脸色有些苍白,警惕地说道,想起昨天他对她说的话,脸颊不由得有些泛红。

她素颜无妆,在花团锦簇里竟有种独特的风华,一种天真交织着冷艳的美感,文浚看得有片刻的失神。

"跟我走。"

"我得卖花呢,文……"她想叫他文先生,可是,他昨天那句"叫我文浚"突然在她的耳边响起。

莹莹为难地说:"文浚,我现在是个负债人,不管是还债,还是谋生,我都需要收入。"

"你可以找人帮你。"

"你什么意思?"

"你的这些花,我都买了。"文浚长眉一挑,大手一挥,"也就是说,我买下你今天的时间。"

莹莹瞠目结舌,不待她发表意见,文浚已经径直走了过来,不由分说地拉住她的手:"走吧。"

"文浚。"这个人和她初识时一样独断专横、说一不二,她知道不能和他对抗,于是她变聪明了,试图用另一种方式和他沟通,"你不上班吗?你们这样的资本家不是应该有很多应酬,时间特别宝贵吗?你怎么还把这么宝贵的时间拿来浪费在我的身上?"

文浚:"很有自知之明啊。"

莹莹喜出望外:"所以……"

文浚:"所以,你就和我一起去加班吧。"

莹莹:"……"

他真的将她带到了公司。

莹莹再次踏入那间豪华得令人咋舌的办公室,与上次的心境已经截然不同,可是仍旧感到局促,一颗心悬着,怎么都不踏实。

与孔雀蔷薇

在电梯里的时候,她故意站得离文浚远远的。

两人身处同一空间,却像隔了楚河汉界,文浚走近她,突然把脸凑过来。

莹莹条件反射地把头往后一靠,咚的一声撞在电梯壁上。

文浚的手在她的头发上碰了一下,展开,掌心上静静地躺着半片小小的蔷薇花叶子:"你头上有东西。"

刚刚,她竟差点以为他要吻她,她懊恼地想自己这是怎么了,还好撞得不是太重。

两人出了电梯,文浚打了个电话。

之后,他自然地坐在他办公桌后面的那张真皮沙发上,莹莹跟了过去:"你要我做什么?"

文浚说:"在我的可见范围内,自由活动。"

莹莹:"……"

莹莹听说那些有钱人闲得慌,把人当成猫狗,甚至猫狗不如。

所以,他这是拿她找乐趣让像宠物一样乖乖地趴在他的脚边吗?

莹莹怒其不争,坐在他的办公室沙发上无所事事地翻了一会儿杂志,发现那个人真的快速进入了工作状态。

是谁说男人在专注工作的时候样子最帅,此刻的文浚握着一支黑色的笔,修长的手正在翻阅文件,普通的A4纸在她手指间竟有了生命一般。他眉目沉静,气质清冷,是个天生的领导者,自带让人臣服和匍匐的高贵。

她正分析着他,对面的人忽然抬头朝她看来,她来不及收回目光。

两个人的眼神无声地对上,他合上手中的文件夹,嘴角斜斜勾起一抹微妙的弧度,似笑非笑:"你这样盯着我,我会怀疑你对我心怀不轨的，柳小姐。"

"谁看你了，谁心怀不轨了，是你让我在你的可见范围内活动的。"莹莹脸上一热，嘴硬地辩解。

简直莫名其妙，他不让她叫他文先生，自己却叫她柳小姐，他让她出现在他的可见范围内，却不准她看他。

亏得她刚刚还觉得他工作的样子有点帅，她真是瞎了眼了。

文浚似乎没有感应到她心里对他的诋毁，脸上的表情高深莫测，让人难以捉摸，说："你今天已经第二次脸红了。"

莹莹感觉到自己的脸一片滚烫，被他这一说，更是懊恼，嘴上逞强说："办公室里太闷了。"

文浚不置可否。

这时，响起了敲门的声音，门外的人敲得十分克制有礼，文浚说了声"进来"。来人是谢铭，他似乎来得匆忙，没了之前几次莹莹见到他的从容："文总，您要的药油。"

见莹莹也在，他对她点了点头，心里大概有了底。

文浚显然是在责怪他手脚慢，沉着脸奚落道："这药是从美国还是非洲买来的？"

莹莹撇了撇嘴，脑袋里蹦出两个字——暴君。

身为助理，谢铭仰仗着老板的鼻息度日，他可没有莹莹硬气，那句"是你说今天我可以休假一天"的话，他可不敢说出来，说出口的是："对不起，文总，我自愿扣掉本月的奖金。"

"出去吧。"见他认错态度良好，文浚才挥了挥手，补上一句，"把门带上。"

莹莹看着这一幕，觉得似曾相识，她打工时不也经常被老板以及其他同事呼来喝去。

——这些剥削劳动人民的、万恶的资本家。

被腹诽的这个人面无表情地走到她的身后,开口问道:"撞到的是不是这里?"

莹莹半天没反应过来,他正伸手摸着她的头。

"我已经没事了。"

"我问你撞了哪里?"

"这……这里。"

说话间,这人已经拧开了药油的瓶盖,将药油在掌心揉开,轻轻地涂在她的头上。

清清凉凉的感觉瞬间从头皮弥漫开来,空气中全是药油的味道。

莹莹傻傻地愣在那里,这些年在香港,她打了很多份工,什么都做,吃过苦,受过伤,被人压榨过、欺骗过。

她微小如一棵草、一粒尘,低到了地底下,没有人会在意她。

可是现在,不过是头在电梯壁上轻轻地撞了一下,这个威风八面的人却郑重地、雷厉风行地让人送来了药油,还亲手给她涂抹。

他的脸色并不好看,声音也是淡漠得和发号施令时一模一样,可偏偏动作十分轻柔,仿佛生怕一用力就弄疼了她。

Chapter 5
告白与期待

01

万吨巨轮鸣着汽笛,维多利亚港的午后是安静的,海水清澈,蓝天悠远。

都说"一朝被蛇咬,十年怕井绳",自那次落水后,江河湖海,但凡水深一些的地方,莹莹就再也没涉足过。

她也说不上来自己是不是因此而恐惧,然而,当海风徐徐吹来的时候,她清楚地意识到那不是恐惧,而是伤感。

这伤感裹挟着上一段感情带给她的一切,扑面而来——那个人虽然最终选择了别人,她痛,她哭,可她不能忘记,他曾奋不顾身地跳入水中救过她的命。

孔雀与蔷薇

他是她的恩人。

"快,抓住他。"一道声音凌空而来,打破了静谧,也将她从无尽的伤感回忆中拉回来。

她循声望去,热闹处,一群人在追赶,跑在最前面的是一个少年,约莫十三四岁,海风把他黑色的短发逆向吹起,露出满是瘀青的额头。他跑得十分拼命,仿佛身后穷追不舍的不是人,而是洪水猛兽。

可即使如此,他还是很快就被后面的人追上来逮住了,那人先是抓住了他的后衣领,而后一脚踢在他的膝盖上,少年痛得啊呜一声,当即跪在了地上。

其他几个人蜂拥而上,将少年团团围在中间:"你不是很能跑吗?跑啊。"

少年倔强地昂着头,闷声挣扎着想要站起来,两个人的手掌一左一右像约好似的重重地压在他的肩上,带头的人说:"刘嘉树,你们家可真是蛇鼠一窝啊,你爸是个软饭王,你就是个小杂种。"

刘嘉树双目赤红,他嗷的一声用头重重地撞开那人。

这个突然的举动把对方激怒了,那人身材比少年壮实了不少,暴怒之下一把掐住他的脖子,左右开弓,两记耳光甩在他的脸上,一边用粤语骂着脏话,一边将他的头反向往护栏下面送。

莹莹眼见那少年被弄得额头上青筋暴突,一群帮凶,没有一个人为他说句话,很是心惊肉跳。她听到自己的声音突兀地响起:"你们做什么?这么多人欺负一个小孩子,算什么本事。"

"你谁啊,少管闲事。"几个人闻声朝她看过来。

"现在是法制社会,你们这么做,是违法的。"莹莹心里知道这事自己强行插手肯定落不到好,但看到这种以多欺少、恃强凌弱的画面在她面前真实发生,她就是没有办法坐视不理。

"哟,小妞,看你长得挺靓的,要不这样,你跟我们兄弟一晚,我们就放过这个小杂种。"长着小胡子的男人眯着眼睛,将莹莹上下打量,手伸过来想勾她的下巴。

"人渣……"莹莹涨红了脸,避开他的魔爪,气鼓鼓地说。她心里焦急地想文浚哪去了,他带她在附近的自助餐厅吃饭,吃到一半,他自己接了个电话,人就消失了,说让她等着他。

她等了好一会,百无聊赖,一个人到海边来走走,不料遇上这事。

"大哥,请你放开他吧,他只是个小孩子。"莹莹也不知道自己哪来的勇气,两步走到掐着刘嘉树的男人面前,姿态放得很低。

"小杂种,这么小就有靓女给你强出头,你这是要继承你爸软饭王的衣钵。"那人松了松手,让刘嘉树站直,并一本正经地帮他整了整衣领,语言羞辱却没有停止,反而变本加厉。

"你和他们这些人讲道理没用的。我报了警,应该不出五分钟,警察就会抵达现场。"

莹莹还在想着怎么才能帮助这孩子脱身,忽然见到有个高大的身影正朝这边走了过来,来人拿着一个黑色的正方形物体,是一部手机。

这个年代,手机是新鲜而又昂贵的东西,用得起的人并不多,在此之前,莹莹认识的唯一拥有手机的人是文浚。

听到这句话,见来人气度非凡、非富即贵,几个人交换了一个眼神,似乎也不敢再生事端,瞬间丢下一句"算你小子走运",便落荒而逃。

莹莹想跟来人道谢,不期然地对上清风明月般的一双眼睛,竟然是昨天在大剧场遇到的叶柏伦。

叶柏伦也想说什么,她却率先开口:"不好意思,你稍等一下。"

说着，她转向身后的少年："你还好吗？"

刘嘉树抿着嘴点点头，莹莹这才看清楚，这个少年虽然衣服被弄得脏兮兮的，脸上也有伤，但眉目十分清秀，他居然对着莹莹他们鞠了一躬："谢谢"

可以看出，他是一个很有教养的孩子，莹莹问道："你怎么得罪了这群人？"

这样问着，她也不等他回答，就从口袋里掏出一个东西递给他："这是治伤的药油，你把它涂在伤口上，如果哪里不舒服，得尽快去医院，知道吗？"

一个小时前，在文浚的办公室里，莹莹还一脸受宠若惊地对给她抹药的某人说："我真的没事了，其实不用这么小题大做的。"

文浚强硬地把药瓶塞在她的手里："拿着，你小脑不太发达，有备无患。"

她无语。

没想到，这会还真的派上了用场。

她说话的样子太过温柔，淡淡的阳光下，刘嘉树觉得她美得发光，他说出一句："谢谢仙女姐姐。"

莹莹笑了："我叫柳莹莹。"

"我叫刘嘉树。"少年指着她身后高大的男人，小声说，"仙女姐姐，你男朋友也很帅，你们很般配。"

莹莹还来不及否认，少年便挥挥手："再见，仙女姐姐。"

真是一个风一般的少年。

02

刘嘉树走后，就只剩下莹莹和叶柏伦，两人相视一笑。

叶柏伦打破了沉默："不知道的人还以为你们一起的。"

他指的是刚刚这个叫刘嘉树的男孩，莹莹会意，解释说："刚认识。"

"既然这样，你明知危险，为什么还要为一个陌生人挺身而出，难道你不害怕吗？"

"怕啊，不过，多亏你及时出现，不然我都不知道该怎么办了。"莹莹挠了挠头，乌黑的眼睛里微微带着一丝侥幸，又像有星光闪耀在其间。

叶柏伦心下一动，说话客客气气、彬彬有礼："在餐厅看到你一个人，原本想为昨天的事，替朋友对你说声抱歉，但一晃眼，你就不见了。"

莹莹反而有点不好意思了："昨天的事，是我有错在先。"

"我看你昨天用手捡玻璃了，手没受伤吧？"叶柏伦关切道。

莹莹连忙握了拳头，把手心里的那道小口子藏起来，摇头。

他昨天第一次见到这个女孩，她被骄横的冯苗苗呵斥，却不卑不亢，是个性格倔强的女孩，让人不由自主地被吸引。今天，他再次看到她，面对这样混乱、危险、寡不敌众的情形，纤瘦的她，却敢只身前去替素不相识的陌生人出头。

这很难不让人感到震惊和意外，叶柏伦不由得联想到了自己。冯苗苗评价他说："叶柏伦，你就像一朵水仙，永远只看得到自己的倒影。"

她是在变相地说他自私，他心里有数。

没错，这些年，他确实活得太自我了，因为所遇之事越多，越发失望。

他以为一个人改变不了大环境，只能做好自己力所能及的那部分，直到遇到她。

与孔雀蔷薇

"柳小姐,那边有家咖啡厅的甜品做得不错,有空坐坐吗?我请下午茶当赔罪。"叶柏伦嘴角弯着一道清浅的弧,对她提议道。

"不用了。"莹莹说,"反而是我应该谢谢你,不过,我还……"

"要等人"三个字还没说出来,一张臭脸便摆在了她的面前:"不是让你在餐厅等我吗?你在这里做什么?"

"文浚。"叶柏伦也认出了来人,"原来你们认识。"

"当然认识,她是我的人。"文浚也不知道自己怎么回事,看到莹莹和叶柏伦有说有笑,平日的教养瞬间被吞噬。

文浚宣示主权一般环住莹莹的腰,莹莹见叶柏伦正看着她,脸瞬间红了,想挣脱。

文浚附在她的耳边,用只有她才听得到的声音说:"别忘了,你今天的时间是我的。"

转向叶柏伦时,他却换成了道貌岸然的样子:"倒是叶先生,听舍妹说你是个大忙人,今天怎么有闲情逸致在这里吹风。"

"文浚,你比我想象中的还要目中无人。"叶柏伦脸上带着笑,眉目之间一片明朗。

"过奖。"

莹莹不知道这两个人怎么一见面就剑拔弩张,一时之间,气氛十分紧张。

叶柏伦说:"我还有事,先失陪了。柳小姐,后会有期。"

莹莹笑着对他挥了挥手:"再见。"

话音刚落,腰间的力量忽地收紧了。

"你到底在干吗?"刚刚有别人在场,莹莹才强忍着没有发作,这会眼里被侵犯的恼怒再也藏不住。

"柳莹莹,不错啊,才这么一会,你就给我拈花惹草,和男人有说有笑了。"

"什么拈花惹草。"他是不是忘了,把她带出来的是他,丢下她离去的也是她,刚刚的情形如果不是叶柏伦及时出现,她不敢想象,此刻他居然还好意思兴师问罪。

"文浚,我不是你的人,更不是你的专属物品。"她觉得委屈,声音不由得拔高。

她这话一出口,文浚大概是听进去了,因为他松开了她腰间的那只手。

然而,就在她松了一口气的时候,他更加强硬地捧住她的脸,她毫无防备,带着温度的薄唇忽然压了下来。

她的视线里只剩下他急剧收缩的瞳孔和放大的脸。

这个吻是强势的,带着男性掠夺的气息。

莹莹的瞳孔瞬间放大,对上的是他深邃漆黑的眼以及放大的脸,这张脸那么具有欺骗性,谁能知道内里是个禽兽。

他用力碾压她的唇,然后说:"你信不信,我现在就证明,你是。"

啪——清脆的一巴掌打在文浚的脸上,她骂道:"文浚,你浑蛋!"

03

莹莹连续好几天没再搭理文浚。

第二十二层的办公室里,文浚看着空空如也的沙发,陷入了沉思,桌上是谢铭送过来的文件,她的排课表——他明明知道她有一身"宁为玉碎,不为瓦全"的刚烈,对她,他应该耐心一点,再耐心一点。

可是,不知道为什么,当他看到她和叶柏伦在一起的时候,他竟然觉得胸口发闷、沉郁，完全控制不住自己想要将她占为己有的冲动。

疯了，他对她的感情竟然渐渐变得不受控制。

他伸手摸了摸自己被打过的脸，长到这么大，从来没有人打过他。

"柳莹莹，你知道你要付出什么样的代价吗？"

文浚拿起电话唤了谢铭进来，交代："把我这几天的行程和她的课程错开。"

"那无名湖的项目……"

"挪后。"

"还有下周一的董事会……"

"你废话怎么这么多。"

中午。

某助理看着文浚几乎没动的丰盛午餐，摇头叹息。

下面的人也知道了，噤若寒蝉地在茶水间讨论："文总最近胃口不太好。"

"不仅胃口不好，心情也是，所以，你们最近工作最好认真点，别出差错。"

"文总这样下去也不是办法，我们要不要替谢秘书去找柳小姐谈谈心。"

"文总交代了，不要打扰她。"几个人的对话，好巧不巧地让去给文浚泡咖啡的谢铭听到了。

南方的春天多雨，莹莹撑开一把暗红色的旧长柄伞，伞的钩把掉了，伞骨生了铁锈，可是还能用，她舍不得扔，走出校门的时候，在人群里看到了一道熟悉而高大的身影。

莹莹马上移开眼，装作没有看到他，连带着把伞朝他那面斜了斜，轻易就挡住了自己的脸和半个身子，一双脚在伞下走得飞快。

饶是如此，文浚还是认出了她，他三两步跟上来，像什么也没发生一样，说："很赶时间吗？"

是福不是祸，是祸躲不过，莹莹把向一面过度倾斜的伞慢慢地举起来，她今天将一头乌黑发亮的长发用一根缎带绑在脑后，一个松松的马尾，显得清爽迷人，只是一双波光潋滟的眸子透着疏离和防备。

换作平时，文浚就势便躲进她的伞里了，奈何他个子高，而她把伞举得极低。

那小伞显然不能为两个人挡雨，更何况，现在的她对他防备心极重，他都能够想象自己这么做后她会说出什么话来——我这把小破伞可不敢委屈尊贵的文总。

想到这里，他笑了笑，没有任何冒进的举动，而是规规矩矩地接过谢铭撑起的黑色大伞，说："我送你的礼物喜欢吗？"

最近莹莹每天收到各种各样的礼物，起舞的音乐盒，她在书店翻过的书，橱窗里她多看一眼的衣服……

算不上特别值钱的东西，但是，很明显送礼物的人对她十分了解，且用了心，礼物全都用精致漂亮的盒子包装着，由不同的人送到她的面前，问是谁送的，送东西的人只说：他们只负责送货，其他一概不知道。

那些东西来路不明，莹莹不敢收，可是又不知道退给谁。

"很无聊。"她说。

"我有同感。"他说。

孔雀与蔷薇

"那你还送这些做什么？"

"我说的是你对自己的品位和审美认知。"

莹莹一时语塞，半晌才想出反驳的话来："既然这样，文总不应该来这里，免得让我的品位和审美影响了您。"

"已经迟了。"

"什么意思？"

"你没发现吗？我看女人的品位很不怎么样，"他的话有几分自嘲和戏谑的成分，可是表情有种前所未有的认真，一双狭长幽深的眸子在细雨里深深地凝视着她，"不然，为什么这世上那么多女人，我却偏偏爱上了你。"

他没有说喜欢，而是说爱。

雨还在下，淅淅沥沥。

莹莹先是一愣，而后便是摇头，她不信。

什么是爱呢？她不知道。

她妈妈秦淑雅对她那个不负责任的爸爸，是爱吗？可是，爱让她在茫茫的人海中寻寻觅觅，让她过得那样凄凉、那样苦。

自己的上一段感情，是爱吗？那样的爱说变就变，让她收回了伸向世界的触须，不敢再碰触。

她不可置信的还有，听到文浚这句话，自己的心跳竟然很没出息地加快了几拍。

"我说过，你可以选择，选择接受我，做我的女人。"他又恢复了那副倨傲的、居高临下的姿态，仿佛这世间唯他是神祇。

"对不起，我打工快要迟到了。"莹莹挥去自己内心的千头万绪，冷冰冰地说。

"我送你。"

"你知道我在什么样的地方打工吗？"莹莹故意说，"你现在耽误我的时间，已经够我刷完两盆碗了"

"那正好，我去帮你。"

"你帮我？怎么帮？是派谢秘书来和我一起刷盘子，还是让你的哪个员工来帮我摆摊卖花？"平时莹莹在学校一直独来独往，就魏子良一个朋友，因为文浚的出现，不少同学在背后议论，说她傍上了大款，明里暗里对她的态度似乎也不一样了。

她可不想让快餐店的老板也对她刮目相看，心中不禁一阵苦涩："文浚，难道你还不明白吗，我和你从来都不是一个世界的人。"

04

莹莹做兼职的那家快餐店规模不算大，她主要负责洗刷餐具，做店面和厨房的清洁工作，老板娘脾气很暴躁，本就喜欢挑她的毛病，嫌她做事不麻利，这下因为下雨加上耽误了时间，她抵达快餐店的时间比平时晚了一个小时，她想着该挨骂了，于是小心翼翼地主动上去就道歉。

让莹莹意外的是，老板娘百年不遇地笑脸相迎，她微微有些发胖，笑起来眼角全是细纹："莹莹，最近小店生意还不错，从下个月开始……"

莹莹以为她要赶自己走，抢在她的前面说："老板娘，我不是有意迟到的，我真的很需要这份工作，请您再给我个机会。"

"莹莹，你听我说完，我和老板的意思是，从下个月开始，给你把工资涨到五百元。"

"涨工资？"莹莹以为自己出现幻听了。

孔雀与蔷薇

"没错,你一个女孩子在外面也不容易。"

可是,她只是兼职而已,五百元也不是个小数目,这一年,茶叶蛋五角钱一个,一碗阳春面不到三元,她一个月的生活费二十元。

莹莹心里觉得奇怪,他们怎么突然变得这么大方,想起老板每个月买彩票,莫不是中了头奖。

这么一想,她忙说:"谢谢老板、老板娘,那我去做事了。"

她照常往厨房走,却被老板娘从里面推了出来:"今天上级部门来检查,小店休业一天,你也放一天假。"

莹莹回头望了望:"那我回家了。"

"去吧。"

她走出快餐店,雨下得更大了。

莹莹顺着屋檐走了一小段,准备打伞回家,可是把伞往上一推,咔的一声,伞骨突然断了一根,断裂处软趴趴地垂了下去,像迟暮老人的背脊。

就在莹莹犹豫着是去便利店买把新伞,还是回去把旧伞修一修的时候,响起了一阵脚步声,一双咖啡色皮鞋出现她的正前方,她抬眼,来人不是文浚又是谁。

"你怎么在这里?"

"我来告诉你,你站在那里就行,我来你的世界。"他拿掉她的伞,随手丢进路边的垃圾桶,然后把他自己的伞放在她的手里。

莹莹愣在当场。

"你知道我要的是什么答案,不用马上回答,但我耐心不好,别让我等太久。"

留下这句话,他便钻进车里,绝尘而去。

莹莹发现手里的伞也与她寻常用的雨伞不同，伞面和伞骨是纯黑色的，伞柄处却有一只银色飞翔的白鹤，十分好看。一直到后来，她才知道，那伞出自意大利一个顶级品牌设计师之手，伞柄精致如天成的飞鹤用的也不是一般的材质，而是用纯银打造。

之后的几天，乌云散去，雨过天晴。

莹莹想他再来的时候，就把伞还给他。

可他接连三日没有来，她早知道他这样风流天成的人，追女孩不过三天新鲜，哪有什么真心，或许他们根本就没有心。

然而，不知道为什么，莹莹看着立在课桌边的那把伞，竟有些说不出的怅然若失。

当同学敲了敲她的课桌说"莹莹，外面有人找"的时候，她喜出望外，不自觉地整了整自己的衣服，才走出去。

走道里果然有个人，娉娉婷婷，背身而立，微鬈的咖啡色头发铺了一肩一背，背影妩媚多娇，莹莹脑海忽地闪过一个不太愉快的场景，这是她在大剧院里有过一面之缘的冯苗苗。

冯苗苗回头的时候，脖子上的钻石项链和耳环闪闪发亮，她说："柳莹莹？"

是个问句。

莹莹说："我是。"

冯苗苗也不拐弯抹角，从包里拿出一份报纸，啪的一声砸到莹莹的怀里，声势夺人："说吧，你有什么目的？"

莹莹不知道自己哪里又做了什么得罪这位女王了，不明所以。

她将手里的报纸展开，手几乎有些发颤，一行醒目的粗体字映入眼帘——名门淑女梦碎，文氏继承人牵手大陆卖花女恋情曝光，后面附上了他们多张疑似亲密的照片，拍摄角度十分诡谲。

"你也不照照自己的鬼样子，文家少爷是你能随便勾引的吗？"

"我没有。"她觉得十分憋屈。

"没有，你敢说照片里的人不是你？"

莹莹被噎得说不出话来，她都问不出一句"你是文浚什么人"。

其实，不用问也知道，一个女人为了一个男人冲锋陷阵，无非就是争风吃醋，能是什么人。

"你敢说你没有去文氏投怀送抱？"

"柳莹莹，我警告你，以后给我离他远一点。他是你这样的下贱胚子再投一次胎，也高攀不起的人。"

05

莹莹不知道这出让她耻辱的闹剧是怎么结束的，只知道冯苗苗留下那句没给她任何反驳余地的话，优雅离场。

隐约感觉到身后有灼热滚烫的视线，莹莹猛地一回头，教室的几个窗口探出一排黑压压的脑袋，走道里更是围了很多看热闹的人，其中一个人拨开人群向她走来。

"莹莹，他没对你怎么样吧？"

这是莹莹最熟悉也最陌生的人，她不知道他听到了多少，只是觉得讽刺，他还关心她吗？

还是说，他也在笑话她。

她咬了咬牙，努力压下恼怒、屈辱等种种情绪："我很好。"

有些人，不能当爱人，也无法成为仇人。

他与她只能这样了。

魏子良的视线往下移，见她双手把报纸拽得死紧，心情有些难过，她是他见过最美也最单纯的女孩，对她，他还是有喜欢的成分的。有一段时间，他每天都问自己是不是同时喜欢上了两个人，也许他注定是一个用情不专的人，心里明明早就住了人，却还试着去追求她。

每当她身处险境或陷入旋涡时，他能为她做的事却并不多。

就像此刻，他也不过是回身对那些还在隔岸观火顺带议论的人说一句："看什么看，都散了吧。"

仅此而已了。

莹莹木然地回到教室，现在最让她担心的反而不是别人说什么，而是她妈，秦淑雅一直以来都有看报纸的习惯，要是看到了这些，会怎么想呢。

可是，逃避终究不是办法，从学校到家仿佛从市井繁华走至荒蛮，莹莹满怀心事，脚步也十分沉重。

她们现在住的这个地方虽小，但平时每逢她回家的日子，秦淑雅总是将家里收拾得干干净净，做好饭菜等她。可最近几回灶台冷清，母亲也经常不在家。

"妈，我给你买了鸡蛋仔。"莹莹朝屋里喊了一声。

她半天没有得到回应，屋里根本没有人，待秦淑雅回来，已经是一个小时后了。

"妈，你去哪了？"

"我能去哪啊，就在那边公园里散散步。"

"以后散步我和你一起去，不然，我会担心的。"莹莹自己有心事，并没有看出秦淑雅说话时眼神微微闪烁，而是从身后轻轻地抱住她。

秦淑雅的身上有淡淡的清洁剂的味道，那是与生活死磕过的人身

与孔雀蔷薇

上才有的味道吧,她每天都要打理这个家,生活不易,莹莹没有多想。

秦淑雅轻轻地摸了摸她的头:"怎么了?在学校遇到不开心的事了?"

"没事,我就是想抱抱你。"

庭院深深的文家,处处可见风景。

暮春时节,雕梁画栋的独立屋连着近旁的小楼都被高树繁枝环绕着,依旧难掩富丽堂皇。

花园里正是热闹的时候,每个时节栽种的花都有讲究,两年前,文劲森在花园里最幽深僻静处新栽了几十株兰花,花苗是花了大价钱从国外空运回来的,因为新晋的文家女主人的名字里有一个兰字,她叫徐惠兰。

兰园最是隐秘,走进去才有一个四方庭院,庭院旁一架秋千缠满了花,摆了成套的白色桌椅,坐在上面喝茶、看书、赏花,好不惬意。

此时,男人折叠着长长的双腿,靠在椅背上,他有一张玉琢般的脸,双目微闭,长睫如羽毛般覆盖下来。

午后的静谧时光。

一个绾着头发的女人悄然走近,泰然地在男人对面坐了下来,缓缓开口:"你终于忍不住对他出手了。"

仿佛知道来人是谁,他眼睛也不睁:"你凭什么认为是我?"

"因为我了解你。"

"是吗?"

"你不用对我这么针锋相对。"女人美目转了转,"在这个家里,如果有个人是站在你这边的,那个人只会是我。阿旭——"

"你不要这么叫我。"文旭忽然反应激烈,"从你入主文家,成为这里的女主人的那一刻起,你就失去了这样叫我的资格。"

声音到了后面夹了一丝喑哑,眼里透着嗜血的气息。

"我以为你是个沉得住气的人,文旭。"女人不动声色,"难道你真以为一条花边新闻就能打倒你的弟弟吗?你太小看他了。"

"徐小姐,请你做好你的本分,我的事不需要你操心。"

"树再高也遮不了天的。"她指着四周那些笔直生长的树,"趁着现在,文家还没有变天,不如和我联手吧。文旭,相信我,我会帮你拿回属于你的一切。"

说话的当口,她忽然靠近,有兰花的香气喷洒在他的身上,让他喉咙干哑发痒。

孔雀与蔷薇

Chapter 6
城府与天真

01

从大门到楼前,开车要好几分钟,马路两旁便是花园,种植着一些名贵稀有的树木。

虽然太阳已经落下去了,但空气中的余热还没散去,文浚打开车门,竟觉得一阵闷热,香港要入夏了。

管家看到自家小少爷的车,已经迎了上来。

他在文家几十年,两位少爷都是他打小看着长大的,就像自己的亲生孩子一样。

大少爷文旭阴晴不定,最近两年也不知怎么回事三天两头和那些女明星传绯闻。二少爷长得像他的母亲，俊朗修长，性格却遗传了他的父亲，沉稳独立，凡事都不需要人操心。

细细对着里屋传话："太太，夫人，二少爷回来了。"

文浚穿过玄关走进大厅，这是一个豪华巨大的客厅，巨大的水晶吊灯映在光可鉴人的地板上，大厅内的家具和摆饰无一不是奢华贵重的。

徐惠兰坐在沙发上给奶奶捏背，她在两年前和文劲森结婚，是他的第三任妻子，事实上比文浚大不了两岁，老夫少妻在他们这样的家世面前，似乎不是多奇怪的事。

这个女人倒是很会讨长辈喜欢，至少现在文浚所看到的画面是融洽的。

"奶奶。"文浚和长辈打招呼。

老人家对两个孙子可是宝贝得紧，文浚去英国那几年，奶奶就没少念叨，这不，一看到自家孙子回来，眉眼就舒展开了："浚仔回来了。"

"父亲呢？"

"在书房等你。"奶奶拍了拍孙子的手，"阿浚，你父亲还在气头上，你这孩子在外面玩，一会好好和他说话。"

"放心，奶奶，我知道的。"

文浚看到家里的未接电话时，正在出差途中。番禺那边不是什么大的工程项目，他派个部门经理去考察就是给了对方天大的面子。

可他亲自走了这一趟，对方得知消息，为了让这位太子爷有宾至如归的感觉，不仅老总亲自来接机，饭局等一切活动都是悉心安排的，全部为顶级的招待规格。

可这位太子爷并不给面子，直奔主题，谈完工作便走。

孔雀与蔷薇

对方公司作陪的高层个个诚惶诚恐,不知哪里出了错。

文浚离开番禺后,没有急着回港,改道去了湖南。

那一晚,太平山顶,他问莹莹:"在想什么?"

她说:"我的故乡。"

"那是个怎样的地方?"

"没有香港那么美,那里没有海,有山,有江河,有盘子那么大的月亮,还有我的亲人。"

都说"一方水土养一方人",从那一刻起,文浚就有了去看看她说的山与江河,还有盘子大的月亮的想法。

因为那是她生活过的地方。

此刻,文劲森端坐在书房的太师椅上,表情阴沉,文浚敲门进去,喊了一声爸,一张报纸准确无误地砸向了他:"看看你最近在外边都干了些什么荒唐事?"

"爸,记者乱写的而已。"

"你真以为我瞎了,你做了些什么,我不知道吗?"文劲森怒意未平,"你是一个要继承家业的人,你现在也开始学你那个不学无术的好哥哥,成天桃色新闻上报。你们兄弟俩这是要气死我。"

"我有分寸的。"

"你有什么分寸?像你哥那样和那些三流明星模特逢场作戏也就罢了,你给我找了个街边来路不明的卖花女,这就是你说的分寸,我一张老脸都被你丢尽了。"

"卖花女怎么了,她不偷不抢,靠自己的双手谋生有错吗?"

母亲一直谆谆教导他,说:"你父亲是个顺毛驴,在没有把握掌控局面的时候,你凡事多听他的安排,不要把喜怒摆在脸上,更不要去触它的逆鳞。"

而他也的确不负母亲的教诲,但凡有点什么心思,也藏得密不透风,于是就有了稳重的假面具。

假面具戴得久了,他自己也习以为常了,以为那就是真正的自己,在外人面前更是如鱼得水,显得高深莫测。

然而,听到父亲用鄙夷不屑的口气说她是卖花女时,他脸上的那层面具几乎要一片片裂开,他听到自己的反驳声冲破了压抑的空气。

"闭嘴。"文劲森额头上青筋暴起,他难得生那么大的气,"文浚,你别忘了,你的一切都是我给的,我随时都可以收回来。"

"对,都是您给的,包括婚约。"文浚淡淡地说。

"你还记得你已有婚约。"

02

文浚从未排斥过文劲森为他定下的婚约,他不是什么叛逆的、以为有情饮水饱的二世祖,在他的心里,始终知道自己要的是什么,婚姻对于他们这种出身的人来说,不过一件工具。

文旭的命运如此,他亦如是。

而文劲森为他们安排的婚事,对方家世背景、人品才学自当是与他们门当户对之人。

可是,他遇到了柳莹莹,文二少爷笔直的人生轨迹上从此生出一条岔道。

他无法否认,她的倔强、她的天真,她的一切都让他觉得新奇,也让他为之心动。

他无法亦不打算阻止自己向她靠近。

他成竹在胸，以为自己不会迷失方向。

文浚还没踏进办公室，就见谢铭拿着把雨伞，指点着身后的人，进来把东西放下。

来人放下一个纸箱，恭敬地退了出去。

"小谢。"

听到熟悉的声音，谢铭肩膀一抖："文总早。"

"这是什么？"狭长的眼睛定定地看着纸箱。

"音乐盒、书本，还有衣服……"谢铭小心翼翼地斟酌着措辞，"柳小姐把您送去的礼物都退回来了，底下的人不敢随便处理。"

"她人呢？"

"是让别人送来的。"

文浚长眉蹙起，视线依旧没有从纸箱离开。

前些日子他拿到她的课表，暗中观察了数日，经她同学的手把这些东西送到她的手上，现在她用了同样的方式还了回来。

这还真是有点意思。

视线微微上移，他见谢铭身体僵硬，神色与以往不同，横了谢铭一眼："把话说完。"

"替柳小姐送东西的人说他叫魏子良，是她的同学，让您不要再去……打扰她。"谢铭硬着头皮把"骚扰"二字换成"打扰"。

"魏子良"是文浚不想听到的名字，他不自觉地冷笑一声，眉头蹙得更深了，那眼里的冷意几乎要将周遭的空气冻结。

"那，这些我清理了。"谢铭知道老板平时都不是喜怒形于色的人，特别是在他们这些下属面前，永远一副高贵冷峻的样子，而当他露出这副神情来时，谢铭就知道风雨欲来，这个时候自己最好借机开溜。

可惜，谢铭打错了如意算盘，文浚没有给他这个机会："你站住。"

"请文总吩咐。"谢铭站得笔直。

"从湖南带回来那些东西，包装得像样点，给她送过去。"这一回他们去湖南，带回了很多当地的特产，其用意不难猜测。

只是，刚被退回一堆礼物，还送，他们高高在上的文二少爷什么时候这么百折不挠了，爱情果然不是个好东西。

谢铭心里想着，嘴上应得痛快："是，我这就安排。"

"等一下。"等谢铭走到门口，文浚突然又改了主意，说，"我亲自去。"

谢铭几乎要在心中拍手叫好，同时也隐隐为自家老板感到担忧。

显然，他的担忧是多余的。

文浚做事一向不按常理出牌，他这回没有直接去找莹莹，而是找了他们的房东。肥胖的房东前几天看了报纸，她没有想到自己的破出租屋里出了只飞上枝头的凤凰，虽然是不是凤凰还不好说，但枝头那是真的高枝。

女人嘴碎，一时之间左邻右舍小巷之间就有了各种议论。

房东上下打量着眼前这个来打听柳家母女的英俊男人，拿起报纸比对了一遍，确认是同一个人后，心想：看来这真的是文氏集团的继承人，这柳丫头是有几分姿色，男人容易受迷惑，也不知道她是用了什么法子，把这个比报纸上的照片还要俊俏几分的男人给勾搭上了。

文浚不知道房东这些心思，敲了敲桌面，房东呆呆地收回直视他的目光，说："租客叫秦淑雅，最近在一家家政公司做保洁，天天早出晚归。她们母女也怪不容易的，来香港寻亲寻了这么多年，也没个消息……"

"寻亲？"

"可不是吗，要说这秦淑雅也是个苦命痴情的女人……"

房东是个大嘴巴，见到好看的男人便眉开眼笑地把她知道的一切和盘托出，末了，她说前几天也有人来打探过她们母女的事，她还以为她们母女惹上什么事了，一开始都不敢说，还把对方的外貌跟文浚仔细描述了一番。

文浚留下几张百元大钞以示感激，便离开了。

03

莹莹最近吃饭没什么胃口，失眠也越发严重了。

她眼底的乌黑落在秦淑雅的眼里，心疼得要紧。

这天，秦淑雅去做家政，那家人心好，得知她是湖南人，说他们老板最近出差刚好带回来一些湖南特产，他们吃不习惯，就给她了。

秦淑雅也很久没有尝过故乡的味道了，感激地对人鞠了一躬。

莹莹也很惊喜，还在老家的时候，家里炒白菜都要撒上火红的辣椒粉，别人吃多了辣椒，额头上容易长痘痘，她却越吃皮肤越好，因此从小便无辣不欢。看到酱板鸭的时候，她无声地吞了吞口水，忙不迭地问秦淑雅："妈，这都哪来的？"

秦淑雅知道不能告诉莹莹真相，因为她一直瞒着莹莹在外面做家政，于是随口撒了一个谎："从一个卖特产的小商贩那里买的，也不知道正不正宗。"

莹莹眼里闪烁着光彩，拆开了酱板鸭的包装，那特制的香味就散发出来，让人胃口大开。

她吞了吞口水，拿到厨房切开，抓了一块咬在嘴里，久违的味道瞬间刺激着她的味蕾，让她忽然有流泪的冲动。

她用手背擦了擦眼睛，说："辣。"

秦淑雅给她递了杯水。

母女俩在灯下吃完了一整只酱板鸭。莹莹偶尔透过那个只有一条透光小缝般的窗口看了看外面，月黑风高，无星无月，也不知道那个人在做什么。

想他做什么，她适时地打住了这个想法。

而此时在黑夜被灯火晕开的地方，有户人家的小孩正在窗前灯下写作业，有个高大挺拔的身影站在那里，似有似无地看了一眼，指正道："你这题写错了。"

说完，他抬头看了看三楼那透着昏黄微光的窗口，嘴角牵起一抹满足的笑。

谢铭觉得柳小姐迟早有一天会爱上文浚，他家老板三番五次打发他来接柳小姐就算了，让他以请家政的理由送出一堆特产也算了，现在老板居然自己纡尊降贵愣是在这个弥漫着不明的味道、蚊子还多得要命的地方站了半天，连她的人影都没怎么看清。如果他是个女人，要是知道有人为自己做到这个地步，估计一早就泥足深陷了。

这个夜晚，谢铭突然悟出了一个道理——

要征服一个男人，最好的方法是打败他，让他臣服于你。而要征服一个女人，最好的方法是对她好，让她爱上你。

谢铭觉得自己真是个哲学家。

莹莹再次遇到文浚是五月的一天。就在她以为文浚从她的生命里消失，一切又渐渐恢复平静的时候，谢铭突然出现了，他说："柳小姐，有件事情，可以请您帮个忙吗？"

孔雀与蔷薇

"什么事?"

"可以请您去看看文先生吗?"谢铭见她停下脚步,说道。

"为什么?"莹莹很少听到谢铭用这种口气和她说话,反应过来,抓住他的手臂,"他怎么了?"

"文总身体一向很好,这次出差回来忽然病了。"谢铭见她有所反应,趁热打铁地说道,"他知道您不想见他,所以不让我说。"

"病得……严重吗?"莹莹意识到自己刚刚冒失的举动有点失礼,无声地放开手,却来不及藏好自己的担心,"那,他人现在在哪?"

"如果您方便和我走一趟的话,我这就带您去。"谢铭都做好了柳小姐会说"他病了关我什么事"的应对措施,完全没想到她是这个反应,他心里有几分得意,看来,这次任务完成得比他们预期的还要顺利。

04

一路上,谢铭对莹莹解释:"不知是不是水土不服,一从湖南回来,文先生就有了感冒的迹象。"

莹莹诧异:"你们去湖南了?"

"对啊,你不知道吗?"谢铭想起文浚的嘱咐,那次无名湖落水事件不要和她提起,但他没有说不可以透露湖南之行,"听说你是湖南人,他专程去选了特产,回来的时候还差点误机,怕你不肯收,我好不容易才通过阿姨带给您的。"

"所以,那些酱板鸭是他带回来的。"莹莹惊讶不已。

"没错。"谢铭像是说错了什么话似的,"这事文总也嘱咐过不让说,还请柳小姐替我保密。"

过了一会,他又说:"柳小姐,有些话我不知道当不当说,跟着文总这么多年,我从来没见他对哪个女人这么好过。"

谢铭的话一时之间让莹莹心中百感交集。

很快到了文浚位于市中心的公寓,公寓楼很新,是一层一户的结构,安保措施做得非常好。

谢铭将车泊在地下停车场,带着莹莹上了楼。

来开门的是文浚,他穿着一件绽青色的睡袍,脚上踩着同色棉拖鞋,头发微微有些凌乱,乍看没有了以往的居高临下,但那份独属于他的贵气并没有完全被病气掩盖。

看到莹莹,他眼里有惊喜一点一点地溢出:"你怎么来了?"

谢铭连忙说:"文总,是我自作主张请柳小姐来的。"

文浚无声地睇了他一眼,说:"进来吧。"

很多天没有见到文浚了,莹莹发现他清瘦了一些,一双眼睛越发深邃,让她看不到里面的内容。

"你不舒服吗?"莹莹问,"为什么没有去医院?"

他掩嘴咳了两声:"你在关心我?"

"你别想太多。"莹莹涨红了脸,别开眼,"吃饭了吗?想吃什么?我去给你做。"

文浚敢说,有生之年,他从未见过这么单纯的人。当她看向你时,一双眼睛像琉璃澄澈透明,天真到有时都让他不忍对她费心算计。而当她不看你时,你会怅然、惋惜、失落。

而且,他发现每次用苦肉计,在她面前都特别管用,究竟是因为她与生俱来的善良,还是说他在她心里也有那么一点不同呢?

不管是哪一种,都让文二少爷一扫连日来的阴霾,心情大好:"还以为我存在你那里的伙食费用完了。"

"都什么时候了,你还有心情说这个。"

"如果用完了,记得提醒我,我再预存一点。"他嘴角上扬,勾起了一个弧度,那幽深的眼睛仿佛沉沉夜幕缀了星子,这个样子的他,是纯白的,与他以往任何时候都不一样。

莹莹不再理他,走进了厨房,一台洁白的冰箱立在那里。

莹莹打开冰箱的门,发现里面空空如也,什么食材也没有。

莹莹往回走两步,一边走,一边说:"我下楼买点小米和菜熬粥。"

"您对这里的路不熟,还是我去吧。"谢铭识趣地自告奋勇,说着,以迅雷不及掩耳之势退了出去,门在他们身后缓缓合上。

莹莹却依旧忙个不停,她找了个壶烧水,准备把器具全部洗一遍。

忽然,一双长臂伸过来,从身后将她抱住。

她一惊,下意识地用肘一顶,他吃痛:"你就这么对待一个病人。"

"我不是故意的。"可能莹莹自己也觉得刚刚太用力了,语气也弱了几分,"谁让你生病还不安分,去好好给我躺着。"

"你陪我躺着。"他竟和她撒起娇来。

"你……"

"怎么,怕我对你做什么?"他眉头微挑,眼角带笑,"你放心,我也不是这么饥不择食的人。"

莹莹:"……"

05

很快就到了六月。

莹莹她们的毕业典礼便是在这个月举行,很多学生都开始忙着排节目，其中有一个六人舞蹈，由班上有舞蹈基础的周晓丽策划，但排练的时候，周晓丽要在队列前面教动作，必须找一个和她身材、个子差不多的人来替她候补站队，以方便变换队形时保持整体性。

他们过滤了一圈后，找到了莹莹。莹莹在学校从没对外说过自己会跳舞，既然决定放弃了，那她就做得彻底一点，省得还对其抱有热爱和不必要的期待。

然而，周晓丽说："你的动作跳得不到位也没关系，主要是保持队形，后期大家学会了，我会归队，你就可以不用替我了。"

莹莹犹豫了一下，毕业典礼四年就那么一次，这个忙她不能不帮，而且反正也不用真正上台，于是，想了很久后，她就点头答应了。

经过几天的排练，周晓丽很吃惊，她发现柳莹莹居然是六个人中舞跳得最好的那一个，别的同学一个动作要教几遍才会，莹莹学一遍就能跳好。而且，她发现，莹莹长得本就美，当莹莹舞动起来的时候，周身更有种耀眼的、让人迷醉的光芒。

"莹莹，你学过舞蹈吗？"休息的时候，周晓丽递给莹莹一瓶水，问道。

"小时候学过一点。"莹莹不擅长撒谎，坦白道，"不过已经是很久以前的事了。"

"原来如此。"周晓丽由衷地夸了一句，"跳得还不错啊。"

"谢谢。"可是跳得再好，她终究也只是个替补，可能此生再也没有登台的机会。

让莹莹没有想到的是，为了让这个节目更出彩，周晓丽后面改了动作，她决定由自己领舞，把莹莹真正地列入队中。

她开心地把这个消息告诉莹莹，以为莹莹听到后一定会很开心，

孔雀与蔷薇

可是莹莹的反应让她无比意外。

莹莹先愣了一下,然后飞快地摇头:"我不跳了。"

"为什么?你跳得这么好。"

"是我自己的原因,还请你不要问了。"莹莹回答得很坚决。

"我不管你是什么原因,这支舞已经没有时间再做更改了,请你尊重自己,尊重舞台,也尊重大家的努力。"周晓丽有些火大,她好心给莹莹一个机会,这家伙居然如此不识好歹,真是糟心。

此时,这座城市的另外一间排练室,几个练习生正对着镜子练习,叶柏伦走进来不说话,无声地看着她们排练。

这支舞她们都练得很熟练了,可是,从始至终,在她们的身上只看得到技巧,完全没有看到舞者的灵魂,他摇了摇头。

他的脑海中浮现出昨天 Uncle 的话:"柏伦,听你妈妈说,你想挑选一个舞者成为自己的搭档?"

"是的,Uncle。"

"这事你也不要着急。对了,月底我们学校毕业典礼有舞蹈节目表演,要不要去看看,没准能在这届毕业生中找到不错的苗子。"

叶柏伦接受了他的提议,他想,Uncle 说得也对,他是不应该画地为牢了。

Chapter 7
台风与月色

01

为了说服莹莹上台，周晓丽几乎软硬兼施。

莹莹骨子里是个与人为善的人，面对周晓丽近乎直白的坦诚，她觉得自己再推托下去有些过分了，所以最终点了头。

毕业典礼那天，舞蹈作为压轴表演，在冗长的各种代表讲话、各种表彰、各种颁奖之后备受期待。

前一天还是燠热的天气，这天却转凉了，中午忽然刮起了一阵风。风力极大，风势极猛，几乎能够掀起瓦片，树枝被吹得剧烈摇晃，居民楼里晾晒的衣服瞬间就被吹飞了，就连在多功能厅里举行毕业典礼的师生也听到了呼呼的风声。

孔雀与蔷薇

有人说:"是台风。"

烈风伴着滂沱大雨呼啦啦地吹来,窗玻璃被打得啪啪作响,坐在窗户边上的同学起身去关窗,手一伸出去,就被打得生疼。

台上的优秀学生代表还在滔滔不绝地讲话,但是席上的同学已经开始有些躁动了。

后面的环节几乎只能草草结束,节目表演都被临时取消,但是,所有师生都被要求留在厅内,不准擅自离场。

这场台风来势凶猛而浩大,后来被命名为"高莲",是太平洋台风季第三个获命名的风暴,亦是一九九三年首次出现的超强台风。

莹莹她们几个女生在表演的服装外面套了学士服,周晓丽见个个无精打采、垂头丧气的样子,忽然说:"既然都被困在这里了,为什么就不让我们表演了,我得去找他们理论。"

"晓丽,要不还是算了吧。"

"不能就这么算了。"周晓丽坚决地说,"台风来了又怎样,舞台没有塌,我们就可以跳起来。你们到后面的小房间准备一下。"

她的话让心灰意冷的几个人燃起了热血。

这句话也感染了莹莹,她忽然想起自己学舞的那些日子,是因为梦想吗?

不,是因为发自内心的热爱。

是啊,舞台没有塌,她只是换了一个地方生活,为什么就放弃了。

后来,她学会自己编舞,她重新登上舞台、重新找回了自己的光芒……她此后舞蹈生涯里每一个重要的节点,脑海中一遍一遍响起的都是那一年香港的台风天时周晓丽说的那句话——台风来了又怎样,舞台没有塌,就可以跳起来。

此时，周晓丽已经风风火火地阔步上台，也不知道她对维持秩序的老师低声说了什么，只见她拿起话筒架上的话筒，说道："请大家保持安静，在这个即将离别的日子里，让我们为带给我们骄傲的学校、敬爱的老师以及亲爱的同学献上一支舞。"

很奇怪，老师维持了半天秩序都没有什么用，周晓丽的话却像有神奇的魔力让全场寂静了，只听得到窗外呼呼的风声和噼啪作响的雨声。

不知什么时候已经脱掉学士服的几个女孩闪亮登台，年轻女孩的脸庞像是一枚枚浆果，她们随着音乐声舞动了起来。

台风似乎停息了，雨却下得更大了。

叶柏伦着装低调地坐在第一排，他并不是以嘉宾的身份出现的，因此也没有任何宣传。

有学生注意到这个年轻男人和副校长坐在一块，对这位座上宾满是好奇。

他们好奇，却无从打听。

叶柏伦原以为白走了这一遭，人还被困在这里，直到此刻才来了精神，这群小姑娘有点意思，跳得也还不错，让人眼前一亮。

他盯着台上，对叶副校长说："Uncle，领舞的那个姑娘很出色。"

叶副校长点点头："她叫周晓丽，是很有想法和行动力的一位同学。"

叶柏伦的视线却定在另外一个人的身上，再也没移开，他没有想到，会在这里遇到她——柳莹莹。

他在心中由衷地为她鼓掌，嘴上喃喃："第一排左边第二位，由她来领舞，也许会更好。"

02

疾风停了，雨势也变小了。

莹莹和几个小伙伴随着人流下楼，突降的暴雨让地面积满了水，看样子，这水一时半会也消退不了，她想了想，索性把鞋子一脱，准备赤足蹚水而过，便是在她蹲在地上脱袜子的时候，一个声音喊住了她。

她人一惊，差点摔个人仰马翻，那人疾步上前，一把将她扶住。

"咦，是你。"不期然对上一双明朗如星月的眼，莹莹不无惊讶地问，"你也是我们学校的学生吗？"

叶柏伦微笑着摇头："我有个叔叔在这里工作，我来找他，不巧还遇到了台风，但有幸观赏了你们的毕业典礼。"

"是这样啊。"

"我看到你上台表演节目了，很厉害。"他的赞美很真诚。

莹莹被夸得有些不好意思，心直口快地说："我就是被拉去凑数的。不好意思啊，因为这鞋子是在外面租的，不能泡水。"

叶柏伦看了看面前淌成急流的水，讲："你在这里等我一下。"

说完，他就消失不见了。

周晓丽靠过来，挤了挤眼睛说："莹莹，我没看错吧，刚刚那个人是Baron——叶柏伦？"

"没错，他的名字叫叶柏伦。"

"天哪，他真的是那个十七岁就拿了国际舞蹈大奖的舞蹈家Baron，我刚刚上台的时候就看到他了，可是，你怎么会认识他？"

这下轮到莹莹吃惊了，虽然刻意回避关于舞蹈的一切信息，可是Baron这个名字，她又怎么会没听过。

莹莹还沉浸在这种震惊之中,叶柏伦已经去而复返,只是手中多了一双粉色雨靴。

"你可能需要它。"他在所有人的目光中泰然自若地说。

"这是……给我的吗?"莹莹迟疑地问。

"当然。"男子始终带着如沐春风般的微笑,"穿上它,就不用光着脚踩水了。"

说着,高大的身子在她面前矮下去半截,他竟不顾众人的目光,在她面前蹲了下来。

莹莹错愕地看着他要帮她穿鞋,脚抬也不是,不抬也不是,一张脸已经火烧火燎。

"我早和你说过,不要靠近柳莹莹,她是我的人。"一个冰冷的声音打破了这场尴尬。

是突然出现的文浚。

莹莹觉得头大,她之前就隐约感觉到这两个人不对盘。

——尴尬没有持续太久,文浚做了一个让所有人捂嘴惊呼的举动——他长臂一捞,占有性地抱起柳莹莹,就涉水而去,只丢下一句"以后不要让我看到你靠近她"。

"文浚,你干吗?"莹莹还穿着表演时的裙子,手上提着一双鞋子,他的怀抱里都是雨水的气息,她想挣脱,却觉得他力道收紧,于是恨不得拿鞋子砸向他的脑袋。

"闭嘴。"他的火气正盛,虽然在莹莹看来这火气来得有点莫名其妙。

这里该发火的人,明明是她。

"你为什么总是这么无礼?!"

"是，我偏偏就要对你无礼。"

"……"

一滴水滴在她的额头上，她惊觉，是他的黑发在滴水，明显是来的路上淋到了雨。

莹莹想起刚刚这场吓人的台风，难道他是顶风而来的，这种天气，别人都紧闭门窗，他到底知不知道这样出门有多危险。

这样想着，莹莹语气不自觉地变好了些："文浚，我不喜欢你这样。"

"那家伙呢？"

"什么？"

"叶柏伦。"文浚善于掩饰情绪，可不知道为什么，只要在莹莹的面前，他的暴躁就会不由自主地显露出来，他不满地说，"我问你，为什么一次又一次让那家伙接近你？"

"我和他不是你想的那样的，我们就是偶然遇到。"莹莹也不知道自己为什么要和他解释，或许因为那一刻，在他怀里的她，仰头看到他鲜有的狼狈。又或许她在他那深邃的眼眸里看到的除了怒火，还有一丝不易察觉的疼痛和隐忍。

03

他们出了校门，更直观地感受到台风的破坏力，马路上一片狼藉，有树枝被吹折在路边，有一些根扎得不够深的小树甚至被连根拔起。

车子开在路上亦是处处受阻，文浚握着方向盘，把车开得前所未有的慢且稳，收音机里在报道下午或晚上台风还会卷土重来，提醒市民紧闭门窗，出行注意安全。

文浚说："今天先去我那儿。"

"不行。"莹莹却非要回家,"我妈还在家里,我不放心她一个人。"

"你回家也可以,我必须和你在一起。"他一只手开车,一只手握住她的手,大手的温度让她感觉胸口狂热。

"你要去我家?"她想把手从他的手心抽回来,却发现只是徒劳。

"不行吗?"他歪头看她。

"不是不行,我家又小又破,你怕是会受不了。"莹莹陈述事实,"而且我妈可能会拿扫把打你。"

想到那幅画面,莹莹就不自觉地笑了出来。

她到家已经下午四点了,秦淑雅就等在门口,见女儿平安回来,一颗提到嗓子眼的心才稳稳地放回胸腔。

秦淑雅去厨房准备晚饭,切菜切到一半,屋外再次响起了熟悉的呼呼的风声,像怪兽在咆哮。

秦淑雅的手一个不稳,哎哟一声,切到了手指上。

"妈。"莹莹跑到厨房,看到秦淑雅流血的手指,吓住了,慌忙去翻止血药:"你等一下,我给你止血。"

风声更大了,房子的墙壁上有一条裂缝,不知道什么时候开始渗水,已经湿了半面墙。

莹莹在报纸上看到过台风吹倒房屋、吹歪铁轨的新闻,知道自然灾害的破坏力究竟有多厉害,她们住的这房子太老旧了,在台风里,有一种摇摇欲坠感。

她头一次觉得害怕,手都在发抖,可她不能表现出来,她不能让母亲察觉到自己的心理防线正要被一场台风击溃,她必须成为母亲的坚强后盾。

莹莹很快就帮母亲包扎好手指,推着母亲的背:"妈,你先去休息,我来做吧。"

饭最后还是没有做成,因为敲门声响起了,莹莹以为是害怕所产生的错觉,因为她竟听到了文浚的声音:"莹莹,开门,是我。"

文浚驱车离开,开了几分钟放心不下,又折了回来。

换作平时,莹莹绝对不会轻易让文浚踏入这个破败的家,在他面前,她已足够卑微,她不想让他看到自己更加落魄的一面。

可是,这一回,她没有阻止秦淑雅开门的动作,文浚的到来让她突然心安了不少。

文浚规规矩矩地站在门口,对秦淑雅说:"阿姨,我是莹莹的朋友,路过附近,风太大,就上来避一下,没打扰到你们吧。"

一句话消解了秦淑雅所有的防备,她忙说:"快进来。"

她还让莹莹去倒一杯热茶过来,莹莹端着杯子,还没放到桌上,一道闪电划破长空,轰的一声,闷雷打了下来。

如果不是文浚稳稳地接住杯子,莹莹差点把水泼出去。

"别怕,有我呢。"文浚给了她一个眼神,不知道为什么,她一颗在自然灾害面前彷徨、焦虑、恐惧的心忽然安定下来。

文浚知道她们居住的条件不好,来之前已经做过心理建设,可是他没有想到居然破旧狭小到如此地步,她们母女俩住的房子,面积还没有他家一间厕所大。

这一刻,她曾对他说的那些话,忽然一句一句浮现在他的脑海里。

在他的办公室里,她捏着一张纸递给他:"文先生,我收到了您派人送来的解约合同,这是那五十万的欠条。"

卖花摊边,她为难地对他说:"文浚,我现在是个负债人,我需要收入来还债和谋生。"

学校门口,着急着去打工的她说:"你现在耽误我的时间,已经够我刷完两盆碗了。"

还有,她说:"文浚,难道你还不明白吗,我和你从来都不是一个世界的人。"

她贫穷,但始终傲骨铮铮,从不愿意平白无故地接受他人的援助,也不自甘堕落,而是有尊严地活着,努力地生长着。

在这该死的台风天里,他的心像被暴雨淋湿了,被泡得十分柔软,生出了无限怜惜。

04

风势再次小下来。

文浚不知道和什么人通了电话,他看了看外边的情形,霍然起身:"不行,这地方太危险,不能再住了。"

秦淑雅忧心地说:"这一时半会,我们也没地方可以去。"

莹莹可真怕文浚说出他在车上对她说的那句话,不过,还好,他这次没有说"去我那儿吧"。

他客观理性地分析了一备形势,最后才说:"我一会回家,在附近可以顺便找个安全的地方先把你们安顿下来。"

说完,他看向莹莹,用眼神示意她点头。

秦淑雅明显有些迟疑,但莹莹觉得这里住着不安全,便说:"那行吧,妈,我们收拾一下,这房子渗水,被子什么的都受了潮,等天气暖了,我们再翻出来晒晒。"

文浚给她们安排的酒店非常豪华,厚厚的窗帘几乎把台风隔绝在了另一个世界，住在这里再不需要担心安全问题。

可秦淑雅是个心如明镜的人，她住在这种地方坐立不安，这不，一进屋就开始盘问："这酒店可不便宜，莹莹，你这朋友是做什么的？"

莹莹被问得一愣："他……也是做生意的吧。"

"生意人最是精明，到时把钱给人家。"秦淑雅交代道。

"知道了。"

嘴上这么答着，可莹莹也心虚，心里有几分责怪文浚的意思，他自己锦衣玉食大手笔惯了，明明知道她的条件并不允许，还非要给她安排在这种有钱人住的地方。

她哪里能住得安稳，第二天便急急地打包行李去办理退房，前台微笑礼貌地说："小文总交代过了，柳小姐可以一直在这里住下去。"

"小文总？难道这家酒店也是他们家开的？"

"没错，我们酒店隶属于文氏集团。"

尽管如此，莹莹还是坚持办了退房，她说："那麻烦你帮忙转告你们文总一声，我们走了。"

酒店旋转大门中间有一座复古雕塑，母女俩往外走的时候，外面正好有人进来。

但是，谁也没有看见谁。

文旭走进酒店宽阔的大堂，走了几步，忽然回头望了一眼，清扫房间的工作人员拿了一个盒子下来，说："这是刚刚809号房间的客人落在酒店的东西。"

那是一个铁皮盒子，像是装饼干用的，看上去已经很旧了，但是809号房是小文总带进来的客人，工作人员可不敢怠慢。

清扫房间的工作人员和前台小姑娘商量着准备打电话向小文总汇报。

"可以把东西交给我,刚好我认识那位客人。"一个声音打断了她。

前台小姑娘抬头一看,一颗心几乎要跳出来,眼前是一张玉雕般精致的脸,她这是撞了什么大运了,两天之内见到了文家两位少爷。愣了半晌,她回过神来,连忙双手把手里的东西奉上:"那麻烦大少爷了。"

"对了,帮我个忙。"文旭勾了勾手指,小姑娘把耳朵凑过去,他吐气如兰,说,"这种小事就没必要去打扰小文总了。"

05

文旭打开盒子,先看到的是几张泛黄的明信片,他随手拿起其中一张,上面的老街老巷并无特色,翻过来能看到背面的字迹,是一些告别和祝福的话,很青涩,大抵是她来港之前同学朋友送的。

往下还有一些东西,小泥人、女孩子的发卡、头绳……文旭的目光忽然一顿,被一点翠色吸引,那是一颗翡翠铂金镶钻袖扣,这种材质和工艺的扣子都是国外高端品牌设计师量身打造的。

如果没有记错,文浚有件衬衫的上面就是这种袖扣,可他是个讲究的人,不会允许衣服有一丝褶皱,更何况少了一颗扣子。

文旭扶了扶眼镜,难怪这个柳莹莹住酒店都把这个盒子带在身边,看来他俩的缘分比他想象中的还要深厚。

文旭露出了意味深长的笑容,拿着盒子追了出去。

莹莹已经发现自己落东西了,还好走得不远,她对秦淑雅说:"妈,我那个盒子被落在酒店了,你在这里等我一下,我去拿。"

"快去快回。"

可莹莹没走几步,就碰到个人。那人扬了扬手里的东西:"你在找这个吗?"

与孔雀蔷薇

他手里拿着的正是她的宝贝铁盒,她惊讶:"怎么会在你这里?"

"是你落在809房间的。"

"你是酒店的工作人员?"莹莹隐约觉得这个人眼熟,稍一沉思,想起来了,他是在她这里买走过一束马蹄莲的客人,也许是因为他出色的外貌,她才记得他。

"算是吧。"文旭说,"我看你挺着急的,这里面有很珍贵的东西吗?"

"是的,对我来说挺珍贵。"莹莹说,"所以,谢谢你还特意给我送过来。不过,我妈还在等我,我得先走了。"

"再见。"

"再见。"

文旭目送她的背影走远,上扬的嘴角垂了下去,没人看到他的拳头忽然握紧,戴在食指上的狼头戒指,在亮白的光线下仿佛正愤怒地张牙舞爪着。

——文浚,我得不到的东西,父亲的认可,美好的亲情,纯粹的爱情,凭什么你都可以轻易得到?!

很快,莹莹的生日到了,秦淑雅是一个很有仪式感的人,以往每回过生日都会为她庆祝。

这次因为忙大学毕业典礼的事,连莹莹自己都快忘记了,整理东西出来晾晒的时候,看到去年魏子良送她的生日礼物,才恍然想起这件事。

说起魏子良,莹莹在毕业典礼之前见到过他和杜芷君一次,沉浸在恋爱中的杜芷君穿衣打扮更加肆意张扬了。她穿着一条吊带裙子,戴着夸张的耳饰和手链，走路的时候一晃一晃的，她说："柳莹莹，我听说你最近很风光啊，都上报了。"

她的语气不无讥诮，莹莹也不笨，能够感受到她的敌意。

而"听说"二字用得颇为微妙，让莹莹无法控制住自己不去想，是不是魏子良和她说的。这样想时，她还是会觉得心口像被什么重重地蜇了一下。

但杜芷君全然不在意莹莹的感受，继续说道："有时候，这人啊，还是务实一点，文家是什么家世，可不是什么人都能进吧。"

这口气，与冯苗苗的异曲同工。

"你很了解文家，还是说你很了解我？"莹莹的语气也有些不善。

"没有，作为朋友，我只是提醒你，免得你吃了亏。"

莹莹想说"你我之间从来就不是什么朋友"，可是最终说出口的只有怒其不争的四个字——"感谢提醒"。

杜芷君话锋一转："对了，阿良已经找到工作了，我们准备好好庆祝一下，你来吗？"

这话炫耀成分十足。莹莹从来不否认，魏子良是优秀的。

可是，爱过的人，哪怕他于你是平庸之恶，想起他，你的内心仍会有温柔，只是你仍希望他过得比你好，更何况他与她有过好时光。

莹莹摇头："不了。"

06

这年生日，莹莹在家里的顶楼晒被子，想起这些事情，像蒙了尘。

头顶巨大的氢气球是什么时候飘来的，她丝毫没有察觉，直到几个小孩子吵吵闹闹、互相推搡着跑到顶楼上，在她的被子底下钻来钻去，让她气恼又无奈。其中一个小孩指着天空大喊："快看，快看，好大的气球啊。"

莹莹抬头一看，在这老旧的楼群之间，彩色的气球有种颓废鲜艳的反差美，她不禁怔了怔。

就在这个瞬间，气球上突然掉下一条横幅，硕大的黑体字尤为显眼：生日快乐。

没有署名，亦无落款。

莹莹还未全然反应过来，感觉到有什么拉扯着她的衣摆，她低头一看，是个几岁的小男孩。小男孩把一张贺卡塞到她的手里，说："姐姐，是一个很好看的哥哥让我给你的。"

莹莹蹲下来接过贺卡，打开看到上面简洁有力的两个字：下楼。

是谁呢？莹莹迟疑了一下，还是下了楼。

她先看到了文浚的车，他的人就倚在车旁，这天阳光很好，他穿了件白衬衫，车身也是白的，白如星辰相映。

不知为何，莹莹的心狂跳了起来，觉得有些恍惚。她别过头，再看他时，才想起问他："那个气球……是你弄的吗？"

文浚没有承认，说："是谢铭。"

"那，和你弄的有什么区别吗？"莹莹笑了，谢铭一直是文浚的左膀右臂，是仰他鼻息吃饭、听他指派做事的人。

"很快你便知道。"文浚故意卖了个关子，别有深意地说，他今天似乎心情不错，脸上有淡淡的笑意。

莹莹发现，很少笑的人，笑起来特别好看，而说话间，他已经走向她。

莹莹也不知道自己今天是怎么了，感觉他每走近一步，她的呼吸就变得急促一分，久久难平。

文浚带莹莹去了他新购置的房子，是一幢依山傍水、独门独户带花园的洋楼。

那是她第一次踏入那幢房子，她愣住了，眨了眨眼睛，感觉像是在做梦，因为，她在这里看到了几乎和贴在九龙城出租房破败墙壁上的那张大画报上一样的、真正面朝大海的窗。

她伸手，轻轻地推开白色的窗户，海风瞬间吹进来，是真实的，仿佛空气中都有咸味。

海水徜徉着，在岸边拍出一朵朵水花。

文浚走到她的身边，低沉的声音轻轻响在她的耳畔："既然你住不习惯酒店，我给你找了个房子，送给你当生日礼物，也庆祝你顺利毕业。"

莹莹受宠若惊，她的诚惶诚恐夹杂在从今天他出现起就有些失常的心跳声中，无法被海风吹散。

——她以为他在开玩笑，这么大一幢房子，他就那么随随便便地说送给她。

她怎么也预料不到，他的赠送并非随随便便，而这幢房子，将埋葬她的一生。

窗外月色太好，月光铺在海面上，像是她的故乡冬天清晨结在地上的银霜，美若仙境。

一窗之隔的室内，烛光摇曳，餐桌上铺陈着精致的长桌布，摆满美味佳肴，那些点心和菜式分门别类，无论是品相，还是摆放都赏心悦目。一排穿着白色厨师服的人站在门口整齐地鞠躬，对莹莹说："生日快乐。"

文浚长身如玉，负手而立，烛光将她的身影镀了一层暖色调，他说：

与孔雀蔷薇

"原本想多叫些人来替你庆祝,但怕你嫌太闹腾。"

他是了解她的,他的朋友全是些富豪权贵,她的性情虽然不算孤僻,但在那些人中间一定难以周旋,最重要的是,他私心想和她独处,他自然也不会放过这个大好的机会。

"饿了吧,这些都是香港五星级大厨做的。莹莹,今晚全香港最好吃的食物都在你的面前了。"

莹莹早已瞠目结舌,难怪文浚在车上的时候会和她卖关子,此刻她感到受宠若惊的同时,心中也涌起难以言说的感动。不得不承认,她长到这么大,从未有过这么隆重盛大的生日宴。

文浚说他以前在英国和人学过一段时间的调酒,于是用酒兑了饮料和冰激凌让她品尝。

那酒真的很好喝,竟让她贪杯。

烛光下,他看她的眼神变得越来越炽烈,仿佛里面有跳动的火焰,温暖着她,也燃烧着她。

虽然是被饮料稀释过的酒,但她喝得有点多,还是不胜酒力,不一会儿,便喝醉了。

次日清晨,莹莹昏昏沉沉地睁开眼睛,入眼的是陌生的空间和眼前放大的熟睡的脸。

他的长睫覆在眼睛上,睡着的样子没有一丝攻击性,纯净得像个孩子。

而她……

她竟然枕着他的手臂,躺在他的怀里。

白色的纱帘静静地挂在面朝大海的窗台上,屋子里隐约能听到海浪的声音,很轻很轻。

莹莹的脑中霎时一片空白。

她半晌才找回自己的声音,是一声打破清晨宁静的尖叫。

文浚被吵醒,他睁开眼睛,便见她弹得远远的,用力扯着被子,整个人花容失色:"文浚,你……你……你到底对我做了什么?"

"这话应该我问你吧。"刚刚睡醒的男人镇定自若,嘴角无意识地勾起了一道弧,笑意一点一点漾开,让那幽深的眼在晨光里格外亮,里面竟然映出了她自己的影子,"昨晚对我又搂又抱的人是谁?你、这么快就不记得了。"

莹莹下意识地捂住自己的脸,努力回想昨天晚上的事情,迷乱的记忆一点一点回归,她的脸顿时红得像煮熟的虾子,恨不得找个地缝钻进去。

文浚靠过来,在她躲开之前轻轻捉住她的手,定定地看着她,一双斜飞入鬓的眼眸此刻就像风暴平息后温柔的海:"傻瓜,昨晚你只是抱着我睡着了。"

"真的?"

他摸了摸她的头,给了她一个肯定的眼神:"虽然我渴望你,想拥有你,但是,如果你不愿意,我不会碰你,更不会伤害你,因为,我舍不得。"

"对不起,我……"

"莹莹,留在我身边。"不等她说完,他打断她,声音低沉而富有磁性,"我可以给你一切,除了文太太的身份。"

她应该摇头说不的,可是在那短暂的瞬间,他的黑眸中仿佛突然住了一只妖精,让她几乎魂飞魄散。

她愣愣的,像突然忘了动作,也失了言语。

Chapter 8
噩梦与善举

01

早晨的九龙城雾霭深深。

残旧灰败却又密集的建筑被笼罩在浓雾中，荒芜，寂静，如同恐怖电影中定格的一帧画面，仿佛下一秒，里面就会冒出什么东西来。

文浚坚持送她回家，但莹莹只到路口就下了车。

虽说文浚已经去过她的住处，知道了她生活落魄的真相，可是，这地方毕竟人多口杂，而且秦淑雅一向对她管得严，这下好了，一夜未归，等着她的不知道是什么样的审判。

然而，预想中的审判没有来，莹莹碰到了出门买菜的房东，从她那里得到一个噩耗："丫头，你跑哪去了，快去医院，你妈出事了。"

"什么？"莹莹感觉心脏重重一沉，要透不过气来。

生活真的如电影，只是不知道下一秒跳出来的是什么怪兽。

她马不停蹄地赶到医院，在大厅里差点撞了人。

这天是老刘与文氏集团谈土地合同的日子，偏偏刘嘉树这小子不让他省心，说是打篮球打伤了人，好在伤得不算重。老刘办了相关手续，又是道歉，又是交费的，忙完就往外赶，恰好从外面跌跌撞撞地跑进来个女孩，若非他闪避及时，可能就不会只是肩膀堪堪擦一下了。

莹莹把手举到头顶，往后退着说了声："对不起。"

老刘回头，只看到女孩跑远的纤瘦背影，嘀咕了句："现在的年轻人，冒冒失失的。"

莹莹一路跑到导诊台，找到了急诊科，秦淑雅的病房里站着一个陌生的妇人——秦淑雅是昨天给人家做家政的时候突发脑溢血的。

医生说，还好送医院及时，才能暂时保住一命，但现在的情况依然有危险，要准备手术。

而那个三十多岁的妇人自称是病人的雇主。莹莹也是在这时才知道，她的妈妈一直背着她在给人家做家政赚钱。

莹莹看着病床上憔悴苍白的女人，想大声责怪她："你为什么不好好照顾自己，你出了什么事，我该怎么办！"

所有的话，却在她一声轻唤下，如鲠在喉。

"妈，你怎么样了？"

没有回音，雇主也没想到请个家政阿姨来家里打扫会摊上这种事，只能自认倒霉，见亲属来了，急着和她推脱责任。

莹莹也是个讲道理的人，知道这事不能怪别人。

由于之前挂的是急诊，床位也是临时的，这会莹莹忙上忙下，又是缴费，又是照顾她吃喝，自己却连水也顾不上喝一口。

　　文浚送莹莹回去后，将车子停在路口，下车掏出烟夹，点了一根烟。

　　他抽烟的动作也是好看的，慢条斯理，这画面看着都让人觉得是种享受，只是，这幅画面在两分钟后被一个拎着菜篮子的大婶打破了。

　　大婶一惊一乍地说："欸，你不就是那个……那个文……我跟你说，你打听的那个丫头家里出大事了。"

　　"什么？她人呢？"

　　"去医院了。"

　　文浚当机立断掐熄烟头，上了车，车后扬起一阵尘土。

　　他站在病房门口，看到的便是她小小的身影忙碌穿梭着，那么伶仃而倔强，他微微有些心疼，人没有立刻跟进去，而是找来医生问了病人的情况，又打了个电话给欧阳。

　　医生来通知莹莹去给病人换病房时，莹莹微微有些吃惊，她明明问过护士，说没有病房了。

　　新的独立病房宽敞而明亮，莹莹走进去，看到窗边背身而立的高大身影，心里咯噔一声，忽然明白了一切。

　　文浚竟那么快就知道了。

　　"谢谢你。"莹莹走到他的旁边，直接省略了问询的部分，小声而又真诚地道了一声谢。他总是在她最无助也最难过和最需要帮助的时候出现，然后，轻而易举地解决她的困境。

　　她每一次都记得，记在心上，觉得对他亏欠得越来越多。

　　"吃饭了吗？"他问，不等她回答，接着说道，"这里我都安排好了，我带你去吃点东西。"

"我不饿。"

"不饿也得吃。"他又恢复了一贯的强势,"去那边坐着别动,我叫人送上来。"

"嗯。"她难得乖顺地点头,安分地坐在病床旁。

病床上的秦淑雅因为药物作用已经睡着了。

因为昨晚没睡好,在等待食物送上来的过程中,莹莹的眼皮也越来越沉。

文浚见她小鸡啄米般,头往下点着点着,重重地坠下去,又勉强撑起来,忽然伸手把那颗脑袋拨向他自己,让她靠在他的肩上,声音还是冷冷的:"不要把自己当成超人,你要学的东西还有很多。"

莫名其妙的一句话。

莹莹脑子转不过来:"什么?"

"从今天起,学会被爱、被照顾,学会相信我、依靠我,不要推开我。"

莹莹点头嗯了一声。

"如果困了,就先睡一会。"

02

会议永远冗长枯燥,会议室里文氏集团的各大股东面色阴沉。

今天的议题是无名湖那块地。

不久前,在医院,在莹莹靠在文浚肩头熟睡的两个小时里,文浚脑子里飞快地梳理着这次重要会议的内容。

会议进行到一半,他忽然忆起无名湖那次相遇,不自觉地,嘴角便微微扬起。

无名湖那边虽不至于荒凉,但这一块地尚未被列入政府的规划开发计划中,故而没有对外进行公开拍卖投标。

文氏集团在酒店业、娱乐业及近两年参与影视投资项目上日趋成熟,而房地产向来只是文氏集团经营范围里的冰山一角,在这方面,公司一向响应政府鼓励发展的口号,指哪打哪,竟也弹无虚发。

香港地窄屋贵,文浚接手后,大刀阔斧,要将大量现金流投向土地开发。

谁都不能完全窥见这个面容英俊、举止金贵、衣着得体、于谈笑间指点江山的年轻人的野心,他一连将几块土地收入囊中,眼都不眨一下。几个老股东已经对其做法颇有异议,觉得他不懂收敛,竟然把目光放在了无人问津的无名湖。

原是无人问津,可就在今天文浚的线人老刘来汇报,亿坤集团竟也对这块地感兴趣。

亿坤集团是香港数一数二的大企业,和他们家还颇有些渊源,现在的当家人高耀祖绝非等闲之辈,是个连文浚也不敢轻易冒犯的人物。

老刘附在他的耳边,小声地说道:"这一次是高蓉小姐的意思。"

文浚沉思片刻,想起高蓉昨天给他打过一个电话,她在电话里对他说:"文浚,我回来了,有空见个面。"

高耀祖只有一个独生女儿,与文浚相识也有些年头了,文浚还没接手文氏集团时,高耀祖就扬言要把自家女儿许给文浚。

高蓉虽然是个天之骄女,但并不骄纵傲慢,文劲森对她也十分满意。文浚回国之后,文劲森就催促他们订婚。

文浚知道这事意味着什么,如果有亿坤集团的帮助,他要接手文家的事业,无疑如虎添翼。

但是爷爷去世不久,还在守孝期,不宜大张旗鼓地办订婚宴,只是两家人吃了个饭,所有文氏集团的股东和亿坤集团的高层悉数到场。

那天,高蓉穿得十分漂亮,她微微仰头,满是期待地问文浚:"我们以后会结婚吗?"

文浚没有回答,他优雅地用叉子将一片刺身放进口中,然后拿起面前的毛巾擦了擦手,说:"你为什么想嫁给我?"

"香港半数女人都想嫁给你,我很开心,我比她们都幸福,感觉像在做梦一样。"高蓉看他的眼神始终充满崇拜。

文浚放下酒杯,眸若深海:"你开心就好,我今天还有工作。"

在后来的日子里,这句话她听过无数次。

两个人喝下午茶的时候,他会优雅地站起来:"你慢慢吃,我还有工作。"

逛街到一半,他递给她一张卡:"我不能陪你了,喜欢什么,自己买,我还要去公司。"

他对她永远客客气气,却又疏远万分,他爱的只有他的工作。

如果她再多缠着他一会,他的目光便能将她千刀万剐。

后来,高蓉终于顿悟了,既然他如此醉心于工作,那么她便做他的好搭档。有一天,她下了一个天大的决心般站在他的面前,对他扬了扬手中的机票:"文浚,我也要去英国了,学金融。"

文浚颇有些意外地看着她。

是的,他看着她,只有这样的时候,他的目光才会落在她的身上。

于是,她开心地说:"我知道你未来需要的是一个和你旗鼓相当、齐头并进的妻子,我会努力的。"

"蓉蓉……"他欲言又止。

"你能送我到机场吗?"

那好像是他人生里唯一一次，他放下了手里的工作，送她——只为送她，而没有半路就丢下她一个人回公司。

高蓉欢呼雀跃，认定自己做了一个无比正确的决定。

那之后，她就毅然离开了香港。

其间，她也回来过几次，每一次文浚都能感觉到她身上的变化，她不再是那个小女孩，而是一个有眼界、有阅历、有学识、有风情，也知进退的女人。

如果一定要娶一个妻子，那么，毫无疑问，努力将自己变得更好、想要与他匹配的高蓉是最好的人选。

03

纵然董事会上一众董事对无名湖那块地并不看好，文浚依然不肯改变初衷，他这人想做什么，历来势在必得。

他一边与政府协商周旋，一边通过老刘对附近几户居民做安置工作。

老刘的岳父在这一带有些名望，以前是这个村的老村长，因为这一层关系，老刘也在相关部门谋了一个职位，虽然基本算个闲职，也没入编制，但是他这个人十分狡黠，喜欢结交商人权贵，为他们谋点什么事，从中间捞了不少油水。

可是，这一回，老刘的上蹿下跳却没有给文浚带来多少帮助，文浚从政府那里得知，他们已经和亿坤集团达成了协议。

就是在这样的局面下，文浚与高蓉的再次见面猝不及防地发生了。

她穿着合身的丝绒西装，将头发整整齐齐地梳在脑后，从后看去，卡在皮绳上的金属发圈成了唯一的亮色，颇有几分女强人的味道。

"好久不见，我很想你，文浚。"意大利餐厅的卡座里，她的笑容恰如其分。

"没想到，你这一走就这么多年。"文浚说。

"是啊。"她说，"你知道吗，在英国那些日子，我走在路上，经常会想，这条路你是否走过。这样想时，我很渴望回来，但是，我更渴望你能看到我。"

"你做到了，现在的你，不仅仅是我，恐怕连令堂也会刮目相看。"

高蓉笑得十分灿烂，她将一个文件袋轻轻推到文浚的面前："这次回来，我给你带了见面礼。"

文浚拿起来，修长的手将里面的文件轻轻一抽，有一层隔在他俩中间的东西也在那一瞬间被抽离出来，那文件竟是亿坤集团与政府签署的有关无名湖的土地买卖合同，他只抽出来三分之一，又放了回去。

"你为何认为我会喜欢你这个礼物？"

"当然，因为我了解你，你的事，我都知道。"对于这个人，她在心里想了又想，等了又等，她将他的模样一遍一遍反反复复地勾勒着，这么多年过去了，面对他，她依旧心潮澎湃。

在国外这两年，也有人走近她，可是，没有一个人能带给她这样的感觉，这种如同海浪撞击在心上的怦然感。

文浚微微一惊，面上不动声色，将文件推了回去："既然这样，你应该知道我不会收下它。"

"我猜到你不会收，文浚，我并没有准备白白送给你。我买它，看中的不是它的开发价值。"她的眼眸露出一丝狡黠。

"你想转卖给我，从中间赚取差价？"

"你很有兴趣，不是吗？"她自信满满地歪头举起了酒杯。

孔雀与蔷薇

文浚笑了，他怎么也料不到，那个成天缠着她的高蓉有一天会坐在自己对面从容地和他谈生意，而且实力还不容小觑。

平心而论，她是个聪明人，而他，喜欢和聪明人合作。

"好。合作愉快。"文浚也举起酒杯，和她的酒杯碰在一起。

那天最后，高蓉对他笑若桃花："文浚，哪怕有一天你不知道你自己想要什么了，我也知道你想要什么。记住，在这个世界上，我永远是最懂你的人。"

04

喧闹声仿佛要从雕梁画栋的文家老宅溢出来。

文家本就是个分支众多的大家族，留在香港的也多是有头有脸的人物，偶尔逢年过节或家族有大事的时候，各种叔伯就聚在一堂。

文浚在路上就接到了冯苗苗打来的电话，说让他赶快回去，大哥有重要的事要宣布。

文旭和文劲森这几年关系一直十分紧张，个中原因，文浚多少也了解一些。文旭大学的时候和他的学姐徐惠兰走得很近，受了她一些照顾，后来徐惠兰风光大嫁到文家，成了大她二十岁的文劲森的第三任妻子。

自那以后，文旭像是突然变了个人，三天两头和各大电影明星传绯闻。文劲森觉得丢人，但久而久之，也懒得管了，睁一只眼闭只眼。

虽然文旭在家里不得势，可文浚从来没有轻看过他这位大哥，他心里清楚地知道，虽然在生意上父亲一直没有放权给文旭，但文旭的存在，是文劲森制衡自己的筹码。

再加上，文浚的母亲总是在旁提醒：你爸爸并不是只有你这一个儿子。

过去的文浚不以为意:"既然文家家业那么大,又何必介意和大哥平分秋色。"

母亲笑他傻:"你读过历史书,王从来都只有一个,没有什么平分秋色。浚儿,如果你接手了文氏集团,你可以选择善待文旭,但如果是文旭继承了文氏集团,我们母子都不会好过。不信,你可以暗中留意一下文旭看我的眼神,那孩子心里有恨。"

"为什么恨?"在文浚的印象中,他的母亲一直待文旭很好。

"或许因为他觉得他母亲的死与我有关。"

……

回忆中断在文旭出现在眼前的那一刹那,他还是戴着眼镜,斯文地坐在餐桌前,而他身边站了一个女人。

文浚仔细将最近的电影明星的脸从脑海中过了一遍,发现这张脸颇有些陌生。

他的疑惑很快在文旭接下来的介绍中得到了解答,文旭温声说:"这是鑫旗凌的千金简鑫。"

简鑫对文浚点头示意。

大名鼎鼎的鑫旗凌和文氏集团一直有业务合作,可以说是文氏集团的大客户,这个时候简鑫出现在文旭的身边意味着……

果然,文旭与简鑫对视,说:"我与简鑫决定结婚了。"

冯苗苗眉飞色舞,捧场地说:"恭喜大哥。"

"看来,今天真是双喜临门。"坐在冯苗苗旁边的徐惠兰说道。

文劲森也面露喜色,他最头疼的就是这个儿子,现在文旭终于收心,只是他不解:"双喜临门从何说起?"

"您还不知道吧，蓉蓉回国了。"徐惠兰说到这里，看了文浚一眼，脸上的笑容无懈可击，她在这个家里永远这样，像是戴着张会笑的面具，"阿浚，我以为蓉蓉会和你一起回来呢。"

文浚从来没有小看过这个徐惠兰，她能入主文家，必然不是什么简单之人，可他面上无澜，回道："蓉蓉说会找个合适的时间来看望奶奶和父亲。"

文劲森大喜，徐惠兰趁热打铁地说："我有个提议，文旭和文浚也都不小了，如果兄弟俩能在同一天举行婚礼，那一定是文氏的盛事，也是香港的盛事。"

听到这话，文浚压住自己的不耐，说："蓉蓉才刚回国，我不想她这么累。"

冯苗苗挤眉弄眼："看看看，还没结婚呢，我二哥就这么宠着我未来的二嫂了。"

05

第二天，高蓉就光鲜亮丽地出现在文家，她给所有人买了礼物，都是些高级的、精心挑选的雅致之物。

连家里的用人都人手有礼。

如此细心而又周到的举动，甚得长辈欢心。

躲得过初一，躲不过十五，这么浅显的道理，文浚何尝不懂。

他不是一个遇事就逃避的人，只是，面对高蓉，那个曾经让他疲于应对的人，如今浴火重生、脱胎换骨，她见过了博大宽广的世界，不再懵懂无知，却依旧将一颗拳拳真心捧到他和他的家人面前。

而他想的是，还不是时候将她推得太远。

"前日，和高耀祖打了一场高尔夫，他问起了你。我听这高家的口气，也是盼着你和蓉蓉尽早结婚。"文劲森远远地看着这个把家里几个女人逗得开怀的准儿媳妇，对文浚说道。

文浚头痛，想推说。

文劲森一锤定音："你们也不小了，我让人挑个日子，此事就这么定了。"

他总是这样，霸道专横。

外人都说，文浚像他。

也正因为他们是一样的人，文浚才清楚地知道正面开罪父亲会是什么样的后果，他不是怕自己承担不起这个后果，而是习惯性地想到了规避。

虽然父亲老谋深算，不好糊弄，可是眼下，能拖一天是一天："爸，自古长幼有序，现在要紧的是替大哥与简小姐筹备订婚。"

他拿文旭当挡箭牌，分寸拿捏得刚刚好，果然，文劲森只是略作沉思便说："你这样想也对，文家办事，不能落人口舌。你和阿旭都要先办订婚宴，不仅要办，还要风光大办。"

文浚暗暗松了一口气，眉头却依旧郁结在一块，久久没有舒展开来，心里始终牵挂着别的。

这么多年来，他除了欧阳这一个朋友，几乎独来独往。

迷恋顶峰的人怎么会在意路过的风光，他是个一心只想站在高处的人，虽然明知高处不胜寒。

可因为莹莹，他看到了低处的风景，第一次感受到了思念和牵挂的滋味。

那是他所陌生的情感。

他不习惯，也不喜欢。

可是，他想她，想见她。

一次一次，他被打败了。

秦淑雅做了开颅手术，术后人却没有醒来，已经近二十个小时了，一直在重症监护室里昏睡着。这是莹莹这一生度过的最艰难的二十个小时，她心急如焚。这么多年来，生活起起伏伏，可是母女二人一直都身体健康，连小感冒都很少得，而今母亲忽然一病不起，她像失去了主心骨，觉得自己什么也不能做，只能在病房门口走来走去。

谢铭安慰她："阿姨会没事的。"

文浚派人给她送了几回吃的，并让谢铭整日守在这里，有什么事第一时间向他汇报。

莹莹是害怕给人添麻烦的个性，心里过意不去，说："小谢，你还有工作，你去忙吧。"

小谢像被设定好了程序一样马上摇头："看好柳小姐就是我的工作。"

话到这个份上，莹莹也不好多说什么。

过了一会儿，医生出来，说家属可以进去探视三十分钟。

监护室里，莹莹看着秦淑雅苍白的脸和鬓角不知道什么时候长出来的白发，心都碎了。

医生说，脑干出血六十毫升，能不能醒来，要看病人的求生意志了，什么时候清醒不一定，可能几小时、几天，也可能半个月或者一两个月，还有可能变成永远醒不过来的植物人。

莹莹心里原本紧绷着的那根弦，又收得紧了一些，几乎勒得她喘不过气来。她走上前,握住秦淑雅的手,喊了一声妈,一出声,便哽咽了,眼里的晶莹化成泪珠,成串成串地往下淌。

06

从监护室出来后,谢铭送莹莹回了一趟九龙城,她飞快地收拾了一些简单的换洗衣服和生活用品。

收拾秦淑雅的物品时,从里边掉出来一张卡片,莹莹捡起来一看,发现这并不是卡片,而是那张父亲年轻时的照片。这张照片原本是被她收在铁皮盒子里的,也不知道母亲什么时候拿了去。

莹莹慌忙打开铁皮盒子,果然,照片已经不在了,她一眼看到的是盒子里的那点绿。

秦淑雅曾经说过,那天莹莹从水里被救上来后,手里一直紧紧握着的,就是那颗翡翠袖扣。

当时莹莹觉得奇怪,可秦淑雅认为这是吉兆,让她好好收着它,说是河神给她们的暗示。

莹莹不相信这些,可是如今回忆起来,自己那次坠水能够获救确实算得上是幸运,也许真的冥冥之中有什么在庇护着她吧。

这样想着,她把袖扣珍视地捧在手中,心中默默地祈祷着:"希望你这一次也能保我妈平安。"

好像在这个时候,莹莹忽然懂了当时母亲为什么让她去买福寿鱼放生,一个人只有在现实生活中不被善待,无法实现愿望,也找不到寄托时,才会将希望寄托在那些虚无缥缈的事物上。

也怪她不好,没有照顾好她的妈妈,她心中被自责塞满,一时有些哽咽。

莹莹没有在家里耽搁太久，虽然秦淑雅现在还没有苏醒，但她必须即刻回医院。

下楼的时候，她碰到了房东大婶，大婶关切地问了句："你妈好点了吗？"

"刚做完手术，人还没醒。"莹莹如实回道。

大婶叹了口气，说："对了，你等一下，这是你的信件吧。"

说是信件，其实只有一张卡片，封面是高贵冷艳的黑，烫金字写着"BORON 舞团"。

莹莹有些吃惊，她曾听周晓丽说过，她最大的梦想就是加入 BORON 的舞团，成为他们的练习生。

周晓丽说那些的时候，眼睛里闪烁着异样的光，仿佛那是一个多么遥不可及的梦想。

可是莹莹和周晓丽不一样，现在的莹莹最大的愿望只是母亲的病能够赶快好起来，这世间除了生死，其他都是闲事。

她奔忙着，透支着自己的体力，也早已没有任何心力去谈梦想。

与此同时，一直在楼下等着莹莹下楼的谢铭忽然接到了一个电话，他看到来电显示，表情意外、近乎惊恐地唤着电话那头的人："董事长。"

也不知道那头的人和他说了什么，他的脸色大变，连连应声和点头。

挂掉电话后，他迅速给公司秘书办打了个电话，然后对他们报了个地址，让他们立刻派车来替自己接莹莹。

妥善安排好这一切，谢铭才发动引擎。

在谢铭离开不到两分钟，一辆不是很显眼的商务车转了个弯，倒车，停在了他泊车的位置。

莹莹拿着简易的行李袋下楼，走到车前。

车门被打开了，先下来一只银闪闪的尖头高跟鞋，细细的别致的鞋跟，鞋面更是好看，水晶像细碎的星星一般，衬着露出的那一段脚踝细白发亮。

莹莹发现不对，仔细一看，才发现这根本不是谢铭的车。

她正要转身去寻找谢铭，却听到一个声音："你是莹莹吧，谢铭有事在身，我代他来接你。"

说话的正是高跟鞋的主人，她穿着质地优良、版型很好的小套裙站在车门口，眼里波光妩媚流转，那车并不是什么耀眼的车，可她人站在那里，便让人想到四个字——香车美人。

"是的，我是柳莹莹，请问您怎么称呼？"

"我姓徐。"

"徐小姐，不好意思，麻烦你了。"

徐惠兰笑笑，没有说什么，司机下车，接过莹莹手里的东西，说帮她放到后备厢。

莹莹说："没事，东西也不多，我拿着就好。"

上了车，莹莹才发现，后座的中间还放着一个硬皮纸袋，她眼风一扫就从敞开的口子里看到了里面的东西——

那应该是一件白衬衫。

莹莹的目光不由自主地落在了上面，定住，那衬衫不知是没有叠好还是怎么回事，露出的袖口上有一抹绿。

外面有一圈亮白精细的金属边，金属上还镶嵌着两排闪闪发光的碎钻，没有镶东西的那面，纹路也是精致好看的，中间是通体透亮的绿。

那种碧色……

她太熟悉了。

孔雀
与蔷薇

就和她所拥有的那颗袖扣一模一样。

徐惠兰顺着她的目光看去,说:"这是文浚的衬衫,因为袖扣掉了一颗,家里的用人急得不行,管家请我带给相熟的设计师看看。"

她说得轻描淡写,却在莹莹的心中掀起了一场风浪:"文浚,怎么会是他?"

"他这个人啊,从小讲究惯了,所有衣服一向都是高级定制,这袖扣是意大利高端口牌极好的设计师的作品,全球都只有这一件衣服是这种袖扣。"徐惠兰说道,"这次因为订婚需要定制礼物,刚好邀请了这位设计师来香港,我这才想起把衬衫找出来。"

说到这里,她顿了一下:"对了,莹莹,你和文浚是怎么认识的?"

莹莹却像没有听到她这句话般,只是脸色微微变了,手不由自主地伸进自己的衣服口袋,再伸出来里,洁白的手心里静静地躺了一颗袖扣。

这时,徐惠兰也吃惊起来:"这是你从哪里得来的?"

莹莹摇头,好一会儿,才缓缓地开口和徐惠兰讲了无名湖坠水事件,说到魏子良,她用了"同学"二字概括他们的关系。

徐惠兰微微张大了嘴说出了那个在莹莹心中不确定但呼之欲出的猜测:"所以,跳进水里救你的人并不是你以为的那个同学,而是文浚。"

莹莹没有接话,回忆呼啸而来,当年就是因为魏子良奋不顾身地跳水里救自己,她才会感动,以为魏子良爱的人是她,如今细细去想,方才觉得惊骇。

——难道,那天自己被救上来之后,迷糊中看到的白色身影,其实是穿着白衬衫的文浚?

可是,如果真的是这样,为什么文浚从未和她提起过这件事。

是因为在他看来,这只不过是一个微不足道的善举吗?

越想,她越觉得头疼欲裂。

徐惠兰却说:"以我对文浚的了解,他一定很爱你,不然,他绝不会冒着巨大的危险将你救起。只是……"

"他要和高蓉订婚了,我想他自己心里一定很难过。"

孔雀
与
蔷薇

Chapter 9
皮相与骨相

01

像是有钝物堵在了喉咙处，莹莹觉得张口难言。

认识文浚之后，人人都告诉她，她和他之间身份地位悬殊，不会有什么好结果。

她自己也知道，他们不是良配。

她不敢有期待，不敢去奢望。

她想让自己时刻警醒着，和他保持着距离，可越是这样，他越是朝她靠过来。

在雨里，他给她递伞；她想家时，他送来特产；台风天，他顶着危险涉水而来，为她们寻一个安全之处……他所带给她的都是她人生里从未有过的惊喜……

她不知不觉放下了心防，可她怎么也想不到，会从一个第一次见面的陌生女人这里听到文浚要和别人订婚的消息。

她的心里骤然蹿起一股寒意，亦涌出无限委屈，它们统统直逼眼眶。

她对自己说：不能哭，柳莹莹，你不能哭。

可是，眼泪依然不断涌上来，不听使唤地在眼眶中打着转。

文浚很少和莹莹提起自己的事，莹莹浑浑噩噩地想起那一天在海边的房子里他对她说过的话，他说："我可以给你一切，除了文太太的身份。"

原来，他从来就没有想过和她认真开始一段感情。

她真是傻透了、蠢透了，直到这一刻，才迟迟地反应过来这句话的含义……

一直袖手旁观着她表情的徐惠兰，见她迟迟没有出声，伸手安慰性地拍了拍她的肩："莹莹，既然你都已经知道当初救你的人是他了，你真的忍心看着他和别人订婚吗？"

徐惠兰的手指甲上涂着鲜红的蔻丹，身上的香水味萦绕了整个空间。

莹莹背脊挺直，一言未发，只是因为徐惠兰的动作，有些不自在地把脸别向一边。

窗外的天空灰蒙蒙的，明明没有起雾，她却什么也看不清。

她只是怕，怕自己一开口便泄露了她的难过、失落，还有莫名的、无尽的凄凉。

车里陷入了静默，只有轮胎碾压路面的声音隐隐传来。

也不知道过了多久，车子终于抵达了医院。

与孔雀蔷薇

下车的前一秒，徐惠兰将一张请帖递到莹莹的手里："莹莹，如果你真的喜欢一个人，不要将他让给别人，这上面有他订婚的时间和地点，我很期待你能出现在他的订婚宴上。"

"我方便问一下，"莹莹顿了一下，继续说道，"您和文浚是什么关系吗？"

她终于将上车后一直想问却没有问出口的话说了出来。

"我……"徐惠兰的微笑始终完美，"我是他的继母。"

莹莹诧异，她不知道文家那样的豪门世家，埋藏着多少或香艳或精彩的故事，这个答案让她微微感到意外，毕竟眼前的女人那么年轻，那么美丽动人。

但她努力让自己不露痕迹，温声问："既然这样，那为什么会……"

"因为我知道，和不爱的人在一起是什么感受。我不想看到阿浚步入我的后尘。"徐惠兰知道她要问什么，没等她问出口，便回答了她。直到这一刻，那笑容里才终于有了一丝裂痕，不知道是无奈，还是苦涩……

这个光彩四射的女人，仿佛红尘里滚过一遭，眼底深埋了太多太多莹莹看不懂的东西。

莹莹也不想懂。

02

文氏集团和鑫旗凌就他们正在推进的一个项目达成了战略合作，文旭是项目负责人，发布会上，文劲森一高兴当着媒体对外公布自己的两个儿子，文旭和文浚兄弟俩同一天订婚的消息。

一时之间，全城沸腾。

订婚宴紧锣密鼓地安排在香港最大的酒店，场面空前盛大，一线媒体现场报道，兄弟俩历来是媒体的宠儿，消息一经公布，让无数城中名媛千金心碎。

当天电视台和各大报刊媒体的头条都是这一条新闻，文旭穿着白色燕尾服，温文尔雅，风度翩翩，配着简鑫浅蓝色的蓬松长裙，一对璧人，只是，兴许是笑容维持得太久，有些僵硬了。

已经到了典礼开始的时间，另一个男主角，不知何故迟迟没有到场。

众人揣测纷纷。

管家附在文劲森耳边："爷，能找的地方都找遍了，到处没有二少的踪迹。"

到底是历经风浪之人，文劲森面上不露声色，难得令他没少头疼的大儿子文旭都收了心，一向做事稳妥的老二文浚却给他丢了份。他心里憋着气，碍于媒体和高家人在场，没有发作。

而这个时候落单的高蓉受到了大家的关注，有镜头对着她，她穿着剪裁利落的白色礼服，落落大方，说："我们都不是拘泥形式的人，我和文浚的婚约早已定下了，但这次文旭哥和简鑫姐才是主角。"

而徐惠兰作为男方长辈和媒体一起见证了这场盛事，她坐在文劲森的左手边，戴着一套价值连城的大钻石项链和耳环，短发烫成波浪，松松地绑着，时髦而不失优雅，还有一种别样的妩媚。

她代表文劲森和一个个举杯前来道喜的人道谢，看得出来，她对这种场面应付得游刃有余，与所有人都相谈甚欢，只是偶尔眼波一转，和文旭的眼神在空气中交错，她便微微有些慌乱地收回目光。

往门口的方向望了望，又抬腕看了眼手表，心里想，文浚这个时候还没来，看来这柳莹莹还真有两下子。

她哪里知道，柳莹莹根本就没有动过来找文浚的心思，她此刻在医院的病房里看着那枚翡翠袖扣懊恼地想着，既然这扣子是文浚掉的，那天怎么没有通过徐惠兰还给他。

难道她还在期待些什么？！

不。她只是忘记归还了。

一定是这样的。

她努力扯出一个笑容，想，真好，他要订婚了，以后就不会再来缠着她了吧。

在他的人生里，从一开始就不该有她的。

他对她的那些温柔，不过是他觉得新鲜罢了。

她早就应该清醒自持，与他保持距离。

她就这样想着想着，出了神，没有注意到病床上面容日渐消瘦的女人眼皮微动，睫毛颤了颤。

秦淑雅依然没有过危险期，还住在重症病房里，原则上，莹莹是不能这么长时间探视和陪护的，但是欧阳医生给她找了关系，才特许她陪伴在她母亲的病床前。

秦淑雅的中指微不可见地动了动，似在和什么做着努力挣扎。

莹莹垂下头，忽然对上她母亲放大的双瞳，她不知道什么时候，秦淑雅已经睁开了眼睛，嘴唇嚅动着，很久，却说不出一句清晰的话来。

"妈。"莹莹赶紧把耳朵贴上去，努力听了好久，也没听明白她在说什么。

好一会儿，莹莹才想起什么，失声大喊："医生，医生，你快来看看，我妈醒了。"

医生给秦淑雅做了一系列的检查，对莹莹点了点头，说："病人醒了，说明她脑内的水肿有好转。"

"真的。"这是这些天听到的唯一的好消息了,莹莹几乎要喜极而泣。

下午,她拿着热水瓶去水房打水,几个路过的护士在议论今天高家千金和文氏继承人订婚一事。

护士A说:"我之前还看报纸上说,文氏的继承人,文家那个二少爷喜欢上一个卖花女。"

护士B说:"怎么可能啊,这你也信,一看就是玩玩的啦。灰姑娘的故事从来都只存在于童话中,现实中的王子,肯定是要娶公主的。"

声音经过莹莹的耳后,渐渐飘远。

莹莹的脑袋却陡然一片空白,水哗啦啦地注进水瓶里,没过多久便将空空的水瓶注满,水开始往外涌,眼看就要烫到手了,她却浑然未觉。

"小心!"一道黑影笼罩下来,水声停了。

莹莹吓了一跳,还好那人关了水龙头后,用一双大手稳稳地接住了她的水瓶。

莹莹抬头看到一张春风和煦的脸。

"叶……叶先生,你怎么在这儿?"

"我是来找你的。"

"找我?"

"没错。"

"莹莹,很抱歉我刚得知阿姨生病的事。"

"叶先生找我有什么事吗?"

"是的,我找你有事。虽然现在不是最好的时机,但是,我还是想郑重地邀请你成为我的舞蹈搭档。你愿意吗？"叶柏伦单刀直入地说，说完又觉得自己太直接，"你考虑看看，不要马上拒绝。等你妈妈病好了，我们再谈。"

莹莹看着他真诚的眼睛，点了点头。

03

秦淑雅醒来的第二天，终于磕磕巴巴地说出了几个莹莹能听懂的字，她说："我……梦……梦到……了……你爸爸。"

莹莹按压着她小腿的动作停了下来。

秦淑雅醒来后，便从重症监护室转到了普通病房，虽说是普通病房，但也是欧阳医生安排的独立房间。

秦淑雅神志是清明的，只是半边身体失去了知觉。

莹莹将从家里带来的父亲的照片放到她的手里，她如获至宝，一直紧紧地握在手中，生怕别人抢去了一般。

"妈，答应我快点好起来好不好？"莹莹蹲在床边，她觉得自己快要被抽空的身体已经要支撑不住了。

秦淑雅徒劳地看着女儿眼底的乌青，说不出一句完整清晰的话来。

护士来给她换药水的时候，小声对莹莹说："有位姓徐的小姐找你，说有重要的事要告诉你。"

姓徐的小姐，莹莹只认识徐惠兰，她有意无意地避开了文浚的人的视线，在医院楼外面的一家小馆见到徐惠兰。

徐惠兰和莹莹说的第一句话是："莹莹，你让我很失望。"

莹莹避开了她咄咄逼人的目光，想说点什么，却又不知道自己应该说点什么，她最近人变得木讷了不少，整个人看上去都萎靡不振、无精打采的。

沉默了半晌,她说:"如果没有别的事的话,我还要回病房照顾我妈。"

她的声音淡漠,她生起了防备之心,想用厚重的壳将自己包裹起来,可徐惠兰只用了一句话便将她努力粉饰太平的壳击得粉碎。

徐惠兰看着她,那是狡黠的捕猎者盯着猎物,并知道她会上钩的目光:"你和你妈是不是一直在找你爸爸?如果我告诉你,我知道他在哪里,你会不会感激我?"

"你说什么?你再说一遍。"莹莹像是从一场混沌的大梦里猝然惊醒般。

"柳莹莹,我可以帮你找到你的爸爸。"莹莹闻声色变的表情让徐惠兰暗喜,她知道这一步棋走对了,于是不急不缓地说,"但是,你必须答应我一个条件。"

"什么条件?"在漫长艰难的寻亲之路上,也曾有人和莹莹说过类似的话,莹莹信了,后来被骗光了身上所有的钱。可是,此刻从徐惠兰口中听到这句话,她像是在沙漠里走了太久的人终于看到绿洲,濒临绝望的人看到了最后一丝希望,她再一次选择相信她。

徐惠兰不慌不忙,她风情万种地撩着自己的耳边的发,仿佛莹莹焦急的样子,让她觉得十分有趣。

过了好半晌,她对莹莹勾了勾手指,附在她的耳边说了几句。

莹莹骇然失色,几乎是不自觉地往后退了两步,然后才用力摇头。

这个女人是文浚的继母,可是就在刚刚,她让莹莹帮她去窃取文浚公司的机密文件。

回想起来,那天在自己家楼下,她突然出现,一步一步地接近自己,

孔雀与蔷薇

不知究竟藏着什么样的动机，莹莹不敢深想。

"莹莹，你真的连你妈妈最后的愿望都不肯满足吗？"即使是讥诮的声音，被徐惠兰说出来，尾音也是缱绻而动人的，难怪文浚的父亲会将她娶回家当望族太太。

可这话在莹莹听来如同那只涂着红色蔻丹的手抓在她的心上，她暗暗握紧了拳头，哑了声。

徐惠兰摇了摇头，惋惜道："真是个可怜的女人，被丈夫抛弃，现在连女儿也不顾她的死活了。"

她说完站起来，踩着高跟鞋走远。

莹莹目送着她妩媚的背影渐行渐远，到了门口，眼看着就要从视线里消失不见。

莹莹忽然急了，失声大喊："等一下。"

"怎么，这么快就改变主意了？"徐惠兰听到声音，脚步一顿，但人没有回头。

"我可以答应你的条件，只是，我凭什么相信你？"莹莹咬了咬牙，追上去几步，却又忽然没有了面对这个女人的勇气。

或许，她真正不敢面对的，是没用的、情急之下选择和这个深不可测的女人做出卑劣交易的自己。

"除了相信我，你还有别的选择吗？"徐惠兰背对着莹莹，所以，她没有看到徐惠兰嘴角那抹诡计得逞的笑。

04

阳光普照着文氏集团的大楼，从镜面般的玻璃窗折射出刺目的光，内里中央空调开得很足。

文浚刚刚结束一个高层会议，回到二十二楼。女助手送了杯咖啡过来，他拿起来，喝了口，吩咐道："让谢铭进来一下。"

旋即，穿着西装领带、永远一丝不苟的谢铭敲门走进办公室，文浚问："我让你派人查的那事怎么样了？"

谢铭连忙将一沓资料奉上："我正准备跟您具体汇报此事，我已经按您提供的时间、线索让人排查过了，几个条件基本吻合的人里都没有柳姓的人士，不过……"

"说。"

"您还记得老刘吗？"

"老刘？"文浚翻阅资料的动作微微一顿，老刘的资料和简历就放在第一页，文浚认真看了看，"祖籍湘城，他竟然不是香港人。"

这倒让文浚有些意外，他和老刘接触过几次，老刘不仅粤语讲得十分地道，在工作上也游刃有余，身上有那种香港人特有的精干。

谢铭连忙点头："老刘来港十几年了，听说当年是村长的女儿夏氏在无名湖边洗衣服遇到了奄奄一息的他，将他救了起来，后来他们结婚了，还生了个儿子，取名叫刘嘉树。"

文浚想起自己在无名湖边见过他儿子刘嘉树，他盯着面前的照片若有所思："老刘，刘，柳……"

他脑子转动得快，人也跟着站起来："我先出去一趟，你给老刘打个电话，让他明日来见我。"

谢铭见他往外走，连忙快步走到门口的衣架前将他的外套拿下来，拿到手上跟了上去。

文浚刚刚离开，莹莹纤瘦的身影便出现在文氏集团，工作人员客气而礼貌地告诉她："柳小姐，文总不在办公室。"

莹莹也客气地说："不要紧，我上去等他就好。"

几乎整个文氏集团的人都知道她对文浚来说不同寻常，自然没人敢怠慢，基本都是待之以贵宾规格。末了，工作人员问道："需不需要我给谢秘书打个电话，问问文总的去向。"

"不必那么麻烦。"莹莹心里一惊，一脸怕给人添麻烦的表情，"你去忙吧，我自己在这等他即可。"

等工作人员走了之后，莹莹朝外看了看，确认这里没有其他人了，才小心翼翼地走到文浚的办公桌前。

他的办公桌干净，规整，一如他的人。

文件都用文件夹整理归类地放在身后的文件柜上，宽敞寂静的空间里，她心跳如擂鼓。

她将文件夹一个个取下，可是，没有她要找的东西。

她一边回忆徐惠兰的话，一边翻箱倒柜，手忙脚乱。

也不知道找了多久，终于，一份文件映入她的眼底，她眼前一亮，看到上面红色的章子。

没错，这就是徐惠兰要的东西。

莹莹来不及多想，赶紧将文件放进自己的随身背包。

既然东西拿到手了，她的目的达成，也就没有等文浚回来的意义了，旋即，她便匆匆离开了文氏集团。

05

出了文氏集团后，莹莹独自在街上走了一会儿，风吹散了她的头发，也让她心乱如麻。

秦淑雅从小就教育她做人要有立场、有原则，任何时候都不能存有害人之心，这二十几年，她从没做过有违自己良心的事情，可是此时此刻，她对自己做的事情没有底。

不知不觉走了很远，她找了一个公用电话亭，行尸走肉般走进去，手像不听使唤般颤抖着按着上面的数字。按几下又挂断，她抱着听筒靠在电话亭里，眼里浮现的是病床上的秦淑雅紧握着那个男人照片的双手，耳边响起的是徐惠兰那句"真是个可怜的女人，被丈夫抛弃，现在连女儿也不顾她的死活了"。

终于，她还是咬牙拨通了徐惠兰的电话。

徐惠兰接到电话的时候，莹莹听到那边有个若有若无的年轻的男声："你觉得她可以相信吗？"

徐惠兰轻声对那边的人比了个噤声的手势，然后对着电话开口："你好。"

莹莹单刀直入，没有给自己留下半分后悔的余地："徐小姐，我是柳莹莹，您要的东西，我拿到了，我拿给您，也希望您能信守承诺告诉我，我要找的人在哪。"

徐惠兰满意地说："办事效率不错。你去MK707号房间，有人会接应你，并把你爸爸的地址和联系方式给你。"

与此同时，文浚的车抵达秦淑雅所在的医院。

文浚从来没有和莹莹说过他在帮她寻找她父亲的线索，当他得知老刘可能是她要找的人时，他心头一喜，这是一个很大的进展，他竟然迫切地想将这个消息告诉她，或许她对她的父亲还有什么记忆。

孔雀与蔷薇

他没想到莹莹竟然不在病房，文浚让谢铭在医院找了一圈，也没寻到她的人影。

病房里，秦淑雅正在沉睡，文浚打算先去找欧阳，临走前，突然发现紧闭着双眼的秦淑雅手里紧紧地握着什么东西，让他有些好奇。

他走近，试图将那东西从她的手中拿出来，她却握得极紧，仿佛那是什么价值连城的金银宝贝一般。

文浚给了谢铭一个眼神，谢铭立即上前，小心翼翼地把她的手指轻轻掰开，才把东西拿出来。那是一张黑白照片，已经泛黄，看上去有些年代了，照片上的男人穿着中山装，年纪轻轻，应该只有二十岁出头，有一张有棱有角却又不失清秀的脸。

不难猜测，这个人就是莹莹的父亲。

文浚无声地叹了口气，让谢铭把老刘的资料拿过来。

资料的左上角贴着一张老刘的一寸照，看得出来，拍摄的时间是近期。

通常情况下，看到一个皮肤不再光洁、皱纹深刻和肌肉坍塌的老人，很难在脑海中勾勒出他年轻时候的模样。

——老刘还不够老，可文浚也未曾觉得他年轻时是个清秀的男子。

两张照片放在一起对比，老刘比老照片上的人胖了很多，发际线明显高了不少，相应的，气质上也油腻很多。

但仔细去对比和辨认他们的五官，这两个人都是高鼻梁，上唇比下唇厚，五官有着极大程度的相似。

为了证明自己的判断，文浚马上让谢铭去叫了欧阳过来。

穿着白大褂的欧阳先后看了两张照片一眼，对文浚点了点头："没错，是同一个人。"

"怎么能确定？"

欧阳讲解道："自然衰老会让人的脸部肌肉、线条，甚至骨骼发生变化，但是，一定有什么特征是不会变的，比如胎记、痣。你看这两张照片上，这个人的右耳边都有一颗小小的痣。"

他指给他们看。

经欧阳一说，文浚和谢铭也发现了，两张照片上面的人脸后靠耳朵的部分确实都有一个不太起眼的黑点。因为太小，那黑点在黑白照片上有些模糊不清。

欧阳是医生，对人的骨骼轮廓非常熟悉，他总说看事情不能只看表面，看人也不要光看皮相，人的骨相基本都是狰狞的，对此，文浚亦是认同的。

欧阳能这么笃定，文浚知道这事错不了。

他现在担心的是，应该用什么样的方式让莹莹知道这件事，她们母女来港寻亲这么多年，如今这个人有了消息，照理是件皆大欢喜的事。关键在于，这个老刘已经在这里改名换姓，并且结婚，有了孩子，她的母亲秦淑雅的病情本就不太乐观，得知这样的真相能承受得住吗？

历来杀伐决断的文浚头一次觉得遇到难题了。

可他的迟疑没有太久，因为电话响了。

文浚走出病房，电话里冯苗苗苗的声音虽然压得很低，但听得出来语气兴奋："二哥，你猜我刚刚听到徐惠兰和谁打电话了？"

"她的事，我没有兴趣知道。"

"不，我相信我接下来说的事，二哥会有兴趣的。"冯苗苗的语气里充满了自信，"是柳莹莹。"

"莹莹……她怎么了？"文浚丝毫没有察觉到自己声音里的担心。

"你还这么关心她,我以为整个文氏,二哥是最聪明、最厉害的人。真没想到,你会在感情上犯傻,你到现在还不知道你养的那只白眼狼是什么来路吧,她不仅是徐惠兰的人,还是个贼。"

"闭嘴,你在胡说些什么?!"

冯苗苗在家里一向极受宠,长辈和兄长们平日里连句重话都舍不得对她说的,她心想,自己好心提醒二表哥,他非但不感恩,还被他连名带姓一顿吼,实在是委屈,不由得扬声说:"她偷了你的东西会去MK707号房间,我有没有胡说,你自己去看看就知道了。"

谢铭原以为文浚会在这里等着莹莹回来,谁知他出去接了通电话,重新走进病房时,好心情已经荡然无存,取而代之的是一脸寒霜。

他只对谢铭说了一句"在这里守着",便匆匆离开了,都忘了和欧阳告辞。

欧阳用手撑着下巴,狐疑地注视着文浚离开的方向,最终下了结论:"谢铭,看来你们文总这次是遇上什么十万火急的大事了。"

谢铭摇头表示茫然,这个时候,就算给他一百个胆子,他也不敢多问一句发生了什么。

Chapter 10
美女与野兽

01

这座城市有不少销金窟，但像 MK 这样豪华、显赫且深受城中富豪喜爱的场所屈指可数。MK 占地几千平方米，是集酒吧、夜总会、KTV 和会员高级会所于一体的场所。

恢宏大气的牌匾下站着制服整齐的门童，一楼的酒吧里每晚都有大型歌舞和现场乐队演奏，在外面都能听到里面的靡靡之音。

莹莹不知道徐惠兰为什么要把地点定在这里。

她站在门口，看到年轻的女人风情万种地倚在墙边抽烟，这一切都是她所陌生的。

与孔雀蔷薇

　　徐惠兰说："事成之后，你到MK707号房间，有人会把你父亲现在的住址给你。"

　　已经来不及多想了，这些天，莹莹所有的心智都被把那个男人带到她妈面前，替妈妈完成毕生心愿的念头占据，为此，哪怕让她付出一切，她也心甘情愿。

　　几乎不带什么犹豫，她便一脚踏进了这个装潢极其华丽的世界。

　　眼前是一个巨大的迷宫一样的地方，灯红酒绿，光怪陆离，莹莹头回涉足，有点晕，绕了一圈才找到电梯，进去却发现所有数字按钮形同虚设，她根本按不了楼层。

　　正准备出去另寻路径，外面有人进来了，来人拿了张黑色的卡片轻轻往上一贴，电梯跳出两个数字：二十八。

　　电梯徐徐上升的同时，莹莹意识到了什么，下意识地向那个陌生的男人开口求助："先生，您好，我没有带卡片，能不能请您帮忙刷一下七楼？"

　　对方彬彬有礼："抱歉，这是部专属电梯，去不了其他楼层。"

　　莹莹这才发现，这部电梯确实与她平时坐过的那些不太一样，它豪华得像一间房子，如他所说，电梯门一路都没有开合。

　　在焦急的等待中，门终于开了，莹莹飞快地冲了出去，后面的人也走出来："小姐，搭乘这部电梯可以下楼。"

　　他走过来，帮她按了上面仅有的那个向下键。

　　莹莹觉得自己遇到了好人，双手合十，一双眼睛清亮如水："谢谢您。"

　　她顺利地下了楼，走道上铺着厚厚的地毯，她的脚踩上去没有声音，门牌还算好找。穿着服务生衣服的人看到她，心下了然，说："您是柳小姐吧，把东西给我就行。"

莹莹从包里拿出资料，交到那个人的手中："那我要的东西呢？"

"请您跟我来。"

也不知道怎么回事，这个引路的服务生居然再次把她带到了二十八层。

二十八层，也是MK的顶层，叫云端，是城中顶级富豪聚会玩乐的场所，在这里，一杯酒便可抵普通家庭几年的收入。

引路的服务生小心翼翼地推开了那扇厚重的门，直到很久以后，莹莹依然无法完整地描述她在这里看到的一切。

房间里济济一堂，有男有女，女的个顶个漂亮，甫一触目，像是误入了选美现场，细看让人瞬间红了脸颊。有人端着酒杯媚眼如丝，其他人被蒙上眼睛在玩游戏，有妙龄女子旁若无人地坐在比自己年长的男人的腿上。

这到底是个怎样的世界？

莹莹哪见过这等场面，难以置信地睁大了眼睛，眉微微皱起，这里的一切都让她感到不适。

可是，就在这时，有个女生走过来对她说："你怎么穿成这样就来了？我看你面生，第一次来吗？"

莹莹看了看满座的大胸和大腿，再看自己那裹得严实、土到掉渣的T恤牛仔裤，确实格格不入。

等不及她解释，那女生推着她："快、快、快，那边有更衣室，我带你去换件衣服。"

"对不起，我……"

"你什么？既然已经来了，说明这儿有你需要的东西，你也必须适应这里的规则。"

这句话让莹莹所有的不安和抵抗情绪都胎死腹中，她想，难道徐惠兰把她爸的地址放到了这里，可是，要怎么才能拿到？

不管怎么样，没有拿到地址，她不能就这么离开。

莹莹还是换上了女生给的裙子，这是一条白色的一字肩收腰裙，背上有一处长及腰部的镂空，腿上也是前面短，后面拖长的设计。她从更衣室出来，用手扯着裙子，挪动着步子，感到浑身不自在。

没想到，她竟然遇到了在电梯里有过一面之缘的男人。

男人也看着她，眼底滑过不加掩饰的惊艳。他不由得赞赏地说："很漂亮，这衣服很衬你。"

她原本就好看，脂粉未施的脸上嵌着盈盈似水的一双眼睛，像沉在清水中的宝石。

只是，这双眼不知为何充满焦急迫切。

那女人说："原来是叶董的人，难怪如此清新脱俗。"

还没等莹莹从中回过神来，身后紧闭的门再次被推开，有人说："是文浚，文浚来了。"

在这个陌生的地方，陡然听到熟悉的名字，莹莹以为是幻觉，然后，几乎是不由自主地朝着门口看过去。

阔步走来的男人长眉深目，白衣胜雪，似裹挟着最冷的风，可不正是文浚吗。

原来，这才是他的世界，是真正的富豪们的玩法，酒池肉林，纸醉金迷。

她无端觉得胸口闷闷的。

02

几乎所有人都站起来对文浚笑脸相迎。

莹莹小时候听姥爷说过餐桌风水,餐桌上的主位、次位很有讲究,主位也称之为上座,需要德高望重的主要人物以个人运势作为镇压。

原本坐在主位的那个年纪稍长的男人,不动声色地走过去攀着文浚的肩:"阿浚,这边坐。"

莹莹知道文浚的能耐,可她也没想到这么年轻的文浚能在这帮富豪中有如此地位。

文浚说:"喜爷,客气了,您坐。"

而在这个过程中,他从始至终都没有正眼看莹莹,仿佛她不存在一般。

此时,服务生把醒好的红酒给文浚倒上,众人端起酒杯重新站起来,酒杯碰在一起都是金钱的声音。

莹莹只看到文浚的喉结微微滚动,一口便喝尽了杯中的酒。

继而,他对服务生说:"把我带来的那几瓶白兰地开了。"

暖黄的灯光照在他的身上,可不知道是不是莹莹的错觉,他身上却没有丁点儿暖意。

"文少给我们带了好酒,今天这是有口福了。"文浚对面那位穿着黑色蕾丝裙子的漂亮女人眨着画得浓墨重彩的大眼睛,巧笑倩兮。

坐在她一旁的另外一个女孩却把目光转向了莹莹,说:"今日叶董带来的这个妹妹水灵得很啊,第一杯酒我们敬给文总,这第二杯酒借着文总的美酒和美意,敬妹妹。"

莹莹发现,不知何时办事效率高得不行的服务生已经给自己将红酒杯换成矮脚酒杯,这酒杯的杯口看着不大,但腹部十分宽,实际容量应该不小,现在杯中装着淳厚芬芳的液体,想必便是文浚带来的白兰地。

莹莹头一回喝酒是和文浚一块在学校的小吃街遇上魏子良,那次,几瓶啤酒便让她喝到微醺,第二次,在海边别墅,文浚用不同的饮料还有巧克力给她调酒,那酒太好喝,她贪杯,最后酩酊大醉,醒来后躺在文浚的床上……

想到这里,她便觉得脸上火烧一般。

自那以后,她便对自己说,以后不能再随便喝酒了。

可是,没人告诉她,别人主动敬上来的酒,该怎么拒绝。

或许是因为心虚,也因为别的什么,这个时候,她不敢向文浚求助。别说求助,她连直视他,都觉得害怕,她怕碰触到他冰冷如铁的目光。

今晚发生的一切太过迷幻,她不知道他与她怎么会在这种地方相遇,又怎么到了这个境地。

可是,容不得她多想,那个女孩催促着:"怎么,不给面子?"

莹莹没说话,端起面前的酒杯,学着他们的样子,闷声大口大口地往腹中吞咽

这酒的口感不算烈,喝起来柔和香醇,但是酒精都上了四十度,法国干邑地区所特产的白兰地EXTRA超过三十年酒龄,是难得的好酒。

莹莹一杯刚入腹,竟响起了掌声,那女人拍手,她身边的男人几乎是无缝接入地说:"我这一杯,也敬你和叶董。"

然后,像约好的一样,一轮一轮酒敬了过来,没几杯,莹莹便已面色潮红。

可她来者不拒,让那些豺狼虎豹对她的攻势越发不手下留情。

被叫作叶董的男人看不过去了,在她拿起杯子的时候,按住了她

的手:"我来替你喝。"

不知道是不是酒精的作用,莹莹感觉他说这话的时候,一道冰冷的目光从某个方位剜过来。

她几乎是条件反射似的,立刻摇头说:"不用。"

叶董看着越喝越勇的小女生,她那双眼睛盈盈似水,在酒精的作用和灯光的照耀之下似乎更亮了,能让人沉进去。

他抚慰般伸手摸了摸她的头。

不是特别过分的动作,颇有些醉意的莹莹没有太过在意,可是在场有个人忽然起身。

等莹莹反应过来时,高大伟岸的男子不知何时已经站在了她的面前,他伸手扣住了她的手腕。

文浚对主位上的人说了声:"喜爷,先失陪了。"说话间,人已经拉着莹莹往外走。

不知是冷气太足,还是什么原因,鸡皮疙瘩密密麻麻地爬上了莹莹的手臂。

她倒吸了口凉气,脚步踉跄,若不是那股巨大的力道牵制着她,她的人已经有些站不稳。

03

文浚再次将莹莹带进了那幢房子,这一次,没有温柔的烛光,没有醉人的月色,更没有美食和祝福,有的只是他比海更汹涌的怒气:"为什么去那种地方?"

莹莹觉得头重脚轻,可她也知道,如果自己如实说,只会让他更加生气和愤怒,她索性咬了咬嘴唇,挑眉顶撞道:"你都可以去,我

与孔雀蔷薇

为什么不能？！"

"很好。"他嘴上说着好，可是声音是阴冷入髓的。

一整个晚上隐而不发的男人在这一刻终于卸下面具，近乎粗暴地将她丢在床上，大手去解她胸前的扣子。

他从来都知道她的美，白瓷般细腻的肌肤像是发着光，这一晚的她，美得令人窒息。

天知道，在看到她穿露肩又露背的衣服出现在那里的时候，他有多生气，可他强压着胸腔里的怒火，偏要看她到底想干吗？！

她倒好，见了他，还镇定自若地以叶董女伴的身份坐在席上，来者不拒地和众人喝酒，喝到后来，竟连那个男人摸头也浑然不自知，他手中的酒杯几乎要捏碎。

眼见衣服一件一件被褪去，莹莹死死护住身上仅剩的那件吊带，怀着最后一丝希望对他说："文浚，请你不要这样。"

他好看的眉头紧蹙，对她的话充耳不闻。

"你说过不会伤害我的。"她的声音微弱，一说话便是酒气，"你说过的。"

到了最后，声音近乎祈求。

是的，他亲口说过："虽然我渴望你，想拥有你，但是如果你不愿意，我不会碰你，更不会伤害你，因为，我舍不得。"

大手微顿，但只有极短暂的片刻，下一秒，那双手便扔掉了手中她的衣服，将她的双手禁锢在了头顶。

"可我没有说过你可以背叛我。"他的双眼赤红，眼里有压制不住的怒意和喷薄而出的欲望，几乎要将她生吞活剥。

他的大腿已经抵住了她，她整个人在他的身下不能动弹半分。

她的心寸寸冷下去,在他粗暴而密集的亲吻中绝望地紧闭了双眼。

她不去看,痛苦会不会就少一点。

可即使是这样,他也不让她如愿。

"睁眼。"他命令。

她悲伤地睁开眼睛,努力控制自己,才不让泪水涌出来。

他不知何时已经脱掉衬衫,隐在衣服下面流畅的线条和腹肌便一览无余,他的肌理紧实,精瘦有力,但也不过分夸张。

在他强而有力的攻势中,痛、羞愧以及难言的悲伤将那一晚的记忆融成了一个心结。

他对她食言了。

她心里知道,是她有错在先,他是一个对一切都缜密计算、成竹在胸的人,最不能容忍的是生命里有自己无法掌控的事情发生。

可是偏偏,欺骗和背叛了他的是她,所以他才会这样。

最让她痛苦的是,她的母亲最终还是没能见到他父亲最后一面。

就在那个他与她巫山云雨的夜里,积郁成疾的母亲走了。

母亲最后的时光,只来得及见上赶过来的女儿一面。

母亲将一本存折交到她的手上,张口想喊她的名字,却没有说出话来,最后吐了一口鲜血,染红了床单。

而她留下的那本存折里面有零有整,四万一千四百四十八块。

这是母亲这仓促和悲哀的一生里,留给女儿最后的东西。

莹莹痛哭失声。

在那间病房里,她见到了那个传说中的、姗姗来迟的父亲柳开明——他也是刘嘉树的父亲,外界都叫他老刘。

莹莹想过很多见到柳开明的场景,但没有一个是现在这样的。

这个男人大腹便便，已然不复年轻时的模样，不是莹莹所见的照片上的男子，也不是秦淑雅口中那个给她送桃子、会唱花鼓戏和越剧的男人，他只是一个陌生、平庸、油腻，被生活磨平了棱角的人。

她可怜的母亲背井离乡，寻觅半生，蹉跎半生。

而母亲寻找的这个人啊，早已经忘记了她们母女，心安理得地改名换姓，抛下过往如前尘，在这繁华的城市里娶妻生子，过上了风生水起的新生活。

莹莹再也无法控制自己的眼泪，任凭它们汹涌地爬满自己的脸颊。

她自心底深深地为母亲觉得不值。

04

因为有文浚帮忙，秦淑雅的丧事办得还算体面。

结束后，老刘和莹莹好好地坐下来吃了顿饭，去的也是体面的餐厅。

老刘一个劲地往莹莹的碗里夹菜，小小的碗里很快堆成了一座小山，可她几乎没有吃几口。

她一言不发，神情近乎麻木。

老刘几次欲言又止，一顿饭吃到最后，才把那句话说出来："跟我走吧，莹莹。"

莹莹双眼迷惑地看向他，像是没有睡醒。

"住到家里去吧。"

"家？谁家？"

"莹莹，爸爸对不起你，以后让我弥补你照顾你好吗？"他迫切而又示好地补充道。

莹莹终于听懂了一般，摇了摇头，漠然而冰冷地吐出两个字："不了。"

如果母亲还在这个世上,得知柳开明已经结婚生子该有多伤心,母亲会怎么取舍?

莹莹光想一想,都觉得钻心般疼。

而今母亲不在了,这是莹莹二十几岁的生命里最大且永远的缺口,这个缺口任何人、任何事都无法填补。

她也不打算被填补。

"那你有什么打算,以后一个人怎么生活?"

"这不需要你管。"莹莹口气不善。

老刘搓了搓手,还想说什么,莹莹抢白:"这么多年,你想起过我妈吗?深夜里,你有没有过不安?"

"怎么会没有。"男人叹了一声,脸上深刻的皱纹对莹莹诉说着岁月对他,并没有她想象中的温和与宽容。

"你欠我妈的,你已经还不起了。你欠我的,我也不需要你还。"莹莹放下筷子,站起来,"这顿饭算我请你。"

是的,现在的她没有妈妈了,在这个世界上,唯一全心全意对她好的人离她而去了,从今以后,她只是个一无所有的孤儿,可是她从来没有过要将这迟来的亲情和陌生的父亲与余生捆绑在一起的打算。

从来没有。

九龙城的房子已经回不去了,那里到处都是妈妈的身影,她在狭小昏暗的房子里看报纸,洗手做羹汤,母女俩分享一只涂满辣油、带着故乡味道的酱板鸭。

没有了妈妈,没有了那份相互依偎,再大的世界,也无聊透顶,再小的房子,也空空荡荡。

与孔雀蔷薇

不久后,在文浚的安排下,莹莹收拾了自己少得可怜的行李搬进了文浚海边的小洋楼。

曾经,她最大的心愿便是能够带她妈离开九龙城,住进一个像画报里那样有窗的、面朝大海的房子,可如今,当她真正搬进这个房子时,心里竟没有一丝欣喜,只剩下荒芜一片,像冬天风中的荷塘。

那段时间,她时常一个人静默哭泣,有时从梦中醒来,枕头是湿的。

然而,当文浚向她走过来,当他指腹的温度攀上她的眼睛时,她的泪便流不出来了。

而关于文家兄弟这场轰动全城的订婚,文浚没有和她解释什么,可能他压根就觉得没必要和她解释吧。

只是,偶尔路过报刊亭,她还是会一眼看到订婚的新闻出现在各类报纸杂志上,标题醒目、夺人眼球。

莹莹觉得自己像个小偷,秦淑雅从小教她自尊自爱、礼义廉耻,遇到这个人,她好像把一切都丢了,包括她自己。

就是从那个时候开始,她很少照镜子,怕看到那个陌生的、让人生厌的自己。

她像一只抽丝的茧,一丝丝的冷,一丝丝的恨,将自己紧紧地困住。

之后的日子,莹莹没有再出去摆摊卖花,因为文浚不允许。

他对她控制和保护得几乎密不透风,饶是如此,她心中的安全感还是与日俱减。

她总觉得文浚有一天要弃她而去,她也这么问过他一次。

那个时候,她原本清亮的眼睛里,笼着厚重的一团白,哀伤在她眼底像雾气一样弥漫开来。

这不像文浚曾经认识的那个女孩,那个倔强的、坚韧的女孩经历变故,不哭亦不闹,满目空洞哀伤,就像一只被抽走了灵魂的瓷娃娃。

文浚心里一痛,修长的手,一下一下轻抚她的眉心:"那样的事情,永远不会发生的。从第一次遇见你那天开始,我就知道,这一生,哪怕用绑的,我也会把你绑在我的身边。"

说着,他低下头去浅吻她的额头,然后是鼻子、嘴,一路向下。

莹莹的小手攀着他宽阔的肩,生涩地回应着。

他的动作很轻很轻,仿佛生怕碰碎了她。

他的亲热让她想起如同风暴的那一夜,她忘不了带给她恨与掠夺的,是这个人,然而同样的,给她爱与温存的,还是这个人。

他与她像柴与火,树与藤,就这样缠缠绕绕,一起燃烧着。

窗外是风平浪静的海,天,在厚重的帘外,黑了又白。

过了两日,刘嘉树出现在院子里,自从住在这里后,文浚就和她说:"以后,你不想见也不该见的人就不要见了。"

不该见的人指的是谁呢?

莹莹没有问。

也许是她的前男友魏子良,也许是别的人。

她这样想着。

他用一幢楼为她圈出了他认为安全的生活区域,请了用人照顾她的生活起居,或许暗里监视她的一举一动。

在这里,她过着与世隔绝的生活,似乎无须学习,无须工作,无须与任何人交往,只有他是她的帝王,是她唯一需要讨好和臣服的人。

而刘嘉树的出现给这偌大的房子带来了生机,他在楼下大声喊:"姐姐,姐姐。"

莹莹在天鹅绒睡衣外面随便套了件大衣,走下去,惊道:"你怎么找来这里的?"

"文先生告诉我的。"刘嘉树嘴角弯起来,唇边有一圈细细的绒毛,笑容在阳光下明亮耀眼,"他让我有空多来看看姐姐。快看看,我给你带了什么好吃的。"

说着,他把手里的大包小包放下,又把里面的各种东西一股脑地拿出来,瓜子、薯片、糕点之类的东西摆了一大桌,嘴上说着:"知道你们女孩子喜欢吃零食,我各买了一点。放心,你住在这里的事,我没有告诉爸。"

这小子,倒是很会讨人喜欢。

莹莹不自觉地微笑了起来,虽然她与他口中所谓的"爸"丝毫也亲近不起来,可是对面前这个姐姐、姐姐叫得顺口而亲热的弟弟又半点也没有办法疏离。

他好像轻易就能撞进她心底柔软的地方。

莹莹从小就羡慕那些有兄弟姐妹的人,隔壁家的那对兄妹,哥哥总是带着妹妹上学,妹妹受人欺负了,他就带着一帮子兄弟,将对方胖揍了一顿,之后就再没人敢惹那个小姑娘了。还有同学家的弟弟,那个脸圆圆的小胖孩,长得别提多可爱,让人一见面就想上去捏一捏。

所以,与其说她默许了刘嘉树的走近,不如说,她开心于这个世上有这么一个人存在,虽然他们姐弟之间隔着十几年的空白,可是他还是来到了她身边,不是吗?

05

也许因为刘嘉树一有时间就来看莹莹,莹莹的脸上日渐有了笑容。刘嘉树喜欢喝果茶,她也总是给他备着。

这天天气好，莹莹在窗前给刘嘉树煮茶，窗外海天一色。

莹莹已经习惯了港文化里传统早茶的一盅两件，一壶好茶摆在小桌上，总是配着两盘精巧的点心，一边问："又是文浚让你来的？"

嘉树急忙否认："猜错了，腿长在我自己身上，我想你了，就来了。"

"还以为你什么时候也变得对他唯命是从了。"莹莹嘴角弯着一道浅浅的弧，让人觉得赏心悦目。

"他的指令也是要听的，谁让他是我姐夫。"刘嘉树喝了口茶，一时嘴快脱口而出。

莹莹为他续杯的手一顿，海风吹来，她心底像被风吹起泛出丝丝涟漪，不过很快又平静下来："你瞎说什么呢！"

而在离他们不远的树木疏朗处不知何时站了个人，亮白的天光让他周身像披了层光，他几步朝这边走过来，拍了拍刘嘉树的肩："小子，又长高了。"

可能这个举动让刘嘉树对他有了某种亲近感，刘嘉树说："文先生，您和我姐什么时候结婚？"

文浚似乎认真地想了一下他的问题，双眼看向莹莹的方向，好像在等着她的回答。

莹莹从来没有忘记过，他曾和她说过的话，那种被她压在心底的感觉又涌了上来，他对她说过很多动听的话，可他从一开始就没有打算娶她。

莹莹抬眸，目光在空气中与他短兵相接。

在他的目光里，她泰然自若地说："嘉树，大人的事，小孩就别操心了。你也念高二了吧，别一天到晚往我这跑，给我回家好好念书去。"

她不知道文浚是不是松了一口气，或许他根本不在意，因为他很

175

快就转了话题:"你姐很久没出去逛逛了,走,带你们去逛街。"

说着,他不顾刘嘉树"我才不要去当电灯泡"的抗议,就将其拎了出去。

一行三人走进商场,像扫货一样,买了一大堆战利品,谢铭带了两个助手跟在后面拎东西。

出来还看了场电影,他和她穿同一个牌子的开司米大衣,他牵住她的手,走在街上,有人驻足回头,觉得他们是幸福恩爱的一对。

大街上有人发传单,路人多半冷漠拒绝,有的拿起来随手一丢,唯独莹莹双手去接,认真去看,看完依然还把那传单捧在手心里,路过垃圾桶,半天也没扔。

刘嘉树看到上面的电视机广告,说:"姐,你想买电视机吗?"

莹莹笑着说:"没有。"说完,她补了一句,"我也发过传单。"

"不会吧。"刘嘉树好奇地说,"什么时候的事?我怎么不知道。"

"刚来香港的时候,我们遇到了扒手,手里一分钱也没有。我接了一千份传单,发完没有工钱,不过,能和妈一起在他们那里领一份盒饭。"莹莹突然陷入了某段久远的回忆中。

"一千份传单就抵一份饭,这也太剥削劳动人们了吧。"刘嘉树有些愤愤不平。

"只有尝过食不果腹的滋味的人才知道一份盒饭的重要。嘉树,你知道吗?能得到这一千份传单的工作,对于那一刻的我来说,是幸福的。"

文浚没有说话,他早就知道她一个女孩在异乡过得多么不容易,她这个性格,什么都想自己扛,一定受了很多苦,只是如今听她这么说出来,他觉得心中一酸,胸口像被什么尖锐的东西刺了一下。

被刺了一下的还有刘嘉树，虽然他小时候经常挨打，但到底是衣食无忧地在父母的庇佑和恩宠中长大，他的姐姐却过着和他截然不同的生活，他觉得很难过，觉是自己抢走了她的父爱。

"姐，你等我一下。"刘嘉树突然往回跑了几步。

金色的阳光下，只见这个少年弯下腰，把刚刚路人扔在地上的传单一张一张拾了起来，这个少年第一次懂了什么叫"做每一行都不易"。

文浚见莹莹望着刘嘉树有些失神，悄悄拿出了手机。

他平日不喜欢发短消息，有事就会直接打电话。但那天，他无声地编辑了一条短消息发了出去——

不久后，这条街上一个发传单的小哥遇到了一件万分不可思议的事——竟然有人给了他几百块港币，说要买走他手里所有的传单，还说让他放心，他们会帮他发完。

小哥欣喜万分地拿着钱，走远了，嘀咕一句："这些人是钱多烧得慌，还是脑子进水了。"

这些……莹莹当然不知道。

06

叶柏伦和周晓丽前来造访时，莹莹正在给花园里的蔷薇浇水。

这幢楼与山为邻，与海相望，花开四季。

春天来临时，莹莹请人把花园里那些名贵的花都弄走了，种上了大片她喜欢的蔷薇。她记得，小时候，姥姥家的院子里，爬满了野蔷薇，粉的、白的，肆意生长，妖娆绽放。

曾几何时，种花成了她生活的乐趣，在文浚没有办法每天陪伴着她的那些漫长而又孤独的时间里。

177

孔雀与蔷薇

这天,她穿了条简简单单的碎花裙子,将一头乌黑发亮的长发用一根淡蓝色的发带绑了条辫子,落在胸前。这种清新自然的英式田园风,若非自身的气质好,最是难以驾驭。可她站在花中,白皙干净的脸,盈盈似水的眼,犹如仙子落入凡间,又有种不与百花争艳的返璞归真之美,偏偏又让百花也黯然失色。

很多年以后,叶柏伦回忆起此情此景,依旧觉得这个瞬间是神圣的,仿佛有灵感在这时忽然发生。

同为女人的周晓丽见了莹莹,也由衷地惊叹:"莹莹,好久不见,你比以前更好看了。"

对于这次与周晓丽的见面,莹莹心里多少有点准备。

——刘嘉树所念的大学与莹莹以前的学校相隔不远,前段时间文浚和她一起送刘嘉树回学校,文浚忽然把车开到了那条他带她去过的小吃街。

"怎么突然想来这里?"莹莹看着他。

"听人说,毕业之后会特别怀念自己的校园时光和学校附近的小吃。"他说。

"听谁说的?"莹莹有些恍惚。

"这不重要。"文浚穿着休闲衬衫站在一个小摊前,衬着这烟火迷乱的夜色也旖旎多情起来,让莹莹想起很多很多年以前,他第一次来这里。

他忽然对她说:"有个叫周晓丽的人在到处打听你的消息,你要不要见见她?"

莹莹觉得有点惊讶。自己和周晓丽算不上深交,她怎么会突然打听自己?

文浚见她没说话，帮她做了决定："有空我安排你们见个面。"

饶是如此，莹莹也断没有想到周晓丽会和叶柏伦一道来，乍见两人，莹莹不无惊讶地说："你们怎么在一块？"

周晓丽站得笔直："叶先生现在是我的师父，我现在是他的练习生。"

"真的啊，恭喜你得偿所愿。"莹莹一直都知道周晓丽的心愿，也真心替她感到开心。

她拿自己做的蔷薇红茶蛋糕招待她们——这两年，她跟着文浚请的糕点师学着做蛋糕，只是蛋糕做得精巧美丽，却没有人细细品尝。

后来，她学会了煮咖啡，文浚不喜欢甜食，却独独爱喝她煮的咖啡。

周晓丽小声说："莹莹，你知道叶先生肯收我为徒，条件是什么吗？"

"什么？"

"是你，莹莹。"她看着莹莹，说得认真笃定。

莹莹一愣，忽然想起，在她母亲生病那段时间，叶柏伦来医院找过她，当时她稀里糊涂地答应说会考虑他的提议。

"你可以和我一块加入 BORON 吗？"周晓丽看向不远处赏花的叶柏伦，说，"我的前途现在掌握在你的手里了。"

"我……"

叶柏伦走过来，只说了一句话。他说："莹莹，你自己发现没有，你平时走路，腰和脖颈都挺得很直，会不自觉地收下巴，肩胛也是下压的。你是一个学过舞蹈的人，不要浪费你之前的努力和身上的天赋。"

莹莹并不惊讶，知道叶柏伦这样的天才舞蹈家，从小被大师熏陶，她说什么都逃不过他的眼睛。

而通常情况下，一个人会感到犹豫、彷徨、患得患失，是因为她知道自己还拥有什么，只有真正到了一无所有，才会不再畏惧，也无

孔雀与蔷薇

所畏惧。

现在的她,孤身一人,无牵无挂。

可是,她荒废了那么多年,真的能重拾舞蹈吗?

她没有了信心。

与此同时,她脑海中忽然浮现出文浚的脸,文浚不知道她喜欢跳舞,他也不关心这些吧。

不管怎么样,现在机会就摆在她的眼前,她很想试试看。半晌,她小声地问了一句:"需要多少学费?"

"所以,你是答应了?"周晓丽眸子里大放异彩。

叶柏伦也面露欣喜:"我们从不对练习生收取任何费用。"

07

晚上,文浚问周晓丽找莹莹做什么,莹莹只是简单地说:"她想喊我一起去跳舞。"

文浚对此倒是没有横加干涉,反而说:"嗯,那就去吧,很适合你。"

就此,莹莹的生活开始有了一抹新的色彩,她发现,当她舞动起来时,内心是自由快乐的。

不久后,文浚与高蓉携手出席他公司的五周年庆典,舞蹈室和家里两点一线的莹莹竟然在电视上看到了新闻。

电视里,男主角黑发如墨,穿着笔挺有型的浅灰色西装,里面的衬衫和高蓉的白色晚礼服交相辉映,纯白无瑕。

那个女人亲昵地挽着他的手臂,笑容那么甜美明亮。

莹莹也笑笑,还了个频道,里面在播一首好听的英文歌,《In A Darkened Room》,唱到了后面,有一句"I've fallen to the sea, but still swim for shore（我已经坠入大海，却仍游向岸边）"。

不知道为什么，它让莹莹灵魂一颤。

当晚莹莹做了个梦，梦到了秦淑雅，那个时候的秦淑雅还很年轻，穿着胭脂粉的戏服，唱花鼓戏。

可是，一转眼，她便形容憔悴，满面皱纹，站在满是亮光的甬道口对莹莹挥手："莹莹啊，妈不能照顾你了，你以后要学会自己照顾好自己。"

莹莹想要冲过去握住那只手，可是身子被什么制住一般，不能动弹，只能眼睁睁地看着她消失在刺目的光里。

"不要，不要，妈。"她叫喊着从梦中惊醒，旋即发了高烧，身体时冷时热。

家里的帮佣有事请了假，偌大的房子，偌大的床，她的身子小小的，蜷缩在丝绒被里。

直至深夜，门被推开，文浚进来，才发现她烧得几乎奄奄一息。

迷迷糊糊地感觉到他的气息和温度，莹莹努力睁开眼，声音讶异而微弱："你怎么来了？"

即使自己这样了，她还是想着，这个时候，他不是应该陪在高蓉身边的吗？

"生病了，不会叫医生吗！"文浚竟然无端地冲她生气，她也不知道他在气什么。

她的眼眶渐渐红了，张嘴想说什么，喉间像卡了块石头，竟连回复他的力气都失去了。

而他也只说了这么一句，便一直冷着脸，扶她坐起来，然后手一伸，拦腰将她抱下楼。

孔雀与蔷薇

在他走出门的那一刹那,她几乎听到了耳边响起风的声音。

这是南方夜里夹着海腥味的风。

他将她轻轻放在副驾驶座上,系好安全带,一路上,单手握着方向盘,另一只手还紧紧抓着她。

这两年,他这个人愈发凡事成竹在胸、不慌不忙,可这天车速从未有过地快。

挂了急诊,医生说她染上了风寒,高烧三十九摄氏度,如果不做退烧处理,很可能引起肺部感染。

听到这句话的时候,文浚两道俊眉蹙起,无声地睨了她一眼。

眼里带着责备。

莹莹看着点滴管子里的水一滴一滴输进自己的身体,又看了看他因为生闷气而冷着的脸,觉得越来越乏,终于沉沉地闭上了眼睛。

也许是药物的原因,后半夜她睡了一个安稳的好觉。

第二天醒来,一睁眼,她对上的是他目不转睛凝视着她的眼,她忽然觉得心口一跳。

也许是病好了些,她的心情无端好了起来,苍白的嘴角忍不住微微上扬。

是从什么时候开始,只要见到他,就令她感到欣喜?!

更让莹莹开心的是,她竟然在这家医院里遇到了一位故人,是她高中的学姐,姓杨。

杨学姐如今已经有孕在身,和她先生一起千里迢迢来港待产,哪知这里医院的床位非常紧张,并不接纳一个来自内地的孕妇。

她和她的先生只好苦苦哀求医生,遇到莹莹,就诉说起自己的辛酸,眼泪都在眼眶里打转。

莹莹听得难受,往文浚的身边蹭了蹭,轻轻拉了拉他的衣袖,对他说:"我们帮帮学姐吧。"

文浚已经太久没有看到她有过这样小心翼翼而又满怀期待的眼神了,这些年,她就在他的身边,可他总觉得她的眼里仿佛笼着一层透明的纱,他有时候很不理解。

她从来没有主动开口向文浚要求过什么,明知他可以给她很多很多,只要她肯开口。

可偏偏她对他无所求。

而她这第一次开口,却是请他帮助别人。

这令他不知该欣喜,还是失落。

他向来神通广大,轻易就解决了学姐的困难。

孩子顺利地生了下来,是个女孩,啼哭声嘹亮,学姐苍白的脸上满是初为人母的幸福笑容。

他先生激动地抱着母子,对文浚这位"神人"千恩万谢。

08

莹莹的感冒来得快,也去得快,没两日就好了。她一有空闲就让家里的帮佣夏夏姐煲汤去医院看望杨学姐。

学姐还是和以前一样健谈,她拉着莹莹的手:"莹莹,你现在在做什么工作?还跳舞吗?我记得你中学那会跳舞跳得特别好。"

莹莹说:"还在跳舞。"

聊起往事,好像都发生在二十世纪了。

说到两个人各自的生活,免不了就会聊到男人。

孔雀与蔷薇

学姐咂咂嘴,露出了羡慕的神情,说:"文先生长得真帅,又有能力,莹莹,你可真幸运。"

莹莹有时候也觉得,自己确实是幸运的,她轻而易举地得到了太多别人或许穷其一生也得不到的东西。

她用的是他的附属卡,里面的钱永远也刷不完,更何况,她也没有什么需要用钱的地方。

而且,文浚喜欢给她买东西,几乎以此为乐趣,即使知道她不怎么出门,名牌包包、衣服、香水还是买回来不少。

她有一个专门的大房间,用来放这些东西,衣柜、鞋柜、包柜里已经摆得琳琅满目,大多吊牌完好,连用都没用过一次。

就这样过了几年。

有一回,文浚给莹莹带来一件不一样的礼物,是一只孔雀。

一只羽毛没有一丝杂色、洁白无瑕的孔雀。它的眼睛像宝石一般泛着淡淡的红,美丽又忧伤,走路的时候左右摇摆,异常美丽。

那已经是一九九六年的开春了,惊喜在莹莹的眼里一点点弥漫开来,让她原本就好看的脸更加生动明媚起来:"文浚,这是送给我的吗?"

见她露出孩子得到心爱的玩具般开心的表情,文浚不由得心情大好,说:"当然,以后它就是你的了,给她取个名字吧。"

莹莹开心极了,她认真地思索了好久,说:"它这么白……就叫它白云好不好?"

"好。"他满眼宠溺。

过了一会,她又担心地问:"它会飞走吗?"

"飞不了。"文浚胸有成竹,"我已叫人剪了它的翅膀。"

莹莹将白云当成宝贝一样精心地喂养在园中。那美丽的家伙,一脸高贵地在偌大的别墅里来回走动，富饶安逸的生活让它的羽毛鲜艳得几近炫目！

就连刘嘉树每次来，也要先去看孔雀，虽然那家伙总是拿尾巴对着他，他怎么逗它，追着它跑，就是不肯对他开屏。

刘嘉树又气又拿它没办法，感叹道："听说宠物越养，性格越随主人，姐，你有没有觉得这白云和你一模一样。"

这几年，刘嘉树就如他的名字一样，像棵挺拔的树，长得十分俊俏，脸上有了当年母亲珍藏的黑白照片里年轻的父亲的影子。

"哪里一样？"莹莹在阳光下笑。

"一样不食人间烟火呀。"刘嘉树不假思索。

"臭小子。你是在夸我，还是骂我？"

"当然是夸你。不过，白云，你一禽类，你不能这样，严肃批评。"他伸出食指，一下一下地点着白云，白云不理他，走远了。

他追上去："白云，你听到没有？"

莹莹看着这一人一禽玩闹着，摇了摇头。

很久以后，莹莹看了一档介绍动物的电视节目，她在里面看到振翅高飞的野生孔雀，才猛然意识到，自己圈养的这只高贵的白孔雀其实非常可怜——作为主人高价买回的观赏动物，它自由吗？快乐吗？能飞翔吗？而这并没有人在意，也不该被在意！

她想，也许刘嘉树说得对，她和她的孔雀一样。

——一样可怜。

这一年，莹莹收到了一张请帖，是周晓丽带给她的，红色的卡片上面烫金的字闪闪发光，一对男女、两个小人儿喜气洋洋，翻开，里

孔雀与蔷薇

面工整地写着魏子良与杜芷君的名字。

这对青梅竹马终于修成正果,要结婚了。

她没有悲,也没有愤,更没有扑面而来的回忆,她惊异于自己的平静。说实话,若不是周晓丽告诉她这个消息,她已经快要忘记魏子良了。

曾经那么痛彻心扉的记忆,如今已经要烟消云散了,时间终于让她一颗为爱受伤的心痊愈了。

她没有太把那张请帖当回事,随意地搁在了桌上,很快就忘了。

直到在文浚的手里看到它,她也没有觉得有什么不对劲。

文浚一脸兴师问罪地站在她的面前:"你要去参加婚礼?"

"你要陪我去吗?"或许因为不在意,她才能说得如此坦然。

文浚忽然下颌紧绷,那是他不开心时的表情:"你是不是还惦记着他,想见他?"

她想说"不"的,可一想到面前这个面无表情质问她的人,不也从来不曾完整地属于她吗?

既然这样,他又凭什么要她的心完全归属于他呢?

于是,她生出一点逆反心理,轻飘飘地吐出一句:"你觉得呢?"

他瞬间发怒,捏着莹莹的下巴,力道极大:"他到底有哪一点值得你念念不忘?"

这么多年以来,他从来不会说魏子良的名字,仿佛对其非常不屑。

莹莹仰头迎视他,想起徐惠兰曾经和她说过的话,那一次在无名湖,他救起了落水的她。

可他至今都不曾在她面前承认过这件事,她忽然就有了试探他的想法,于是故意说:"因为他救过我的命。"

这话说完,空气忽然陷入了一种诡异的静默。

文浚手一松,请帖掉在了地上,她想去捡,他忽然恶狠狠地将她抵在茶几上:"柳莹莹,你死了这条心吧,这辈子,你都只能是我文浚的女人,到死也只能待在我身边,哪里也不能去!"

一字一顿,字字清晰,敲击着莹莹的耳膜。

莹莹感到懊恼,或许是因为这段时间,他对她的纵容让她错以为他身上有了变化,可她慢慢发现,一个人的脾气、性格是永远不会变的,大多数时候她还是不够了解他。

他在她面前那些温柔的孩子气的一面,简直就是一场幻觉!

这才是真正的他,霸道、专横、手段凌厉、说一不二。

他那个样子,凌厉如刀,令她害怕。

爱一个人会心生疲倦吗?

会的。

是从那一刻起吧,她心里忽然生出一点倦意,对这段永远都没有结果的感情。

Chapter 11
流途与归路

01

那件事后,文浚和莹莹有大半个月没有见过面。

他生气了,抑或他已经厌倦她了,也可能他是真的忙,她不懂资本市场,但他大张旗鼓买地盖楼,投资电影和娱乐项目。

莹莹每次看到他的消息不是在电视上,就是在杂志财经版,无论是电视里衣冠楚楚的他,还是财经杂志上修得轮廓锋利的脸,她都会生出不真实感。

或许他不会再来了吧,她这样想着,房间里的电话忽然响了起来。

这个电话号码知道的人非常少,文浚有时候也会打电话过来,但他不是一个很有耐心的人，如果她接得慢了些，他会直接来找她。

所以，莹莹每次都飞快地接起电话。

"莹莹。"一个稍显生疏的声音响起来，"我是爸爸。"

莹莹一愣，他怎么知道这个电话号码的。莹莹从来不是个掩耳盗铃的人，她不否认这个人的存在，也承认自己身上流着他的血，但永远不会试图靠近。

听筒里传来了电流声，莹莹回过神来，很快就想明白了怎么回事——无非是刘嘉树把电话号码给了他，那小子最近似乎情窦初开，忙着追女孩，也不怎么来她这里了。

"莹莹。"那边见她久久没答话，又喊了一遍她的名字。

"哦，"她听到自己漠然的声音响起，"有什么事吗？"

"我想见见你，你方便出来见个面吗？"

"……"

地点是对方选的，一家茶餐厅，莹莹抵达的时候，他人已经等在那里。

一见面，他就呵呵笑着把手里的保温盒拿给她，说："你小时候喜欢吃我做的菜，我给你炒了几道菜带过来，珍珠丸子、啤酒鸭、冬笋炒腊肉，都是你爱吃的。"

莹莹想说："你不必这么麻烦，那么久的事，我都忘了。"

她这倒也不是推托，很多以前的事，特别是关于柳开明的那部分，在她妈妈走后，便真的变得模糊了，可是话到嘴边，终究没有说出口，只是伸出手把盒子接了过来。

老刘这次见她很显然不是专程来送菜的，两个人在茶餐厅里一壶养生茶喝到了续水，他才把来意说出口。

孔雀与蔷薇

他在单位被人举报贪污受贿,虽然他老丈人有些人脉让他不至于深陷囹圄,但失去工作已经难以避免,所以,他想通过莹莹从文浚那里谋个差事。

莹莹看着眼前的男人失意而又讨好的模样,心中百感交集。

她摇了摇头:"对不起,我可能帮不了你。"

"莹莹……"

"我也很久没有见到他了。"她的语气平静冷漠。

"可我看得出来,文先生是在意你、喜欢你的。别的不说,就那一次,无名湖边,他想都没想一下就跳进水里救你,我们都很震惊……"

"那一次你也在场?"莹莹不是不错愕的,她清楚地记得那是十二月十二日,天气晴朗,那天秦淑雅是让她去放生福寿鱼的,因为听说买九条福寿鱼放生就会得到福报,保不齐要找的人就出现了。

——他真的出现了!

可是,他在她落水的时候没有救他,在被打捞起来后,没有第一时间认出自己的女儿。

于是,这样的重逢变得没有任何意义,只能和陌生人一样,擦肩而过。

"人不能犯错,一步走错,步步都是错。"杯里的茶水已经不多了,老刘拿起来喝了个干净,还是觉得渴,"莹莹,爸爸做错了很多事,最对不起的就是你们母女,因为这样,老天爷惩罚我,让我们至亲骨肉见面不识。"

他认不出自己的女儿,却把责任推给了老天爷。

莹莹觉得讽刺。

他却自顾自地接着说:"可是,嘉树没有错,现在的香港竞争这么激烈,因为爸爸没用,嘉树小时候在学校里经常受人欺负,我不希望他有一个下岗的父亲。"

他突然提到刘嘉树,这让莹莹心中一软,眼前浮现出那张俊俏的脸。

莹莹想起自己第一次遇见刘嘉树,他被群殴的情景,那些人说他爸爸是软饭王。

想到这里,莹莹从身后的包里拿出一张卡,推到老刘的面前,努力让自己的声音听起来坚硬疏离:"这里面的钱够嘉树念完大学,其他事情,我也爱莫能助。"

说完这句,她便叫来服务员结账。

两人走出茶餐厅的时候,老刘喊住她:"莹莹,你要什么时候才肯原谅我?"

莹莹的脚步顿住,可她没有回头。

她恨过他,在第一次住进九龙城的破房子时,在初来这座城市的时候,遍寻他无果遇到骗子时,在深夜里看到她妈妈哭泣时,在她妈妈做完手术住在医院里生死未卜时,以及在她最爱的妈妈离开那天,得知他的存在并结婚生子时……

可是,如今,她太累了,她不愿去想自己爱谁,就连恨也不愿记住了,又谈何原谅呢。

02

然而,回家的路上,不知为何,莹莹脑海中一直回荡着老刘的话——一步错,步步错。

到了家门口,莹莹才知道文浚来了,因为门口停了辆车。

文浚有很多车,不同颜色、不同款式,每辆都价值不菲,但这一

与孔雀蔷薇

辆黑色的 Rolls-Royce,她也是第一次见。

她一进门,文浚果然支着长腿坐在沙发上,像是在等着她。

"回来了。"他闲散地交叠着双腿,有一种漫不经心的慵懒。

"嗯。"她应着。

夏夏姐推着一个行李箱从里边出来,说:"先生,小姐,都收拾好了。"

莹莹见此情景有些不解:"这是?"

"带你出去走走。"他站起来。

他总是这样大男子主义,连问都没问她,就叫人收拾她的东西。

确切地说,那也不能说是她的东西,这个房子里大大小小的东西,哪一件不是归属于他。

司机把车开到了机场,他们办理了登机牌,把护照和签证一道放到她的手上,她才知道他们这次的目的地是英国。

天气预报说,伦敦微雨。

一出机场,冷风便扑面而来,文浚帮她带的大衣是带毛领的,柔软的兔毛贴着脖子,皮肤也就没那么冷了。

和文浚一起出行最大的好处是,交通、食宿都是不需要她操心的事,她只需要穿得漂漂亮亮地跟在身后即可。

机场的出口已经有车相迎,也许是因为车里的音乐舒缓,也许是因为开着暖气,她突然困意来袭,眯着眼睛,竟然不一会儿就睡着了。

迷迷糊糊中似乎听到有水声,她揉了揉眼睛,发现车子不知道什么时候已经停了,而自己靠在他宽阔的肩上,身上多了条毯子,一抬眼发现他正低头凝视着她。

那目光几乎可以用专注来形容。

"这是哪里,我们到了吗?"莹莹歪过头,雨似乎下得大了一些,车玻璃窗上全是水珠,被外面的灯映照出一片橙黄,从里面看去,那些灯和建筑就像梵高笔下的《星空》,有一种幻觉般的孤独感。

"到了。"他声音低沉,"你再不醒来,我就得抱你进屋睡了。"

"怎么不叫醒我?"她语带责怪。

"扰人清梦是很不道德的行为。"他扬了扬眉,嘴角竟然也向上扬着。

她扑哧笑了,他这话说得仿佛过往每次那个在她说困之后不依不饶折腾她、不知疲倦的人不是他。

文浚带着莹莹住进了他在伦敦的房子,厚重的帘子将外面的雾雨隔在了另一个世界,房子里非常暖和,客厅的壁炉中跳动着火焰。

她站在那壁炉前觉得新奇,一双点漆般乌黑的眼睛映着火光,天真明亮,像个孩子。文浚忍不住捏了捏她的脸,说:"明天我们要去见个英国朋友,你准备一下。"

莹莹不再下意识地躲避他的亲近,只是他突然捏她的脸,让她觉得脸上发烫。而且他并不会经常带她去接触他的朋友,故而,她暗暗地想,能让他说"你准备一下"的人,一定是个身份地位不凡的人。

饶是如此,她也没想到,文浚去见的人是英国的皇室成员。

文浚早年在英格兰留学,结识了诸多贵族,而这次招待他们的是王储的表兄。

这位叫 Aaron 的王子很喜欢东方文化,对莹莹这张美丽的东方面孔更是欣赏和赞誉有加。

Aaron 不仅热情好客,以政府招待外宾的规格招待了他们,还亲自带他们参观大英博物馆,给他们当了回导游,晚上更是盛情地设宴款待。据说,他对食物的要求甚高,宴席的菜单都是自己亲自挑选。

与孔雀蔷薇

饭桌上，男人谈论生意，莹莹不懂这些，她虽然充当着文浚的绿叶，却也举止大方，英语口语流利，说话不卑不亢，只是，当 Aaron 隆重地将那道用贝壳装的鱼子酱转到她的面前，请她品尝的时候，她歪了歪脑袋，看看里面一颗颗密集的黑黑的鱼卵，半晌没敢轻举妄动。

文浚感叹："只有在 Aaron 这里，才能吃到世界上顶级的鱼子酱。这是难得的珍馐佳肴，你尝尝看。"

莹莹在他俩的鼓励下，学着文浚的动作配着鹅肝小小地尝了一口，只觉得入口腥咸。

她不得不承认自己暴殄天物。

倒是那道白松露鲍鱼饭，珍贵的白松露味道醇香独特，与质感鲜嫩弹牙的鲍鱼米饭交融，两两相得益彰，口感极富层次，是一种软甜悠长、让人能拥有幸福感的味道。

03

文浚忙完了生意上的事，没有急着回香港。

他对莹莹说："英国有很多美丽的小镇，你应该去看看。"

依旧是个陈述句，简单直接地剥夺了莹莹表达异议的权利。

他们去的第一个小镇是 Bibury，文浚说，这里春夏时候最好看。有一年春末，他和欧阳来这里，万物复苏，百花齐放，早起的时候还能看到最美的日出。

莹莹喜欢这里的屋舍，色调接近茅屋，有种回归自然的恬静感。

两个人拉着手行走在路上，直到第一片六瓣雪花从天而降，没有声音，莹莹惊喜地仰头："下雪了。"

在南方的城市生活久了，已经好多好多年没看到雪了，莹莹看着天上那些像鹅毛一样越飞越多的雪花，不由得想起了小时候。

她怕冷，但她喜欢冬天，因为在她的故乡冬天是个休养生息的季节，大家都很闲，可煮一壶热茶，围炉而坐，亦可以穿着厚袄子去雪地里飞奔、堆雪人、打雪仗。

那时父母还在身边，而今那些寒冷而又洋溢着幸福的冬天已经离她很远。

文浚看她伸手去接，一双眸子漆黑透亮，在小镇略显昏沉的色调里流光溢彩。

她的手白皙纤细，雪花落在上面，很快就融化了，让文浚有种错觉——她的手也要随着那雪一块消融。

他喉结微动，竟然愣愣地看着这一幕，希望这一刻的时间被封存下来。

他是个商人，凡事都用价值来衡量。

如果这世上真有什么是无价的，那么，便是和她在一起的这些时光了。

从一个小镇到另一个小镇，文浚关了手机，将一切的工作都抛诸脑后。

雪中的小镇像个童话，不日，天便放晴了，傍晚时分，莹莹第一次在小镇上看到了夕阳，是粉色的夕阳——

那种梦幻的、有层次的粉从天的那头铺陈开来，笼罩着烟灰色的小镇。

纵使文浚以前带她去逛过油画展，可她在那些浓墨重彩的油画里都不曾见过这么美丽的风景。

与孔雀蔷薇

仿佛所有尘世的喧嚣都远去了，世界寂静无声，日子像是从云间偷来的，太过奢侈。在这样的夕阳笼罩下，时间也变得无限慢、无限温柔，让人很容易想到永恒。

她偷偷地别过头去看身边的人，他的轮廓在光影里模糊了锋利，像加了柔光。

像是感受到了她的注视，他忽然回头，对上她来不及收回的目光，长臂一伸，便将她圈入怀中："喜欢这里吗？以后每年都带你来好不好？"

她点头。

他的目光灼热，怀抱滚烫，还有接下来的亲吻也是滚烫的，像是南方春日的艳阳。

而后，他们又去了位于布莱顿附近的 Rye 小镇，这是个号称离天堂最近的小镇。小城坐落在一个小山岗上，三面小河如纽带般环绕，古朴的圣玛丽大教堂响着悠长的钟声。

小镇有不少古玩字画店，英国人的怀旧情结随处都可以找到，文浚领着莹莹走进了其中一家店。

低调的门帘，内里却别有洞天，店主是个落拓的中年男人，正在和一对夫妇交谈。

他接触过形形色色的游客，练就了非凡的眼力，一眼便看出文浚非等闲之辈，隔着几个人对文浚点点头。

文浚小声地对莹莹说："这里很多开店的人本身也是古董买主，从世界各地找到满意的古董，再拿出来卖。"

外行看热闹，莹莹仿佛走进了另一个时空，是莎士比亚时期的复古格调。

文浚难得很有耐心地给她讲解:"你别看这些古董店地处小镇,规模也不大,但这里极有可能散落了一些我们中国的古玩真品。你看看有没有喜欢的?"

莹莹辨不出店里东西的真假年代,但她缓缓地踱步往里走,显然对这些物品没有抵抗能力,对复古的氛围也十分喜欢。

文浚跟在她的身后,走了两步,停下来,目光落在一个音乐钟上,他伸手拿起来看了看。

"先生真有眼光,这是金铜镶嵌珐琅料音乐钟,是我父亲从中国带回来的,是我们的镇店之宝。"店主不知何时已经结束了和其他顾客的谈话,走过来,对他竖起了大拇指。

文浚修长的手指放在上面,衬得古朴的音乐钟更加贵气,他说:"这钟看起来很西洋。"

店主连说了三个"No":"我父亲告诉我,这是中国一个将军家里的摆设。"

莹莹听到他们的对话,好奇而又有些惊喜地看过来。

文浚见莹莹听到是自己国家的东西,便露出小猫一样的目光,说:"既然这样,那买了。"

店主招呼他:"贵客这边请,我们坐下谈。"

"不必,包起来吧。"

——这人买古董就像夏夏姐在菜市场买白菜一样,价格都不问。莹莹也是服气的。

两个不赶时间的人在店里逛了一会,又挑了两盏灯和一些饰品。

走出古董店,两人走在一条铺着鹅卵石的小道上,走到八百米左右的拐角处,忽然蹿出来几个人,都是身形高大、孔武有力的欧洲男子,他们眼露凶光,杀气腾腾。

莹莹心想:不会是有人看他们买古董出来,来抢劫的吧。

她忽而感觉到一股力道将她往后一拉,下一秒,墙一般高大的身躯稳稳地护在了她的身前。

文浚护着她退了两步,在那些人扑过来的那一刹那,一脚踢翻了路边的自行车。

"快跑。"他当机立断地朝莹莹喊道。

莹莹像是没有听到一般,立在当场一动不动。

"跑啊。"他扬声对她又喊了一遍。

莹莹艰难地迈开腿,跑了两步,心想,不行,太危险了,不能把他一个人丢在这里。

于是,她又折身回来。

文浚已经和那几个人扭打在了一起,电影里以一对几的场景真切上演在她的眼前,对方有备而来,他寡不敌众,身上已经挂了彩。

"文浚,小心。"莹莹但见寒光一闪,有人自文浚身后抽出把刀恶狠狠地朝他刺去。

文浚险险避过,原本对着他心脏的刀子划过了他的肩膀,划出一道鲜红的口子,他顾不上疼,回头对莹莹说:"你怎么还在这里?"

说着,他飞快地拉着她就跑。

时间仿佛回到了很多年以前,香港兰桂坊的混乱人潮里,他们也曾那样拉着手,拼尽全力地奔跑着。

那样多的人,那样喧闹混乱的场景,她不觉得害怕,因为那只结实有力的大手紧紧地握住了她,一路上都用他有力的手臂挡开人流,避免她被人撞倒。

而今在陌生的国家，他们跑过一条又一条鹅卵石路，身后的人依然穷追不舍，或许最近又开始练舞的原因，莹莹跑得很快，一边跑，一边问："他们到底是什么人，看起来不像是抢劫。"

"不用怕。"文浚松开了紧紧握住她的那只手，推着她，"你先去那边躲起来，等我回来找你。"

见她迟疑，他摸了摸她的脸："乖，听话。"

他竟像哄小孩一样，可莹莹看到他的眼神那么坚定。

"那，你小心点。"

04

莹莹刚在花丛后躲好，就听到一个男人用英语对同伴大喊："在那里！"

声音几乎近在耳畔。

她平时哪见过这样的阵仗，以为自己藏身之处没选好，这么快就被人发现了，惊得背脊一阵凉意，连汗毛都竖起来了。

看来，今天注定凶多吉少，八成要不明不白地横死异乡了，她这样想着，双腿不由得有些发软。

"你们要钱，我可以给。"是文浚的声音，听上去仍是冷静得和平常无异的，但只有莹莹知道他在极力隐忍着怒意。

那边似乎停顿了一下，有摩拳擦掌的声音："我们要的，是你的命。"

躲在暗处的莹莹听得心惊肉跳，难怪她隐隐觉得这些人死追不放，不像只是抢劫的小混混，他们目的性很强，像是有组织、有纪律的职业杀手。

文浚在商场上身居高位，难免有得罪的人，可是如果真的是她想的那样，那么，他们选择在这个小镇下手，是想造成他们从古董店出来，遭遇抢劫的假象。

而她都能想到这层，文浚那么聪明的人又怎么会想不到，他是见过大风大浪的人，所以始终面不改色："你们是谁的人？"

"你不需要知道。"前面穿着机车外套的人说。

"要命对吗，如果你们有那个本事，就来拿吧。"文浚看了看手表，即使面对一群凶神恶煞的外国佬，在气势上依然不输半分，"你们有十分钟的时间，追上我，杀了我。"

说着，他将外套一脱，一双长腿便朝着更深的巷子中跑去，对方的人见状，立刻拔腿开追。

杂乱的脚步声不一会儿便消失在耳边，莹莹靠在墙上，呼吸久久难平。

文浚有意引开了他们，危险暂时离她远去了，可是她手脚冰冷，提到嗓子眼的一颗心依然没有放下来，反而越悬越高——

文浚孤身一人，根本不可能是他们的对手，再加上对方手上还有刀具。

她越想越急，过了好一会儿才想起，文浚走的时候把他的手机塞到了她的手里，她慌忙打电话报了警。

她答应过文浚，要在这里等着他，所以也不敢走太远。

可是，等待的每一分每一秒都变成了煎熬，她双手合在一起默默地祈祷着："文浚，你不会有事情的，你一定会回来找我的。"

很多年前在香港，她的母亲被推进手术室里，她也曾这样祈祷过。

因为担心和害怕，时间被无限拉长。

警察很快就来了，一队人追着莹莹所指的方向去，留下一个人要带莹莹回去做笔录，可她死活都不肯走。

她一遍一遍地和那个英国警察说对不起，她说："我男朋友回来找不到我，会担心的。"

警察无奈地摇了摇头，说："那你男朋友回来，你第一时间联络警方。"

她等了又等，太阳落山了，夕阳暖黄的余晖再度笼罩着这个小镇，再过不久，那点霞光也会散去，天很快就会变黑。

可是，文浚还是没有回来。

莹莹双脚发麻，喉间已微微哽咽，她忽然失控地对着空无一人的小巷大喊："文浚，文浚。"

喊到不知道第几声，喊得喉咙都沙哑了，她也不管不顾。

过了好久，终于传来了她最熟悉的那一个声音："莹莹，我在这里。"

莹莹喜极而泣，几乎想也没想，就用力扑过去抱住他："你怎么样，没有事吧？"

"没事。"那是第一次，她主动抱他，贴得那样紧，温软的身子在扑过去那一刻变得力大无穷，碰到了他胳膊上的伤口，他微微皱眉，却闷声不吭，舍不得放开。

喜悦一点一点地漫上眉梢，竟不是因为死里逃生，而是因为死里逃生后，她还在这里等着他。

"你怎么现在才来？"她的声音已经全然沙哑。

"你哭了？"他把头埋在她的脖子处，嗅到她身上特有的甜香，几乎意乱情迷。

"……"

"傻瓜，你刚刚跑得太快，鞋子掉了一只。我帮你找了回来。"

他说得轻描淡写。

莹莹这才发现，他手里果然拎着她的鞋子。

一阵冷风吹来，小镇的冬天真冷啊，她的心中却徐徐升起一股暖流。

她还是当年他初遇的那个倔强得有点固执的少女，而他还是那个第一时间发现她异样的男人。

就像很多年前，她在兰桂坊混乱的人群里扭伤了脚，就像今天他们跑得太快，她的鞋子掉了一只。

"抬脚。"他对她说。

下一秒，这个骄傲的、永远高高在上的男人弯下腰，在这寒冷的冬天里，他的手是暖的，握住她冰冷得几乎要失去知觉的小脚，很轻，可暖意顺着皮肤一点一点攀上来。

他就保持这个姿势蹲在地上用手给她焐了一会儿脚，直到她脚开始有了一点点回温，才认真地将那只鞋子帮她穿在了脚上。

莹莹发红的眼眶中泛起异样的感觉，感动的热泪来不及夺眶而出，她忽然惊叫一声："你受伤了。"

05

文浚回来找莹莹，莹莹激动之下忽略了他身上的伤。

他的手臂被刀划伤了，没有包扎，血染了半条胳膊，脸上也多处挂彩。

可他满不在乎似的："这点伤不碍事。"

"怎么不碍事，我们去医院。"莹莹急了，说着，发现他身后还跟着刚刚的那个警察。

小镇的医疗条件并不是很好，做了包扎和伤口清理之后，他们和那个警察一起去地方警察局录了口供。

出来已经不早了，两人都有些狼狈，莹莹还是有些不放心文浚的伤，提议道："我们明天回香港吧。"

"好。"文浚点头，小镇的夜晚十分宁静，满天星斗，像把碎钻撒在了黑丝绒的天幕上，而这个人长眉下的深目里也像落了星子。

莹莹说："你看着我干吗？"

文浚不假思索："好看呀。"

这个人即使在最开始接近她那段时间也从没夸过她好看，她脸一红，伸手摸了摸他的额头，又摸了摸自己的："没发烧啊。"

文浚哪容得了她那么放肆，顺势抓住那只手，不肯放开，将她揽在自己的怀里："你这么好看，我现在特别想对你做不可描述的事情。"

莹莹闪避："你说什么啊，你还带着伤呢。"

文浚的目光几乎穿透黑夜游离在她的身上："放心，这点伤不影响发挥。"

莹莹："……"

这个人没救了，可是，为啥她的心跳得这么快，若非夜色掩饰，他一定会看到她因为羞赧而染上绯红的脸。

"出来这么多天，我都有点想念白云了。"莹莹试图转移话题，"你当时，为什么买一只孔雀送给我？"

"因为看到它，第一眼就想起了你。"

刘嘉树也说过类似的话，他说：姐姐，白云和你一样不识人间烟火。

直到很久以后，莹莹才知道，他们都没错，她就像她饲养的那只孔雀，只是那时尚不知亲手剪断了她的翅膀的那个人，是他。

第二天，他们便结束英国之行，回了香港。

一路上，两个人都没有提起这次的事。

莹莹在机场上了个洗手间，出来的时候，听到他在打电话。

她知道依文浚的性格，他断是早就派人在调查了。

文浚受伤，打破了文家喜庆的氛围，尤其是最疼两个孙子的奶奶。她在家宴上正式而严肃地对文劲森说："你一定要查清楚是谁想对我们阿浚痛下杀手，抓到这个人，将他绳之以法。"

文劲森连连点头："妈，你放心，我一定调查到底。"

徐惠兰眼神微微一闪，说："好在阿浚吉人天相，阿浚，你以后出门还是多带些人，别让我们这些做家人的担心。"

说到家人，文浚扫了一眼在座的各位，说："对了，怎么没看到大哥？"

冯苗苗说："我也有几天没看到大哥了，嫂子不是刚生下百川吗？他这一天天都在医院照顾嫂子。"

一提起文家刚刚出生的这个大宝贝，奶奶一改适才的严肃，笑开了："你出一趟国，回来就有侄子了，那个大胖小子可健康了，生下来足有八斤呢。"

文浚说："那我这个做叔叔的，得抽空去医院好好看看我的大侄子。"

"蓉蓉姐礼物都给你选好了。"冯苗苗说。

文浚没有接话，徐惠兰说："苗苗，你和伯伦什么时候有好事？"

"我们还早着呢。"冯苗苗嘴上这么说，但是笑容藏也藏不住。

06

五天后，医院。

文浚、高蓉、冯苗苗一大家子同时出现在产科，接一对母子出院。

一时之间，慰问的慰问，抱孩子的抱孩子，收拾东西的收拾东西，病房里热闹非凡。

襁褓里的孩子不哭不闹，高蓉逗他，他咧着小嘴咯咯地笑了，文浚对文旭说了声："恭喜。"

他们之间平日的相处模式向来不是特别亲近，所以文旭只是点头颔首。

"出去坐坐？"

兄弟俩个子相差无几，外貌又都顶出色，并肩走在医院，频频引得人侧目。

他们在住院部楼下找了一张长椅坐下。

文旭掩嘴轻咳了几声："听说你在英国受了伤，现在好点了吗？"

"死不了，可能让人失望了。"文浚挑眉，目光十分锐利。

"阿浚，你还记得这枚戒指吗？"文旭抬起左手，食指上一只栩栩如生的鹿角手工狼头戒指，他说，"小时候听说动物的角能雕成饰品和手工艺品，有一回在家里地下藏酒的地方发现了两只鹿角，我便软磨硬泡，让学雕刻的小姨教我。可是，雕刻远比想象中的难，我右手磨出了厚厚的一层茧，亲手雕出一枚戒指，我想将它送给父亲当生日礼物。

"没过两天，爷爷竟过问起了这件事，我才知道这些鹿角是爷爷让人找来做鹿角椅的。阿浚，就在我满心不安等着被爷爷责怪的时候，你忽然站出来说，是你将鹿角弄丢了。

"当时，我不知道应该感激你，还是怪你多管闲事。

"这枚戒指，我一直没有机会将他送给父亲，它被我收藏了很多年，直到爷爷过世，我才将他戴在手上。

"我始终没有忘记爷爷那天说的话——鹿象征着碌，是财富的意思，鹿角在古代军营中曾是一种防御工具。"

"大哥，你最近的行为恐怕已经不仅仅是防范那么简单了吧。"

文旭咳得更厉害了一些："阿浚，我妈生下我后，父亲移情于你妈，对她不管不顾，才害死了她。后来他二婚，生下了你，你抢走了本该属于我的一切，如果你是我，你会怎么做？"

"你妈的死与我妈没有任何关系。"文浚将一封信递给他。

文旭打开一看，煞时脸色惨白。

他认得出来，这是他妈妈的字迹。

他一直以为是文浚的妈妈抢走了父亲，才会让自己的妈妈郁郁而终，却原来是小姨害了她。

"凡事适可而止，别以为你暗地里做了什么，父亲不知道。"文浚留下这句话后，扬长而去。

外人只知，在文旭的儿子文简百川出生后，文家大公子文旭忽然大病了一场。

这一病，他便成了个药罐子。

Chapter 12
冷冽与热爱

01

一场大雨过后,天又放晴了。

莹莹在那幢房子里接待了一位不速之客,她说:"我叫高蓉,是文浚的未婚妻。"

莹莹把自己新做的蔷薇花茶拿出来招待她,却发现自己忘了先放水,还是先放茶叶。

高蓉说:"不用忙了,我喝水就行。"

莹莹已经不止一次在电视上看到过她,镜头前面的她永远衣着光鲜,笑容甜美,没有文浚身上那种高高在上、让人匍匐的气质。眼前的女人虽然打扮得利落干练,坐姿也十分笔挺。

原来，这些年，这个女人一直都知道莹莹的存在。

不知道为什么，她和文浚始终没有结婚。

莹莹知道她一定很爱文浚，若不是因为爱，又怎么肯以一个摆设未婚妻的身份在他身边待这么多年。

然而，她的爱那样润物细无声。

看着莹莹，她没有愤怒地朝莹莹泼水，也没有动手扇莹莹耳光，只是眼里带着淡淡的嘲弄，甚至还有一丝怜悯。

她没有多说什么，只是告诉了莹莹一件遥远的事："一九九三年，某家医院门口，文浚安排了一个所谓的星探，载走了一个哭泣的女孩。"

窗外春日的阳光暖融融的，让人可以看见空气中飘浮的细小尘埃，一切那么生机勃勃，莹莹却觉得周身发寒，那种寒意一路从脚底攀上心间。

她的脑海中不由自主地浮起那天发生的一切，那个跨年夜，他们亲历了兰桂坊惨案，一九九三年的第一天，她去医院看望杜芷君，却看到魏子良与杜芷君在一起。也是在那家医院门口，自己拼命伪装起来的平静终于坍塌，双脚像失去了站立的力气般，颓然地蹲了下去，在人来人往的大街上放声大哭。

她哭了很久，久到有一辆车开到了她面前都没有察觉。

茶色的车窗缓缓降下，从车里走出来一个戴着墨镜的男人，他微微俯身递给她一张纸巾："你好，小姐，你叫什么名字？"

莹莹恍惚地抬起头，她并不认识他。

"我是一名星探，今天专程来医院观察哭泣的人，观察了很久，就属你哭得最好看。你愿意跟我去试镜吗？"他拿出一张名片，用两个手指头夹着,放到她的手上。

……

不久后,在所谓的广告大楼里,他们煞有介事、软硬兼施地逼她脱衣……

涉世未深的她才知道自己被拉入了虎穴,可就在她进退两难、又气又急的时候,文浚出现了,他西装笔挺,人模人样,三两句话便轻易将她带离了那里。

再后来,她得到一纸解约合同,也是"神通广大"的文浚派人送来的。

现在回忆起来,一切多么像个早就设好的局。

她在他的棋盘上生死挣扎,而他就是那个下棋的人,他先兵后礼、风花雪月、糖衣炮弹……用尽了招数诱她落入他早就挖好的陷阱。

她的心里悲凉而绝望,想起文浚送她的那只白孔雀,当时她问他:"它会不会飞走?"

"飞不了。"文浚胸有成竹地说,"我已叫人剪了它的翅膀。"

是啊,他也亲手剪了她的翅膀,笃定她再怎么用力,也飞不起来。

这是在文浚身边那么多年,莹莹第一次发自内心地感觉到这人的可怕——

到底是怎样的人,才能一面断了别人的后路,一面扮演着善良的救世主!

可笑的是,这一切她都全然不觉,还曾在很长一段时间里对他怀抱着感激和亏欠。

她相信他,满心以为他虽然傲慢专横,但骨子里是个良善的人。

她怎么会那么傻,那么傻。

真相被突然撕开,她又气又恨,她不懂,不懂自己有什么值得他

孔雀与蔷薇

攻城略地、步步为营的。

高蓉对她的反应不以为意:"这不奇怪,男人永远会被年轻漂亮、看上去天真的女人吸引,即使优秀如文浚,也不例外。"

莹莹咬牙,脸色苍白如纸,可她强作镇定,努力想要保留自己最后的强势和尊严:"你既然知道一切,为什么如此冷静地过了这么多年?"

"因为他是文浚,他比任何人都知道自己需要什么。柳莹莹,对我来说,你只不过是他停留的一个地方。我不想费心去在意他在外面有多少你这样的人,因为,能够光明正大地陪他征战沙场,和他结婚生子、过完一生的人只有我,这一点永远不会改变。"

她的声音不紧不慢,她亦不像冯苗苗那次跑到学校里羞辱莹莹那样,态度趾高气扬,用词极尽刻薄尖酸。

她的话像一把藏在华美刀鞘里的利刃,不屑对人拔出,可真正出鞘的那一刹那,才让人知道它是尖锐的、有锋芒的、见血封喉的。

她一字一字,一刀一刀,狠狠地剜在莹莹的心上。

莹莹不是不知道难堪和羞耻的人,这一生,她没有成为什么兼济天下的英雄,可她遵纪守法、独善其身,自问从没有亏欠过别人,她本该光明磊落、心无尘埃地活着。她只做了一件错事,一件成为她终生污点的事,一件让她也讨厌自己、觉得低贱如尘的事——

她信赖的、依靠的、温存的那个人已有婚约。

这,是她的原罪,不是一句所遇非人、所托非人可以解释的。

02

送走了高蓉,莹莹站在大门口,痴痴地望着那幢独门独户的海景小洋楼，房子被白色的栅栏包围着，背后青山巍峨，面前海水徜徉，它依然美得像一个梦境。

一个掩埋了她最好的时光、她前半生所有爱与恨的梦境。

迎接莹莹的竟然是白云。

都说动物有灵性，白云拖着长尾站在大门口的草地上，像一位端庄美丽的少女，可能有时候它自己也忘记了它只是一只雄孔雀。

莹莹蹲下去，爱怜地摸了摸它洁白美丽的羽毛，说："白云啊白云，你说，如果有一天我不能陪着你了，你该怎么办？"

白云用它尖尖的嘴啄着地上的青草叶子，然后拖着它长长的尾巴摇摇晃晃地往蔷薇花丛中走去。

莹莹知道白云听不懂她在说什么，就在她要放弃和它交流的时候，忽然听到了什么声音，她闻声看去，看到孔雀的尾巴忽然像扇子一般缓缓地打开了。

风吹云过，花满园子，一只缓缓抖着尾开着屏的白孔雀。

莹莹瞬时惊呆了，这不是她第一次看到白云开屏，但这绝对是最令她感到惊艳也惊喜的一次。她看到的是一位优雅美丽的纯白舞者，在天地间，它华丽的白羽上的圆点像缀满了耀眼的星。

记得很多年以前，白云刚来的时候，任凭刘嘉树怎么折腾，它都不肯理他。

有一次，刘嘉树去问文浚，文浚笑着告诉他："孔雀开屏要么是为了求偶，要么是为了防御，是一种生殖或防御行为。它见到你不开屏，说明它没把你放在眼里，你对它没有吸引力。"

刘嘉树气得不行。

想到这里，原本心情低落的莹莹觉得有什么在她心里稍纵即逝，

孔雀与蔷薇

是快乐吗?

而这一次,在这寂静的园子里,白云又是为了谁而开屏呢。

莹莹听叶柏伦说,白孔雀是非常稀有难得的鸟类,是幸运神的眷顾,看到白色孔雀开屏是一件非常幸运的事情,会给人带来好运。

眼前的白云还在翩翩起舞,在它的身后是大片妖娆的蔷薇,莹莹忽然想,如果人也能像孔雀一般舞蹈,会不会也这般惊艳,能给人带去祝福和好运。

第二天,文浚要去参加一个颁奖典礼,他这几年投资电影,部部卖座。这一次的主角是凭借他的电影获得影帝的男演员,那男演员头一回拿奖,上台有些紧张,一番获奖感言显然准备了很久,前半部分说得十分激昂,感动了自己,到了后面几欲落泪。

而文浚是这位演员的感谢词里第一个提到的人。

文浚和这位演员一起去领了这个奖。

莹莹看着文浚,这么多年,岁月优待他,让他走到哪里都像身披着星光,即使在风头最劲的男演员面前也毫不逊色。

莹莹忍不住想,其实他才是真正的影帝,她在这漫长的岁月里因他演技炉火纯青,误把牢笼当温柔。

她知道自己不是一个特别聪明的人,可是,她怎么那么愚昧,那么愚昧。

可如今,一切都已经太迟,迟到自己一颗心也沦陷了进去,她成了困在猎人陷阱里的兽,除了束手就擒,已经别无选择。

不,比这个更可怕的是,她爱上了那个猎人。

她自己也不知道这一切是什么时候发生的,是如何发生的,从高蓉那里得知迟来的真相,她有一百个理由生气,冲去质问他,这样费尽心机,将自己玩弄在手心好玩吗?

然而,冷静下来想了想,他会给她答案吗?答案是什么,还重要吗?

那些日子,她的心里忽然生出了一个念头,她要逃离这个埋藏了她半生的地方,也逃离那个紧紧困住她、让她窒息的人。

可是,要如何逃呢?

文浚这种控制欲极强的人又怎么会允许她轻易逃离他的掌心。

事实证明,逃跑只是奢望——莹莹想了很多逃离的办法,有几次成功地骗过了夏夏姐,本以为可以逃出这座"华丽的牢笼",可最后他总能找到她。

他眼里的怒火几乎要将她烧成灰烬:"柳莹莹,你别白费劲了,无论你心系着谁,你都只能身老于此。"

03

最接近成功的一次,莹莹登上了飞机。

那是香港的初冬,日光倾城,从候机室的落地玻璃窗往外看去,能看到蓝天白云,是个出行的好天气。

通常情况下,莹莹出远门都是和文浚一起,她戴了帽子,披了件短的流苏披肩,是低调的颜色,没有化妆,饶是如此,那纤纤玉影仍是惹人注目的。

候机时间在这一天好像被无限拉长,不知过了多久,莹莹终于听到了广播登机的声音,她跟着人流排队过了安检,一切都很顺利。

她的心稍稍安稳下来,那时,她满心欢喜地以为过了登机口,舱门关了,飞机就能够带着她远远地逃离香港,逃离他的禁锢,他与她之间的情仇恩怨终有一天会随着时间的流逝烟消云散。

然而,她想过种种可能,却没想过那架准点到达的飞机,会突然因为所谓的"航空管制等特殊原因"不能起飞。当机长播报完这条消息时,机舱内产生了骚乱。

莹莹压低毛呢帽子,坐在靠窗的位子,手中翻开的书,一个字也看不进去。

旁边的男人问她:"小姐,你好像很淡定,不赶时间吗?"

她淡然回头,从容礼貌。

只有她自己知道,所谓的淡定都是装出来的。没人知道,她的心里比这飞机上的任何一个人都不安。

过了一会,舱门忽然被打开了。

莹莹心里一紧,手里一层薄汗,接着,几个身着黑色西装的男人登机,他们面无表情、目不斜视地走了过来,为首的谢铭露出了客气的笑容,微微弯下腰:"柳小姐,文先生派我们来接您。"

莹莹顿时面如死灰。

这两年,不管她在什么地方,用什么方式逃跑,文浚总是毫无例外地派人将她"接"了回去。

她知道他的能耐,可是,她没有想到,他在这座城市已经到了只手遮天的程度,竟能控制航空公司,让即将起飞的飞机为他一人等候。

握着书脊的手泛了白,她一动不动地坐在那里,如一个美丽而又脆弱的瓷娃娃。

"柳小姐,还请您不要为难我们。"

——呵,为难!她在心里冷笑。

谢铭身后的人说:"柳小姐,如果您不肯跟我们回去,这架飞机将永远不能起飞。"

机舱里的旅客已经开始议论了起来,声音越来越大,什么航空管制,原来那个在登机后导致航班起飞时间不定的仅仅是,一个女人。

"真是自古红颜多祸水。"

"可不是吗?做人还是要有自知之明,不要连累了大家。"

"叫空服,问问她们这飞机还飞不飞了,不飞就退票赔偿。"

"……"

柳莹莹心里清楚地知道这样僵持没有用,她咬紧了牙关,将悲与愤都深藏在心底,认命地跟着西装男回去。

那一刻,她不用想就能知道,接下来文浚那张英俊的脸上会出现什么表情——他曾和她说过,无论你心系着谁,你都只能身老于此。他说,就算是死,你也只能死在我的面前。

她记得有一次,他问她想不想回家乡看看,当时她拒绝了,因为她不知道该以怎样的姿态回去。

他却似乎放下心来一般:"其实,我也不想你回去,我怕你一回去就不回来了。"

她嗤笑道:"不过是一件玩物,你还舍不得了?"

果然,他被她激怒了,他惩罚她的方法,永远都是以男人最原始的方式来让她认清,他与她之间的关系。

他生气了,最可怕的却不是他生气的模样,最可怕的莫过于,莹莹发现了自己的变化——这些年,她早已不再是那个一时冲动答应留在他身边的少女了,她感觉自己在慢慢依赖着这个人,不单单是物质上的依赖,还有精神上的支撑与渴望。

书上说,她这样的情形是爱情,可她甚至不知道究竟是从什么时

与孔雀蔷薇

候开始爱上他的。

而此时的文浚,就在机场外的加长林肯房车里等候着她。她出现在他面前的瞬间,他抓住她的手,将她恶狠狠地丢在沙发上,压低的声音几乎要冰冻住这偌大的空间:"我说过,即使是绑,我也会把你绑在我的身边。"

心在胸口痛不可抑,像被人一刀一刀凌迟。

她的脑海中回响着高蓉对她说的话:"因为他是文浚,他比任何人都知道自己需要什么。柳莹莹,对我来说,你只不过是他停留的一个地方。我不想费心去在意他在外面有多少你这样的人,因为能够光明正大陪他征战沙场、和他结婚生子过完一生的人只有我,这一点永远不会改变。"

高蓉嘴上口口声声说着不用费心在意,可是如果真的那么不在意,她又何必来找莹莹。

她是天之骄女,命运给了她最上等的人生,有一手绝佳好牌。

可是,莹莹发现自己一点也不羡慕她,她和自己一样,不过是个可怜又可悲的女人。

而她们最大的错,便是爱上了这个叫文浚的男人。

爱让她铩羽,等她察觉时,那伤口早已经血肉模糊。

莹莹发现,即使是生气,这个男人的模样依旧是迷人的,车灯的光影支离破碎地折射在桌面上,他的影子也被拉得长长的,笼罩着她。

莹莹忽然笑了,这个笑容在这种气氛里尤为突兀:"文浚,你到底把我当成什么?"

文浚冷着脸,不知是不是光影造成的错觉,他的样子有些颓然,他说:"莹莹,我爱你。"

"爱。真是个好借口,爱我什么,我姑且还算年轻的皮囊吗?"莹莹扬声,悲凉地说,"那你的未婚妻呢?你又把她当成了什么?"

"给我一点时间,我会处理好的。"

"文浚,我不是犯人,我要去哪里,是我的人身自由。你凭什么限制我?"她不再小心翼翼地隐忍自己,语气里含着怒与恨。

多年以前,她也说过类似的话——文浚,我不是你的人,更不是你的专属物品。

"你就那么迫切地想离开我吗?"他的薄唇紧抿,面上笼罩着阴霾。

"是。"

"你试试看。"他将大腿横过来,毫不怜香惜玉地横在她的身上。

而她睁着一双大大的眼睛望着他,不说话,只是望着他,仿佛要将他的样子烙入灵魂。

这样幼稚而又周而复始的猫抓老鼠的游戏,他们竟然玩了几年。

多么可恨又可悲,母亲半生都在寻找一个负心人,而自己要用半生来逃离吗?

04

春节到来时,莹莹敌不过刘嘉树的再三请求,去他家里吃了一顿团圆饭。

老刘脸上洋溢着喜悦,亲自下厨,或许因为文浚这层关系,刘嘉树的母亲也格外热切殷勤,忙着给她倒酒布菜。

一种久违的、独属于家的温暖忽然将她包围,她忽然有点想念她的母亲了。以往每年到了除夕,母亲都会按故乡的习俗,准备春联、

孔雀与蔷薇

窗花,还有压岁钱,虽然家里只有两个人,但年夜饭也是很丰盛的。

这个时候,老刘拿着两个红包分别给莹莹和刘嘉树发压岁钱,也让莹莹从自己的思绪中抽回来。她也趁着这个机会,将自己早已经准备好给刘嘉树的那个厚厚的红包拿了出来,对他说:"好好读书,成为有用的人,这样,以后就没人欺负你了。"

刘嘉树欣喜:"这么厚啊,谢谢姐。对了,我也给姐准备了小礼物。"

说着,他把一个平安符塞在她的手里,说:"这是我亲自向大师求的,希望姐姐岁岁平安。"

莹莹眼眶一热。

菜陆续上桌,刘嘉树的妈妈解下围裙:"嘉树,快和姐姐洗洗手,开饭了。"

大长桌子前,四人对着整整一桌美味佳肴相对而坐。

刘嘉树一道一道菜给她介绍:这是虾丸,这是全鸡,这是长年菜,一根一根从头吃到尾,年寿就能长长久久。"

莹莹夹了一筷子,递到嘴里,说:"好吃。"

"多吃点。"

"好吃就多吃点。"

老刘和刘嘉树的妈妈异口同声地劝道。

饭后,姐弟两人坐在家门口的台阶上,刘嘉树率先开口:"姐,我知道你还没有完全原谅爸爸,不过,今天你能来,我们真的很开心。"

莹莹不想讨论这个话题,说:"嘉树,有一件事想请你帮忙,你能答应我吗?"

"当然,你是我亲姐姐,你的事不就是我自己的事吗。"这家伙满口抹了蜜一般,很难让人不喜欢。

莹莹觉得难以启齿,沉默了一会儿,说:"如果有一天我不在了,我是说如果,你要帮我好好照顾白云。"

"大过年的,你说什么傻话呢。"刘嘉树一本正经地说,"一只孔雀的生命最多只有二十几年,而姐姐一定能够长命百岁,所以姐姐不用担心。"

这家伙说话越来越有大人的架势了,莹莹失笑,望着远方,半晌没再说话。

不知道为什么,刘嘉树觉得她的笑容里有一丝哀伤,让人心疼。

他以为是因为文浚不能陪她一起过年,才会这样,他不懂他们之间的感情,只是觉得文浚是喜欢姐姐的,因为文浚看她的目光那样不同,他从来没有在任何人的身上看到过这样的目光。

可是,他绝口不提文浚,免得姐姐听了更加伤心。

这时,远处响起了燃放烟火的声音,刘嘉树脑袋一转:"姐姐,你坐在这里别动,我去放烟花给你看。"

"好啊。"

"这可是爸爸和妈妈知道你要来,才特意让我去买的,平常过年都没这待遇。"刘嘉树抱来一大堆烟花,点燃了引线,飞快地向她这边跑来。

砰!

只听到巨大的声响,她抬头看去,只有零星几点火星子在乌烟瘴气的空中散开。

刘嘉树看着这一幕,摸了摸头,又泄气又不好意思地说:"什么烟花啊，这么差，和小孩子闹着玩儿似的。"

莹莹看着少年上蹿下跳、心无城府的样子，眉眼不自觉地舒展开来。

"你不就是小孩吗？"刚刚烟花落下去的地方还散着烟，从烟里走来一个高大的身影。

"文先生。"刘嘉树惊喜地喊道，"还以为你不来了，有人可是等你很久了。"

"记住，下回要买这种。"文浚和刘嘉树说着话，眼睛却一眨不眨地望着台阶的方向。

在他目光所及之处，莹莹穿着一套红色的带绳边装饰的裙子，外面罩了件蓝色外套，她已经好久没穿过颜色这么鲜艳的衣服了，特别喜庆，衬得她的皮肤雪白而有光泽，她的眼底蕴着浅浅的笑意，格外动人。

莹莹也看到了正向她走来的他，天不是很冷，可他围了条白色围巾，俊美修长的下巴抵在那一大团柔软的白里，像围着春日白雪。

他说过不能陪她过年，她也以为在这个合家团圆的日子里，他这种大家族的公子，应该是要陪着亲人的。

目光相对，他对她说："新年快乐，柳小姐。"

"新年快乐，文先生。"

刘嘉树已经顾不上这谈情说爱、眉来眼去的两个人了，因为文浚的身后走出来几个搬着大纸箱的人，大纸箱里全是烟花。

他惊呼："哇，不愧是文总的手笔，这规格，炫目。"

那一晚的烟花燃放声响彻了刘家的上空，各种花式形状，附近的邻居纷纷从自家窗口探出头，观赏这盛大的烟火表演。

无论是带着烟火而来的文浚，还是开心地点燃这些烟花的刘嘉树都不知道，那是他们和莹莹在这座城市相处的、最后的好时光了。

05

这一年春天，花开得格外早，年节一过，第一季蔷薇便已在绿叶间含了苞。

莹莹醒来时，一旁还留着一个人的位子，只是枕头上已经空空如也。

昨晚，他让她枕在他的胳膊上，说："我要出差几天。"

她："嗯。"

他说："回来后，我有事要告诉你。"

"好。"她也不问是什么事，因为知道这样的举动毫无意义，他想说的时候，自然会说。

或许是因为上次她想趁机逃跑，他并不是每次出差都和她讲。只是，这一次，他好像多了些眷恋，说不清道不明的。

"你没有一点期待吗？"他在黑暗里凝视着她。

"期待什么？"莹莹本不想在这个时候激怒他的，他近来不知道是工作不忙，还是怎么回事，每天都到这里来陪着她，难得出差能让她松一口气。

他的大手盖在了她的额头上，长身已经倾覆过来，表示了对她的反问和不满。

月色如纱，这一晚上，他来来回回要了她几次，折腾到后半夜才筋疲力尽地睡去。

帮佣夏夏姐正从菜市场回来，篮子里装着新鲜的西芹，手里还拎了一条活鱼，见到莹莹，连忙说："小姐，您起来了，先生特意交代，让您睡久一点。"

与孔雀蔷薇

莹莹想起昨晚,他对她的百般折腾,脸上飞起一片红云。

"先生人呢?"

"一早就被司机接走了。"

莹莹难得心情很好地爬起来,坐在梳妆台前描眉画唇,她底子本就好,略施薄粉便美若天仙。

文浚说过他喜欢她素颜的样子,可是化妆是一个女人的乐趣,特别是像她这样无聊的女人。她找了一条白色的长袖长裙穿在身上,这是她最喜欢的一条,上面有精致的刺绣。

这两年,她好像越来越偏爱白色了,白得像她养的那只孔雀。

夏夏姐在厨房忙碌,空气中弥漫着米粥的香味,夏夏姐做的菜,连文浚都赞不绝口。

莹莹尤其喜欢喝她煲的粥,米粥、鱼片粥、烧骨粥、及第粥……不管哪一种都绵滑香浓。

莹莹站在三楼的阳台,往下看去,楼下的蔷薇妖娆,好像就在那一刹有花盛开了,风一吹,花香袭来。

她轻轻地闭上眼睛,不知何时,两行清泪已经顺着脸颊流了下来,落在风里。

纵身跳下去的那一刻,她又看到了他。

脑海里浮现出的全是与他的过往,兰桂坊跨年夜里,她第一次见到他,在数万人里拉错了手,一起奔跑;太平山顶,她看到了生平最美的风景,也被风吹散了一身酒气,他脱下外套穿在她的身上;台风天,他不顾安危涉水而为,将她拦腰抱起,穿过那些深深浅浅的积水。

他将她带来这个拥有和贴在画报上一模一样面朝大海的窗的房子里,对她说:"我可以给你想要的一切,除了文太太的身份。"

她妈妈住院生死未卜,他将她的头扳过去放在他的肩上,告诉她:"你要学会被爱、被照顾,学会相信我、依赖我。"

在英国的小镇上,为了让她免受牵连,受了刀伤的他,先想到的是她丢了鞋子在等着他。

……

往事一幕幕,如同幻灯片在她的脑中清晰地浮现。

遇到他,究竟是劫,还是缘?她无数次问自己,可是没有答案。

这些年,她的世界很小很小,就在这个蔷薇园里,一粥一饭、一个他,除此之外,再无其他。

可是,今天过后,一切就要结束了,他们之间再也没有机会了。

他说过,他爱她,她又何尝不是全心全意,将一颗赤子之心捧到了他的面前。

为什么爱到最后,只剩下心碎?因为这爱情从一开始便是偏离轨道、驶向深渊的列车。

她可以一傻再傻,不顾自己一颗支离破碎的心,不去细细探寻他对她用过什么不堪的手段,可她不能一错再错了。

如果爱情是场博弈,她无招无式,输得狼狈,丢盔弃甲,血肉模糊。

即使面对再多不堪的真相,别人再怎么羞辱她、践踏她,她依然不愿将他推到自己的对立面。

与他为仇,同他为敌,从来非她所愿。她承认自己从来不是他的对手,唯有粉身碎骨、拼尽所有去成全。

文浚,身体发肤,受之父母,放弃生命的选择,于我何其艰难,可是,想到这样做,那些为你付出的温柔、等待和期盼都会有结果,这世上会有人因为我而变得幸福,想到你也可能会幸福,就没那么难了。

孔雀与蔷薇

这一生被你爱过、珍惜过,人间于我,已是天堂。剧痛袭来的那一秒,她脑海中想对他说的竟然是这句话。

就让我们就此别过,就此了断吧。

她想,放不下的、忘不掉的、难以释怀的都交给时间吧,好与坏,得与失,爱与伤害在时间的眼中都不值一提,你与我及众生在永恒里,都是匆匆过客。

此时,文浚在出差的飞机上,没有接到电话。

莹莹最近气色不是太好,他想给她买一些西洋参。落地后,他打开手机,脸色瞬间惨白如纸。

——他得到的是莹莹坠楼没有抢救过来的消息。

来接机的司机不知道发生了什么事,见老板脸色不好,大气都不敢出,生怕自己做错什么事。

是做梦,一定是做梦。文浚觉得恍惚,他一遍一遍像洗脑一样对自己说。他离开的那个早上,她还好好地躺在床上睡得香甜,他不忍心叫醒她,只是静静地站在那里,看了好一会儿。她发亮的黑发铺在白色的真丝枕套上,像个孩子,长长的睫毛如羽毛一般,格外让人舒服。

可是,现在有人告诉他,好好的人突然没了。

多好笑。

文浚一点也笑不出来,他知道她一直想离开他,可是,不会的,她不会用这样残忍决绝的方式:"她是不是故意躲着我,你们把她藏在哪里,我要见她?"

欧阳拉住他:"文浚,你冷静一点。"

"放开。"

欧阳这才发现,他的双眼已然赤红如血,仿佛能从里面喷出火来。

在欧阳眼里,文浚是个时而傲慢轻狂、时而深沉如谜的家伙,从认识他那天起便是。这个世上的事,对他来说,便只有他想做的和不想做的,没有他做不到的。

欧阳从来没有见过眼前这样的文浚,这个在商场上沉浮多年、泰山崩于眼前也处变不惊的男人握紧了拳头,手上有暴起的青筋,额头上泌出一层细密的汗珠。

"我想,如果她活着,她一定不想你看到她这个样子。"这句话,欧阳说得很艰难。

文浚一拳砸在墙壁上,用了力,血顺着手背受伤的指骨流进指缝和血肉里,可他像是浑然感觉不到疼痛:"欧阳,你如果再和我啰唆,这墙就是你的下场。"

"既然你一定要看,行,我成全你。"欧阳把手里的信封用力拍在他的肩上,文浚拿过来,慢慢地将照片抽出来。

那是警察拍的事发现场的照片。

照片上,她穿着一袭白裙,卧在蔷薇花丛中,面容已经微微扭曲模糊,只看得到刺目的血染红了她的衣领,染红了一地蔷薇。

文浚像是握不住手中的东西,高大的身子止不住发抖。

良久,他掩着脸,发出野兽一般沉闷的声音。

那是哭声。

小时候,母亲教育他,没有人是天生感情凉薄的,但是,如果你想坐上最高的那个位置,那就要学会取舍,不要感情用事。

可他舍不下。

与孔雀蔷薇

　　他这一生，要风得风，要雨得雨，却那样用尽全力，也留不住一个人。

　　是什么样的决心和勇气，让她不惜以这样惨烈的方式来逃离他？

　　——逃离他这个自私的、到死也不肯放她走的刽子手。

Chapter 13
众生与独舞

01

文浚将自己关在莹莹的房间里两天两夜，大门不出，二门不迈。这期间，他滴水未进，粒米未沾。

她走了，房子里却到处充斥着她的气息，就仿佛她还在这里，根本没有离开。

以往她不爱用香水，身上只有淡淡的沐浴乳香和着体香，那种独属于她的香甜，他最是喜欢，好闻得不得了。

他走到玄关，她听到声音便会走过来，接过他的外套，妥帖地挂在衣架上。

他张开手臂，就能拥住她温暖纤细的身子，细细亲吻她的眉眼，与她无限温存。

她说:"文浚,有一天,你会不会离开我。"

她的声音很好听,萦绕在他的耳边,久久不散,像是最优美的乐章。

她喜欢坐在窗前看海、听音乐,她会做蔷薇蛋糕,给他煮咖啡、熨衣服。

书房、厨房、衣帽间……这个房子每一处都是她的影子。

他追着那个影子跑,好像还能感受到她长发扫过他的脖颈,在他的皮肤和心上漾起一层涟漪。

可是,他伸手一抓,只握到虚无。

无尽的虚无,化开了。

她的笑容,她的眉眼,都不复存在。

一切都是泡沫幻影。

他给她买的衣服在柜子里挂得整整齐齐,包包和鞋子也是,一切都还在。

除了她。

老板闭关谢客,谢铭和公司的一众人等急坏了。

除了欧阳,先后来了几拨人,包括老刘一家,文浚的表妹冯苗苗和高蓉。

可他一个没见,夏夏姐忧心忡忡,她送来的食物也一并被原封不动地带走。第三日,他走了出来,下巴处没有多出的胡碴,脸上也没有痛苦颓废的痕迹,衣服亦如往常熨得一丝不苟。

只有跟在他身边的谢铭觉得不一样了,可是,谢铭一时之间也说不出来是哪里不一样。

一直到很久以后，谢铭才觉察出来，他身上那因为柳小姐而生出的温情，因为温情而散发出来的光辉消失不见了，从此只剩下阴冷，像是香港的冬天，那种不下雨却沁入骨子里的冷。

就在这一天，蔷薇园里多了一块白色的墓碑，是上好的汉白玉，不大，掩在花丛里，像个亭亭玉立的少女，碑上无名，更无姓，只有一个小小的独舞的身影，无比孤单，无比寂静。

这块碑是文浚用小刀一刀一刀亲手雕刻而成。

谢铭看到自家老板被磨得发红的手，觉得无比心疼，心里夹杂着担忧和钦佩，却又格外洞明。

他忽然想起他听过的一个故事，在印度，有个国王为了怀念死去的妻子，用了两万工匠，耗时二十二年的时间建了泰姬陵，却因为儿子夺位，整整八年的时间，痴情的国王只能日复一日地透过小窗，遥望着远处河里浮动的泰姬陵倒影，不但导致视力恶化，最终人也郁郁而终。

谢铭望着久久立在碑前的身影，不敢上前打扰，只无声地叹了口气。世上有几人为爱痴狂，以棺筑殿，世上又有几人无声地呐喊，白玉为碑。

这一刻的文浚仿佛处于一层结界中，与这个世界隔着不可入侵，亦不容入侵的距离，他伸出手，一寸一寸地抚摸着碑上的身影，时间仿佛回到了多年前的雨夜里。

他第一次见到她，不是在无名湖，更不是在兰桂坊，而是在一个悲怆的雨夜中。

最疼爱他的爷爷突然发病去世，他从英国回来参加葬礼，母亲没有陪他回来，而父亲身边站了个与自己年龄相仿的女人，这是文家的新女主人。

孔雀与蔷薇

也是在这个时候,文浚才猝然得知,她的母亲与父亲早已经感情破裂,离婚三年,因为怕他伤心,所以才瞒着他。

他觉得可笑可悲。

那天下着雨,他和欧阳在旺角的咖啡厅坐到很晚,喝了四杯美式。

文浚在国外经常喝咖啡,美式或意式,从不加糖,从未觉得如此苦过。

欧阳说:"文浚,如果真的觉得心里难过,你该上医院看看,那样,你就会知道众生皆苦。"

文浚沉声说:"众生与我何干。"

是啊,众生与他何干,因为走到哪都有文家的庇护,他永远不会淹没于众生。

让他难过的不是父母的感情破裂,而是他们对他的隐瞒,在他们眼里,他如此脆弱,脆弱到不能承受一点残酷的真相。

正是香港的梅雨天气,窗外飘着雨,灯光像琉璃一般暖澄澄的。

那灯下,似乎有个身影。

文浚定定地朝下望去,发现居然有一个女孩在跳舞,兴许是夜深了,又是雨天,很多店铺都关了门,整条街上没有别的什么人。.

灯下那道起舞的身影隔着雨雾落入他的眼里,他从没看过这样的舞蹈,柔中带着一股韧劲,唯美、孤独,细细一看,却发现她的舞步,踩着的是雨点的节拍。

没有舞台,只有她的背面有一排街灯,仿佛为了她、为了这一舞而齐齐亮起。

除了美好和惊艳之外,他再也找不到什么形容词了。

而欧阳所处的角度,看不到这一幕,他问:"在看什么?"

文浚没有回答，人已经站起来，往外走去。

02

雨依然没有要停的意思。

文浚走得急，也没有顾得上拿伞，一头冲进雨里。

可是，刚才女孩跳舞的屋檐下已经空无一人，仿佛他眼之所见的一幕只是一场午夜的幻觉，他深锁着眉，微微有些懊恼地弯腰拾起地上一瓣被踩碎的蔷薇。

一定不是幻觉，她是谁，为什么会在这里跳舞？

欧阳撑伞跟了出来，见到不可一世的文二少像个傻子似的、怅然若失地站在雨里："我说文少，你以为你是青春期少年，一不开心就出来淋个雨。"

"谁说我是来淋雨的。"

欧阳看着某人湿了一身，轻笑："那你来做什么？"

"找人。"

"谁？"

"迟早会知道是谁。"这句话与其说回答了欧阳，更像是他对自己说的。

欧阳摇了摇头，心想，这家伙病得不轻。

之后，文浚便留在了国内，文劲森开始让他接手公司的生意。他刚进公司，那些叔伯个个虎视眈眈，他要熟悉的事务太多，饶是他能力再强，每天也都忙到吃不上一口热饭，加班到深夜是常有的事。可一有时间，他便会来到旺角，来到这家咖啡厅，永远都选同一个座位坐下。

孔雀与蔷薇

可是，他再也没有遇见那个跳舞的女孩，一次也没有。

他向老板打听，老板也摇头，一脸茫然地摆手。

这一切，直到莹莹出现，他一开始不确定她就是那个女孩。

可是，第一次她牵住他的手，奔跑在汹涌的人潮中，她倔强地不顾生命危险去寻找男友，他便被她吸引。

真正把她和那个跳舞的女孩联系在一起，是那天广告楼下，圣诞树前，她不自觉地踩出舞步，又像意识到自己做错什么似的猛地收住脚，那么美丽，又矛盾和有意思。

他的心像被她攥住。

而此时，踱步在文浚身后花丛中的是一只周身洁白的孔雀。白云这家伙越来越像个主人翁了，一点也不怕人，走到文浚身边的时候，还高傲地扬起了头。

文浚低头看到它，想起刚刚带它来到这里时的日子，一晃，竟过了很多年。

"白云，过来。"一道清亮的声音打断了他的思绪。

刘嘉树朝这边走来，少年已经长到了一米七八，可能因为异母，他的长相和莹莹并不是太像，只是那一双眼睛，格外干净清澈，黑白分明。文浚不由得一愣。

"文先生，我可以带走白云吗？"刘嘉树走到白云前头，堵住了它的去路，白云本能地想要后退闪避，刘嘉树身手敏捷地抱住了它。

见文浚没有出声，刘嘉树抬头飞快地对他补充道："这也是姐姐的意思。"

这句话像是带着某种魔力，文浚深邃的眸子忽然有光彩流过："你姐姐还说了什么？"

说到姐姐，刘嘉树忽然变得有些哽咽："去年除夕，姐姐她……她说……如果有天她不在了，让我替她好好照顾白云。"

文浚像座雕塑一般立在那里，一动也没有动，他的腰挺得笔直，手也僵了，心里的钝痛却有增无减。

原来，早在那个时候，她就开始安排了。

而自己，与他同床共枕、朝夕相伴的自己竟然对她决绝的心思一无所知。他从来都讨厌去做毫无用处的假设，而今竟一遍一遍、反反复复地在心里想，如果放她走，如果不用这么强硬的方式将她绑在身边，是否还有别的可能。

至少，至少一切都不会发生。

"她……没有让你对我说什么吗？"文浚满怀期待，他不知道自己还在期待些什么。

也许是他的目光过于迫切，刘嘉树被他看得莫名有点惊慌，不由自主地把字音咬得很低，说得近乎小心翼翼："好像没……有。"

"到底有没有？"

"没有。"

男人却忽然笑了，他宁愿刘嘉树说出口的是，姐姐让我转告你——她恨你，她永远不会原谅你。

可是，没有。

她对他没有恨，更没有爱，只有失望，无尽的失望。

所以，她决绝而去，只字片语也未留给他。

"你走吧。"文浚像是不想再多看刘嘉树一秒了般，扬手说。

03

刘嘉树抱着一只不情不愿的白孔雀走出花园洋房，他嘴里抱怨着："胖白云，你说你也是属鸟的，怎么这么重。是不是又长胖了，你要减肥才行了。你说，姐姐她把你养得这么好，她就这么走了，以后你怎么办，我……怎么办？"

说着说着，他又难过了起来，眼里涌起了一层雾，像雨后的森林。

如果这个时候有路人看到这一人一禽，一定会诧异。然而，迎面走来那个人非但没有诧异，还对刘嘉树视若无睹，他的长腿迈得飞快，与刘嘉树擦肩而过的时候，一双平日暖阳般温和的眼睛里溢出了鲜有的杀意。

刘嘉树认出了他，他是姐姐的半个舞蹈老师，也是她的搭档叶柏伦。

可是那声"柏伦哥"，刘嘉树终究没有叫出口，因为他走得实在太快了。

叶柏伦在花园里找到了他要找的人："文浚，你出来。"

在文浚转身的瞬间，这个儒雅的男人给了文浚一个拳头："浑蛋，你到底对她做了什么？"

这样的拳头袭来，文浚完全可以躲开或出手制住叶柏伦出拳，可他没有这么做，而是结结实实地受了这一拳。

被一拳击中，文浚眉头也没皱一下，叶柏伦有些意外，显然不肯罢休，接着又是一拳。

这一拳力道更大，文浚却没让它落在自己的身上，而是还以对方一个横扫腿以及一个过肩摔。

两人你来我往，打在了一起。

几个来回下来，长年练舞的叶柏伦也喘着粗气，他双眼恶狠狠地瞪着文浚:"是你毁了她,莹莹她这么天真善良的人,她为什么会认识你这种魔鬼。"

文浚回敬他:"你是用什么身份来教训我,别忘了,我和你说过的话,不要爱上她。你自己亲口答应的。"

很多年以前,他的女孩一夜之间痛失母亲,搬进了他在海边的小洋楼,整日郁郁寡欢,仿佛所有的活力和生气都在一朝一夕之阳被抽走了,此后,脸上很少再展露笑颜。

文浚看在眼里,面上不说什么,眼见她日渐消瘦,心里也着急,除了担忧,更多的是心痛。

她时常偷偷地哭,有时半夜会从梦中惊醒,抱着他的手臂喊妈妈。

文浚整宿都不敢睡得太沉,他让谢铭找来海量的心理创伤方面的书籍,在办公室研究到很晚,也暗里咨询过心理专家,专家告诉他:多数时候不是痛苦抓着人不放,是这个人自己不愿放下这段痛苦。

文浚急切地问:"怎样才能修复那段创伤,让她放下?"

医生擦着眼镜的镜片,说:"我给你两个大方向,你去试试看。第一是直面创伤,直面自己,让有创伤的人认清她所痛苦的事情已经无法得到补偿,并给予她更多时间。而第二个方向是,尽可能转移她的注意力,如果她有爱好,那就着力培养她的爱好,用她所热爱的事物,比如音乐、书籍去慰藉她的心灵,让她找到全新的情感寄托和安全感。"

"她的爱好和所热爱的事物?"文浚陷入了沉思,他的莹莹几乎无欲无求,他也从来没有问过她真正喜欢的是什么。

文浚想了很久,忽然想到了跳舞,那是深埋于她心底的热爱吗?

这样想着,回去之后,他有意无意地带她去看歌舞表演,他仔细观察着她的每个表情,直到她的眼里流露出来一点点向往。

与孔雀蔷薇

也是那段时间,他得知叶柏伦有意想让莹莹加入自己的舞团,虽然这家伙看莹莹的眼神让他从心里不舒服。他不希望他们之间有过多接触,可是如果真的能够让她从创伤中走出来,重新做回那个快乐的柳莹莹,无论怎么样,他都想试一试。

文浚主动找到了叶柏伦,对他说:"我是不是和你说过,不要对我的人动什么心思。"

叶柏伦也很坦然:"没错,我确实对她动了一些心思,但很显然,非你所想。"

叶柏伦说:"文浚,这些年,我一直在找一个舞蹈搭档,台风那天,在莹莹的学校里,我看到了她跳舞。从那个时候起,我就认定她是那个合适的人。她是天生属于舞台的,她身上一定有一段丢失的东西。而只有我可以帮助她,找回那个丢失的自己。而不是像你这样,将她关在这个与世隔绝的地方。"

叶柏伦以为文浚听了这话会勃然大怒,结果,他的表情十分平静:"如果你真的可以做到让她开心起来,我可以帮你。"

"你是认真的?"文浚的话完全出乎叶柏伦的意料,就在他几乎要对文浚刮目相看的瞬间,文二少目光警告意味极浓地补上一句,"但是,有一点,你必须记住,永远不要爱上她。"

"……"叶柏伦没有应答。

空气安静得可怕,静默了足有一分钟,叶柏伦笑着点头,说:"那就这么定了。"

可是,现在,两个男人拳脚相向的短兵相接后,叶柏伦不再对他有半分承让和示弱:"你以为感情是可以由自己控制的吗?"

他喜欢莹莹,越和她相处,越觉得难以自拔,她的倔强和孤独,她的美丽和哀愁,都让他不由自主地想靠近。这些年,他之所以深深地抑制着自己的感情,是因为他知道,她心中的那个人不是自己。

她不说,但他知道。

文浚有时候会来练习室接她,当他出现时,她眼里便有了流动的光彩。

叶柏伦有时候发自内心地羡慕文浚,这个拥有世界上最好的一份感情,却当局者迷,不懂得珍惜的人。

而这一句话问得文浚哑口无言。

没错,爱一个人,从来都身不由己。他对她机关算尽,费尽心思,不过是因为第一次见到她,就爱上了她。

莹莹在秦淑雅离世后,对他说过一句话,她说:"文浚,从今以后,我就是个孤儿了。"

哀伤的声音还萦绕在耳畔,让他痛心不已,命运变化无常,带给她的苦难与厄运,他不曾经历过,可她的孤独,他懂。

他想把自己最好的都给她,让她能够生活得好一点,在这个世界上不再颠沛流离,不再无枝可依。

而叶柏伦和他爱上了同一个女人,不同的是,叶柏伦选择了隐忍和祝福,而他永远做不到那样。

他爱她,便要她的全部,每一个晴天同雨天,第一次日出与日落,朝朝和暮暮,他小心眼,脾气坏,容不得她眼里看到别人。

而他忘了,这样强势的爱,她是否能承受得住。

"文浚,你只知道一味地将她困在你身边,从来都不顾及她的感受。难道这就是你所谓的过得好一点吗?你知道她想要的是什么吗?"叶柏伦的话一针见血,挑开他很久也不愿面对的真相。

文浚想起她和他说的话。

"我不是你的附属品。"

"不过一件玩物，你还舍不得了？"

他不是没有发现，在这个冰冷华丽的房子里，她始终游离在外，从未找到过名为归属感的东西。

他只是不愿意承认自己的失败。她把自己看得卑微如尘，却不知这些年，他的心里除了她，再也没有别人，从始至终，无可替代。

"她想要的只是平凡人的生活，是平凡人的爱情与婚姻，柴米和油烟，从来都不是你以为的鲜衣华屋。"叶柏伦在文浚的眼里看到了类似于悔恨的东西，可他觉得这个男人不值得怜悯，也不需要怜悯，他没有就此打住，"可是，她和晓丽说，她永远都不会结婚，不会要小孩。你知道她这么说的时候，是什么感受吗？"

文浚已经松开了自己制住叶柏伦的手，巨大的空虚和无力感交织在一起，那种滋味，他过去从不曾感受过。

而叶柏伦步步相逼，这些话在他心里憋了太久，他恨自己现在才来敲醒文浚："文浚，你最爱的人始终是你自己。如果早知道会这样，我一定会将她从你身边抢过来。"

"如果早知道是这样，我宁愿你带走她。"文浚望着远方，声音低沉沙哑得仿若呓语般。

04

冯苗苗看到叶柏伦的脸时，吸了一口凉气，惊呼："怎么回事，柏伦，是不是我二哥他……"

再看到文浚的脸时，她简直眼珠子都要掉出来了。

这天是要塌了，文家二少爷掉根头发都是要人命的事，可现在，一张俊脸上伤痕累累得已经快让人辨不出原来的模样了。

冯苗苗连忙给欧阳打电话，让他带药箱来："你们两个大男人，怎么还打起架来了，难道是为了那个女人？"

一说起那个柳莹莹，她就气不打一处来。第一次见到柳莹莹她就知道她不是个好东西，处处看她不顺眼，只是后来碍于二哥的面子，也不好多事。现在看到自己心爱的男人和最亲爱的二哥这副模样，她也不再顾及什么分寸了："我就不知道这个姓柳的女人到底哪点好，除了有一张狐狸精脸蛋，看把你们迷的。现在死了，正好清……"

"闭嘴。"

"冯苗苗，请你说话注意分寸。"

文浚和叶柏伦几乎同时开口，前者脸黑了下去，语气近乎森冷。

"看看看，我说错什么了，你们两个这么护短。"冯苗苗气得脸上一阵青一阵白，委屈地对着文浚说，"二哥，我才是你的妹妹。"

文浚面色铁青："从今以后，不要在我面前提这个名字。"

"不提就不提。"那句"省得脏了我的嘴"，终究是在文浚的注视下吞下腹中。

自那以后，不仅是冯苗苗，整个文氏集团也再没有人提起柳莹莹。

后来，有一次文氏集团招聘，有一名毕业生，资历很好，名校毕业，但因为叫"莹莹"，直接被 HR 刷了。

不久后，文浚忽然提出和高蓉取消婚约，文劲森勃然大怒："简直胡闹。你把高家置于何地"

"爸，这件事情是我的错。我会从别处补偿高家，可我不爱高蓉，我和她从一开始就是个错误。"那么多年过去了，文浚终于说出了他

孔雀与蔷薇

想对他父亲说的这一句话,他长舒了一口气,竟觉得一身轻松。

"你把我的脸放在哪里,你把文家放在哪里。文浚,你太让我失望了。"

"阿浚和高蓉都是年轻人,小打小闹,有点小矛盾也是正常的,过一阵就好了。"徐惠兰在一旁说,"阿浚,你爸爸最近身体不好,不要惹他生气了,快道歉。有什么事,以后再说。"

"我和高蓉之间没有矛盾,她是个好女孩,我不想耽误她一生。"文浚没有接徐蕙兰的招,火上浇油地说,"爸,我为文氏集团付出了什么,您不是不知道,但是,从今天起,我不会再只为文氏集团而活,就像您当时和我妈离婚,迎娶眼前这位的时候,您经过我们的同意了吗?!您不能只许州官放火,不许百姓点灯。"

徐惠兰给文劲森递上茶杯,可他被气得一口白茶呛在喉间:"你这个逆子……你成心想气死我。"

"阿浚,你说的这是什么话。"徐惠兰急忙伸手给文劲森顺着背,等他气顺了一些才说,"我知道你一直不喜欢我,把我当成外人,但是,阿浚,你爸对你怎么样,你不可能看不清楚。我们原本可以再要一个孩子,可是因为你,我们打消了这个念头。"

"我爸的儿子不是只有我一个,你们不是还有我大哥吗?""你们"这两个字,文浚咬得很重,颇有些意味深长。

徐惠兰似乎听出了文浚的弦外之音,她偷偷看了文劲森一眼,本来还想说什么,终究在文浚那句"如果你们觉得我没有牺牲自己的婚姻于文氏集团来说是弥天大罪,那就让做了截然不同选择的大哥来接手文氏集团吧,我想,他会很乐意的"。

撂下这句话,他开门而去,留下暴跳如雷的文劲森和心怀鬼胎的徐惠兰。

徐惠兰知道文浚不可小瞧,当时文浚在英国,文旭在他那个贪得无厌的小姨的怂恿下,对文浚起了杀心,竟然都让其得以逃脱回国,她就知道,这个家里再无人能动文浚。

好在这件事情当时徐惠兰并不知情,文劲森心里却有数,念着父子关系,没有把事情放在明面上来追究,也得亏简鑫生了个孩子,但暗里,他也不是没有给文旭敲过警钟。

文浚这些年运筹帷幄,加上高家的帮助,现在文氏集团早已站稳脚跟,地位牢固,别说文旭,怕是文劲森也无法轻易动得了他。

05

这场家庭内部战役让文浚元气大伤,几乎筋疲力尽。

而他要面对的远不止这些,真正让他从心底觉得愧对的人不是文家,也不是高家,而是高蓉。

高蓉眼里几乎含了泪,又迷惑又悲伤,甚至还有痛心和失落:"文浚,是我还不够好吗,我可以改的。"

纵使文浚真的铁石心肠,她那样卑微的、近乎乞求的目光还是让他不忍:"蓉蓉,对不起,你什么都不用改。是我不好,我也曾想过和你一起按部就班地结婚,扮演一对模范夫妻,相敬如宾地过一生,可是,我试过了,我做不到。"

他很少对她说那么长的句子,认真到让人心灰意冷、万念俱灰。

"文浚,你能不能醒一醒。"高蓉似乎意识到自己的失态,她吞了口气,找回了自己的语态,"她都已经不在了,你还要为她守身如玉吗?"

"是,她不在了,但我的心里已经被填满了。"文浚那风流天成而又深邃的眼眸里满是坚定,那样的眼天生是用来被爱和伤人的。

可是,现在,两败俱伤。

没有什么比这样的结局更惨烈。

"我可以等着她从你的心里走出去,我都等了那么多年,不是吗?"

她知道他不会改变主意了,她什么都知道。

越是了解一个人,越是爱他。

越是爱他,越是绝望。

可她还想做最后的挣扎,在这段感情里,她从始至终都是一厢情愿的一方,她千疮百孔亦甘之如饴,不是没有知觉,不是不会痛苦,不是没有想过放弃,可是,每一次,这个念头升起,又被快速打消。

小时候,她在长辈举行的饭局上第一次见到他,他不肯带她玩,而她死乞白赖地跟在身后喊小哥哥。后来又有一次,她从围墙上摔下来,他吓坏了,背着她飞奔着去处理伤口。

那伤口一点也不痛,可是他的温柔烙在了她的心上。又过了几年,他出国了,她也想跟着出去,可是父亲不允许。

父亲知道她喜欢文浚,他也对文浚很满意,于是和文劲森商量着给他们订了婚约。

高蓉很早就知道她是要嫁给他的,光是想一想余生里没有他,她便觉得余生该有多难过。

他不喜欢她一天到晚黏着他,他刚刚接手公司,遇到很多难题,她心疼他,不顾父亲的反对,远赴国外,学金融,为的是能学成归来成为和他匹配的人、他的贤内助。

当有人告诉她,文浚身边有了一个别的女孩时,她一开始不信,后来派人去调查，事实俱在。她在英国的大 House 里喝了很多酒，捂着脸痛哭，当时想过要马上抛弃一切，飞到他的身边，把他抢回来。

可是，理智告诉他，不能就这样半途而废。

她要用自己的方式爱他，所以，她一个人在伦敦的 House 里大哭了一场，是真的很伤心、很伤心。

她学成归国，送他的第一个礼物是无名湖的项目，她从他的眼里看到了惊讶。

她知道他依然和那个女孩在一起，可这并没有让她心灰意冷，她卑微而又自我催眠地想着，他是个有自己的分寸的人。

她亦不愿学 TVB 里那些富家千金那样爱一个人，倚势凌人，用尽手段和心机去争去抢。

只要他肯回家，他在外面做什么，她都可以视而不见，她一退再退，一忍再忍，以为这样他会看到她，知道她最好。

可是，最后她还是等来了分离。

在这漫长的卑微的等待和单方面的爱恋中，她彻底迷失了自我。

原以为再痛的痛，她都承受过了，自己那颗心已经麻木，她可以强大到百毒不侵，可是，当他站在她的面前，说着放不下别的女人，当他坚决地要和她分开的时候，当他眼眸含着哀愁沉声说"走不出去的，她在我心里，早就迷路了"的时候，她还是心如刀割。

明明是她先遇上他，是她先爱上他的。

明明自己什么都比那个人好，为什么他心里的人是那个人？

为什么他只爱那个人？！

而她反而成了那个卑鄙的掠夺者。

多可笑。

06

这个夜晚，文浚再一次回到了海边的小洋楼。

这一次，他觉得头脑清醒了很多。他也第一次发现，清醒是件多么可怕的事情，让他更加深刻地品尝到痛苦的滋味。

他想起那个心理专家和他说过的那句话："多数时候，不是痛苦抓住一个人不放，而是这个人自己不愿放下这段痛苦。"

当时，他按着自己的太阳穴问："那您说要怎么才能修复创伤，让她放下？"

医生擦着眼镜的镜片，擦得极其仔细："我给你两个方向，你试试看。首先你要让她直面创伤，直面自己，让有创伤的人认清她所痛苦的事情已经无法得到补偿，并给予她更多时间。还有一个方向，去转移她的注意力，如果她有爱好，那就着力培养她的爱好，用她所热爱的事物，比如音乐、书籍去慰藉她的心灵，让她找到全新的情感寄托和安全感。"

文浚替莹莹选择的是第二种，因为他不舍得让她直面她的痛苦，他宁愿给她时间，让她慢慢走出来，而他替自己选择的是第一种。

他苦笑，直到这时，他才发现，那个心理专家说得没错，不是痛苦抓住了他，而是他自己不愿放下。

她对他说的每一句话，他都清楚地记得，他还能够描摹出她的脸，她每一个微小的动作和表情，都深深地刻在他的脑海中挥之不去，永远那么清晰，永远那么深刻，像是最温柔的梦魇。

与她之间所有的记忆，于他来说都是美好的。

而这里的一切也还是老样子，因为有人定时来清扫，房子虽然大而空旷，却始终一尘不染，东西的摆放位置更无人敢随意移动。

他站在她纵身跳下去的阳台，往下看去，蔷薇似海，漫无边际，没有一朵花因为她的离去而突然变得萧条。

她的卧室,丝绸被子叠得整整齐齐,在他出差前的那一晚,他们鱼水之欢的情景还在眼前。

出国出差于他是家常便饭,他一直不曾因此而有过徘徊和羁绊。可这一段时间,心底总有不明所以的患得患失,仿佛,他一走,她便忽然消失,他总想得到她更多。

她似乎感知到了他的想法,整宿整宿乖巧得不像话。

他来回几次,攻城略地,终于疲惫,咬着她的耳朵对她低语:"回来后,我有事要告诉你。"

她低低地嗯了一声,像是一声嘤咛。

可她不问他想对她说什么。如果她问,也许当时他便会脱口告诉她一切,告诉她,他已经决定和高蓉取消婚约。

她质问过他,把她当成什么?又把他的未婚妻当成什么?

他想等出差回来,把这件事情彻底处理好后,再告诉她这个消息,告诉她,那场形式上的订婚只是他父亲安排,他根本没有参加,它没有任何意义,这一生,他只爱她一人,心里除了她,再无其他。

可是,他没有等到这样的机会。

从此,再也没有这样的机会了!

她抛下他,决绝而去,留给他的,是一生悲痛。

在被思念和痛苦反复折磨的日子里,他想起刘嘉树问过他的话:"文先生,你和我姐姐什么时候结婚?"

当时他没有回答。他从不否认,他自私而卑鄙,他拒绝不了在文氏集团站稳脚跟的渴望,拒绝不了高家的帮助。

而他从没有和任何人说过,更大更根本的原因是,他害怕婚姻,

孔雀
与蔷薇

害怕它会改变两个人。

他曾以为，他的父亲文劲森和他的母亲是世间最相爱的两个人，后来，文劲森娶了更年轻、更漂亮的女人，而他的母亲也找了一个西方人，生活得很好。

他们的离婚给他带来了不小的打击。

一纸证书就能让两个人的情感固若金汤吗？如果还是说散就散，那么，要这个形式做什么？

他有过很长时间的矛盾和怀疑，后来，她的母亲告诉他："没有永远的婚姻，只有永远的利益。"

——那你当初嫁给我爸也是因为利益吗？他想问问她，可是最后还是没有说出口。

他选择缄默，也选择利益。

可是，他一步一步在文氏集团站稳脚跟，并没有让他心里痛快，他真正快乐的时候很少，却也都是因为她。

他慢慢发现，他好像找到了这个世界上，除了利益更让他为之着迷、为之心动的东西的存在。

那个女孩在旺角的街头，踏着雨点的节奏跳一支舞，从此，他以为自己注定高处不胜寒的生命里炸开一条裂缝，透出了一道光，一点一点挤进他的世界。

莹莹，我终于明白，那个高于利益、高于一切的存在是你。

你不知道，我认识你，很久很久了。

Chapter 14
他城与故里

01

靖港坐落于湘江西岸,是一个有着悠久历史的小镇,傍水而建,四季分明。

因有着天然良港,水路畅通,昔日小镇曾街市繁华,商贾云集。

不仅如此,这里还是古代的军事要地,相传唐朝大将李靖曾奉唐高祖之命,镇守湘江。他驻军在当时还被称之为"沩水"的港口,因其治军有方,爱民如子,后人为了怀念他,将此地改名为靖港。亦是在这里,太平军大败清军,湘军统帅曾国藩威颜尽失,几度差点投河自尽。

后来几十年,这里还相继经历了军阀火拼,隔江驻扎对峙,以及日军进犯,无恶不作……

与孔雀蔷薇

　　直至今日,小镇保存了不少明清风格的街巷、店铺和民居,行走其中,兵戎相见的血染记忆早已经不复存在,依稀可寻的只有老街老屋留下的沧桑痕迹,千年一梦,唯剩静谧的时光在其中缓缓流淌。

　　河畔之上有一排民居,都是两层的建筑,色彩质朴,清一色的灰瓦下,有几栋刷了白墙,但并不显得突兀。

　　少女方舟背着书包,戴着一副耳机,陈奕迅低沉的声音响彻她的耳蜗。她一边走,一边跟着低声哼唱了起来:"你就当我是浮夸吧,浮夸是因为我害怕。"

　　方舟的目的地便是这民居中的一栋,这房子已经旧了,墙面斑驳,楼上种了一盆蔷薇,刚浇过水,近看叶片上还湿漉漉的。

　　方舟远远地看到了女人的背影,那背影有一头天生的齐腰乌发,不染不烫,却富有光泽。

　　方舟取下耳机,冲着那个背影喊"柳姐姐"。

　　被叫唤的女人放下花洒,转身的动作是优雅而温柔的,即使是夏天,她的面上也戴着一块素色丝巾。她有很多这样的丝巾,每一块都在一面绣一朵好看的蔷薇刺绣,大半张脸都掩在其后,只露出一双空灵美丽的眼睛,像个临水照花人。她轻轻地说道:"方舟来了。"

　　也许是因为她的身材和气质太好,也许是因为那双眼睛过分迷人,每次方舟看到她,都会想起古装剧里那些绝世美人——因为美,所以不能被世人窥见。方舟想着,半晌才记起自己的来意:"我妈做了些甜酒,让我给你带些过来煮汤圆吃。"

　　方舟扬了扬手中的东西,声音嘹亮而明快。

　　"谢谢。"莹莹接过她手上的小坛子。"以后不要再给我送吃的了,我这里什么都不缺。"

"要的，要的。"方舟自顾自地到屋里，找了个地方坐下来。这是方舟家的老房子，她整个童年时光都是在这里度过的，对这里的格局摆设再熟悉不过。

三个月前，莹莹从文浚那所海边的小洋楼纵身而下，从此人人都以为这个世上已经没有柳莹莹了。

事实上，她也抱了必死的决心，可是，上天眷顾，竟让她大难不死，还骗过了文浚，在高蓉和欧阳的共同帮助下，逃离了香港。

她没有投奔她的家人，而是在辗转了几个城市后，回到湘地，找到了杨学姐。

她想看看那个因她才得以平安出生的孩子现在怎么样了。

跟着文浚这么多年，她也想过，如果他们有孩子，会长成什么模样？会像他多一点，还是像自己多一点呢？

可是，文浚从来都不知道，她自己也不知道。那个可怜的孩子或许还没有成形，却成了她纵身一跃所付出的巨大代价。

如果，如果她能早一点去医院检查，早一点知道孩子的存在，那样也许她就不会做那样的决定了。

她会把孩子生下来，不管是男孩，还是女孩，都要给TA买很多的玩具，抚养TA长大成人，将自己的爱全部给TA。

而现在，她对生命的唯一眷恋是去看看杨学姐的孩子。

这个孩子就是方舟。

莹莹与方舟几乎一见如故，甚至比她跟她妈妈还要亲近。

此刻，眼前的方舟挤了挤眼睛，说："对了，柳姐姐，大磊哥又向我打听起你了，一直追着我问你有没有男朋友，喜欢什么样的人，还说要给你送花呢。"

孔雀与蔷薇

　　靖港很小，很多街坊邻居都相互认识，方舟口中的大磊哥叫王大磊，他家离莹莹的住处也不远，只是，他家那一片，地方政府正在规划拆迁，据说可以按人头分配房子。王大磊早年离异，家里也没个一儿半女，他的前妻和别人跑了，一直没有遇到合适的对象，直到那天在靖港的小糖人摊前看到莹莹的身影。

　　那个黑发如瀑、素衣飘飘的身影静静地站着，不知怎的，就勾走了他的视线，连着他的魂也勾走了。

　　直到不知从哪冒出来的方舟拉住那个身影要离开，他才缓慢地回过神来，急步跟了上去，也不知跟了多久。

　　或许是感受到了身后灼热的视线，莹莹忽然回过头来，王大磊来不及躲闪，与之视线相对，一眼惊鸿。

　　与此同时，方舟也跟着回头："大磊哥，你怎么也在这里？"

　　"哦，我买条鱼回去。"王大磊的视线还停在莹莹的身上，"方舟，这位是？"

　　"她是我柳姐姐。"方舟没有拆穿他鱼市不在这边，她挽着莹莹的胳膊，有些自豪地介绍说。

　　"你们买了什么，这么多东西？"王大磊见莹莹拎着一个米色的帆布袋子，要上去帮一把，"很重吗？我帮你们提吧。"

　　莹莹没有给他这个机会，连忙说："不碍事，挺轻的。"

　　这是一双明明黑白分明，却客气疏远，如烟笼云山，拒人于千里之外的眼睛。

　　方舟抿着小嘴："大磊哥，你今天格外……不一样，很热情哦。"

　　王大磊搓了搓手，作势要去弹她的脑门："死丫头，你说说看，大磊哥哪天亏待你，对你不热情了。"

"好吧，我错了还不行吗。"前一秒还得意扬扬的女孩瞬间讨饶，"大磊哥每天都很热情。你的热情像一把火，燃烧着整个沙漠。"

说着说着，她就唱了起来。

那个样子，逗得莹莹也笑了，她的笑容掩在素白的丝巾下，却在眼底荡开，纯净而美。

这才是俗世里的烟火气息，不是金碧辉煌的璀璨，但是自有一种光芒。

面对方舟的试探，莹莹无奈地摇了摇头，没有作声。

"不过我跟他说了，我柳姐姐眼光很高的。"方舟也是个人精。

莹莹笑笑，不想继续这个话题，忽然想起什么似的说："方舟，你今天放假吗？"

"放假呀。"

"你有空的话，可不可以陪我去个地方？"莹莹问。

方舟有些惊讶，住在这里这些日子，莹莹深居简出，简直像个修道士，这么郑重其事地请求她还是头一次。

方舟哪里有不答应的道理，连忙说："有空，有空，我闲着呢，不过去哪呀？"

到底是贪玩的小姑娘，说着话，面上多了几分雀跃。

02

不到三个小时车程的 A 县，天气比靖港要冷几分，时隔太久，十几年了吧，这里的变化却远没有想象中的大，马路边上开着不知名的小花。

莹莹和方舟从出租车上下来，风吹着莹莹的眼睛，让她想要流泪。她拢了拢身上的披肩，将脸裹得更严实了些。

孔雀与蔷薇

"你的故乡是个什么样的地方?"

"没有香港那么美,那里没有海,有山、有江河、有盘子那么大的月亮,还有我的亲人。"

多年以前,在太平山顶俯瞰维多利亚港的那个夜晚,她曾与那人有过这样的对话。

而今,故乡于她近在眼前,却像隔了千重万重山。

方舟见她揉眼睛,连忙关切地问:"你怎么了,柳姐姐?"

"没事,可能沙尘吹进了眼里。"莹莹说。

"我帮你吹吹。"方舟凑过来。

"不用,走吧。"她笑笑,朝着熟悉的巷口走去。

以前家里住过的房子早就被秦淑雅卖了,姥姥家住在巷子深处,一面临街,有个门面,而背面是个大大的院子,依山而建,能种花种菜。

莹莹记得姥姥以前会在院子里搭一个架子,下面种辣椒、茄子、南瓜,南瓜藤会爬到架子上,宽大的叶子遮住了夏日的阳光,从叶片间结出一个一个果实,挂在架子上,摘下来小炒,不知道多好吃。

很多年以后,莹莹依然记得那个味道。

小时候的莹莹却总想,如果能种苹果、西瓜就好了,她和表弟总是偷偷地把西瓜籽丢在下面,还真的长出过一次瓜藤,结了一个小小的西瓜。

莹莹每天都去看,一开始它只有枣子那么大,渐渐便有杯口大小了。可是,莹莹最终也没有吃到它,它长到碗口大小的时候,被邻居家那个不到三岁的调皮孩子摘了。

十几年过去了,这房子也已经旧了,门面开成了麻将馆,外边有台冰箱，一个货架子，卖香烟、冰棒、饮料，东西不多，大概也是做的那几桌热热闹闹的麻将客的生意。

有个扎着小辫的小女孩坐在货架后的竹椅上，伸着两个脚丫子看漫画书，有人喊她："周周，拿包芙蓉王。"

小女孩说："长叔，今天又赢了？"

"赢了。"

"那赢了请客吃罐头。"小女孩娴熟地从货架里拿了包烟递给他。

"你这个小丫头，又来敲诈叔叔。"男人拿钱给她，"不用找了，剩下的你拿去买罐头。"

"谢谢叔叔。"

小女孩好像忽然看到门口站了两个陌生人，说："你们买什么？"

方舟却发现莹莹的眼睛越过小姑娘，落在她身后的其中一张麻将桌上，那里坐着一个老人，她的头发已经花白了，脸上的皱纹显得那么慈祥。

只见老人把面前的麻将一推，胡了。

时光如梭，姥姥竟也学会了打麻将。

莹莹没有上前，她向叫周周的女孩买了两瓶水和一些小零食，零食都给了方舟。

周周说："请等等，我去换一下零钱。"

说着，她朝那个打麻将的老人说："奶奶，你那还有零钱吗？"

老人头也没抬，用家乡话说："去找你爷爷换。"

莹莹小声说："你叫周周吧？这钱不用找了，不过，我想请你帮个忙。"

周周乖巧地点头说好，两条小辫子跟着她的动作一晃一晃的，煞是可爱。

253

孔雀与蔷薇

方舟发现莹莹弯下腰在女孩耳边轻声和她说了句什么，然后放下了一直拎在手上的藤编的小箱子，对自己说："方舟，我们回去吧。"

当天下午，热闹的麻将馆忽然散场了，往常能在麻将桌上蹉跎一整天的周周奶奶收到一个藤编小箱子，打开的那瞬间，脸色忽然变了。

老人急急地问周周："这是谁送来的，人呢？"

周周从来没有见过奶奶这样，委屈地说："一个姐姐，人已经走了。"

老人从四方麻将桌后站起来，快步朝着店外追去，这条老旧的街都是些闲散的人，一目了然。

可她还是站在那里，望了又望。

周周小心地拉住老人的袖子，摇了摇，仰着巴掌大的小脸蛋说："奶奶，那个姐姐已经走了很久了。"

老人听了她的话，低下头看着还抱在怀里的那个小箱子，里面装着一整盒周周爷爷常用的牌子的眼药膏。

周周的爷爷眼睛不好，看了很多医生，一直也没见好转，当年他们的大女儿秦淑雅忽然把好好的生意都转让了，一意孤行地带着独女去香港寻找那个叫柳开明的男人，和家里闹得很僵，几乎没有了往来。后来几年，她陆续从香港寄了这个包装盒上全是外国字母的眼药膏回来，说自己不孝，不敢请求他们二老原谅，只求他们好好照顾自己。

眼药膏是管用的，只是有依赖性，用了能缓解不适，但久久不用又会复发，可在这边的药店很难买到。

老人发现药膏盒的底部还压着什么，她用苍老的手抽出来一看，是一本存折，上面的数字有零有整。

除了这两样东西，箱子里还有一个红色的四方盒子，里面躺着一个花纹古朴的黄金手镯。

在A县，嫁出去的女儿在父母过大寿的时候，流行给他们打一套黄金首饰，寓意着吉祥富贵。

老人握着那个手镯，眼眶已经湿润，也不知道过了多久，她合上箱子，走回麻将桌前，也不怕扫了大家的兴，说："今天就到这里吧，大家都回去吧。"

03

莹莹接连收到了两个快递，她都不用拆就知道是方舟的东西。

方舟不久就要高考了，她妈妈对她管得很严，不准她再看些课外闲书。

于是，她就背着她妈偷偷在网上买书，也不寄回家，干脆直接寄到莹莹这里，一有空闲就过来，窝在沙发上，翻开一本书，便能消磨半天光阴。

她不时从沙发上爆出几声大笑，不时又尖叫几声："啊——凶手眼看就要暴露身份了，怎么又被他跑了。"

莹莹见她捧着书，恨不得把头埋进去，笑着问："方舟，什么书这么好看？"

方舟说："《一鉴钟情》，我等预售等了很久才到的，还是作者的亲笔签名本。柳姐姐，你千万别告诉我妈，不然，她又得和我叨叨了。"

莹莹纵容地点头说好，她对现在的小女生喜欢的言情小说并无好奇心，只是方舟合上书时摆在桌上，她一眼看到了封面，随口问了句："这书怎么还是两个人写的？"

方舟认真地回道："是啊，听说一个写悬疑线，一个写感情线，

孔雀与蔷薇

可有趣了。"

莹莹把刚做好的糕点放在桌上,方舟拿起一块塞进嘴里,表情夸张地说:"好吃,柳姐姐,你真是我的天使。"

莹莹笑着说"好吃,你就多吃点",然后又去阁楼上忙碌了。

阁楼的墙没有贴瓷砖,水泥和石灰墙壁已经很旧,颜色是斑驳的灰,有些缝隙里还长出了绿意深浓的青苔和爬山虎。

她个子不算高,微微弓身在那样的残墙前,竟有一种说不出的典雅和高贵。

方舟鬼使神差地朝她喊:"柳姐姐,我可以问你件事吗?"

"嗯。"她抬起头来,美丽的黑眸染上浅浅的笑意。

方舟也不看书了,跟过去说:"听我妈说,柳姐以前在香港有个男朋友,长得特别帅,还特别有钱,是真的吗?你能不能和我讲讲香港,讲讲你们的故事。"

莹莹见方舟搬了条小板凳,用手撑着下巴,摆好了听她长篇大论讲故事的阵仗,无奈地摸了摸方舟的脑袋。

"柳姐姐,你快说啊。"方舟催道。

莹莹却只字也不肯提起,只说:"都是过去的事了,没什么好讲的。"

"柳姐姐。"方舟撒娇,"你就讲一点嘛,你那个男朋友是做什么的?"

莹莹没有回答。

"他真的很帅吗?长得像谁?"

莹莹还是没有回答。

"你不说,我问我妈去。"方舟嘟着小嘴,"迟早有一天,我要问出来。"

然而，直到方舟高中毕业，莹莹也没有成全方舟一个轰轰烈烈的故事构想。

收到香港中文大学录取通知书的那天，方舟兴高采烈地去阁楼告诉她这个消息。

她太激动了，因而忘了敲门，不料正好撞到莹莹洗澡出来没有戴头巾的样子，她吓住了。

——那样美若天仙般的柳姐姐脸上竟有一大片疤痕。直到这一刻，她才突然明白过来，为什么她总是戴着丝巾，原来那美丽的粉色蔷薇刺绣下所掩盖的，是她的伤痕。

"对不起，对不起。"方舟连声道歉。

莹莹却不以为意地笑了笑，当年她从阳台纵身一跃，不仅失去腹中的孩子，她的脸也被蔷薇花刺得面目全非。欧阳要给她处理伤口，可是腹疼如刀绞的她又如何还顾得上自己的脸。

最终她捡回了一条命，因为伤口没有得到及时处理，而留下了消退不了的疤痕。

莹莹轻轻地把纱巾戴好，她没有解释脸上的伤，而是给了方舟两样东西——一个地址和一串数字。

她说："如果这串数字还能打开这个地址的门，你就住到这里去吧。我会给你写信的。"

方舟没有想到，莹莹给她的是那样一幢豪宅的大门密码，住进去的第一晚，她打开了这幢楼里几乎所有的灯。

灯光将豪华开阔的大堂，蜿蜒的楼梯，艺术气息浓厚的字画，以及各种做工精巧、价值不菲的摆饰照得光彩夺目。

孔雀与蔷薇

  方舟怎么也不能把住在自家旧阁楼上的柳小姐与这一切联系在一起，心里有很多疑问，又伴随着一种异样的兴奋和刺激。

  过了几天，她给莹莹写了封信，然后忙着学校报到的事情，暂时把心里的诸多疑团抛诸脑后。直到周五，睡到上午十一点起床，走到楼梯口，她突然尖叫一声："你们是谁？怎么进来的？"

  楼下站了五个人，其中一人走到她的面前礼貌地说："你好，我们是保洁公司的工作人员，应谢先生的要求，每半个月来这里打扫一次。"

  "谁是谢先生？"

  对方更惊讶："你住在这里，却不知道谢先生是谁？"

  见他看自己的眼神充满怀疑，方舟赶紧说："一个朋友给我的大门密码和钥匙。"

  方舟心里忽然一动，说："你方便把谢先生的电话号码告诉我吗？"

  结果，她自然是没有要到电话号码，于是，她心里的疑惑也就没了下文。

  第一次见到那个人，也是周五。那天，方舟下课早，走进院子就看到花园里有个身影正蹲着修剪花草，由于之前发生的保洁公司的事，她也没有太感到意外，就礼貌地打了个招呼。

  那身影忽然站了起来，他很高，逆着光朝方舟看过来。方舟根本看不清他的脸，可那人的目光让她有一种奇怪的压迫感。

  方舟连忙说："你好，你是园艺公司的人吧？我是最近才住到这里来的。"

  那人半晌没有说话，只是目光一刻也没有离开方舟。

  那目光让方舟心里有点不自在，她说："那……叔叔你继续整理花草。"

"小谢安排你住进来的?"那人忽然开口了,那是一个非常沉稳冷峻的声音。

"原来,你也认识谢先生。"方舟想起保洁公司那些人和她提过的那位谢先生,于是回头对他笑了笑。她并不想跟他多言,快步走上了楼。

进了房间,她一边自问自己为什么要害怕一个园艺工人,一边找了间能看到花园的房间,趴在窗口往下看。

那个人还在修剪花草,他一枝一叶修得十分用心,好像根本感受不到有人打量的目光似的。

十月初,方舟收到了莹莹的第一封信。她的字迹非常娟秀,在信里问她是否好,是否适应了新环境。

简单的问候之后,她笔锋突然一转,写道:你曾问过我的事,我没有告诉你,不是不愿意,而是不知该从哪里开始说起。听你妈妈说,你闲暇里爱听故事,也爱编故事,那,你就当一个故事听听罢了。

04

那是方舟第一次知道了文浚,在香港兰桂坊,柳莹莹第一次遇到文浚。只是那时她心有所属,还来不及爱他,还不知道什么叫爱比死更冷。

柳莹莹平铺直叙地讲着,方舟却读得心潮澎湃,她几乎能够身临其境地感受到那个跨年夜里汹涌的人潮,两个拉错手的陌生人的奔跑,就仿佛两个鲜活的人从信中走了出来。

过了很久,方舟从信纸上抬起头来。

她住的房间朝南,大大的落地窗前是一望无际的海洋。海水蔚蓝,

与孔雀蔷薇

偶尔有船驶过,运气好还能看到海鸥。

她不知道柳姐姐是不是也曾忧伤地坐在这扇窗前。

方舟等了几天,才给莹莹回信。

在信里,方舟没有问及文浚,也没有问及莹莹在信里提到的魏子良,虽然她很想知道后面发生了什么。

但她想,柳姐姐需要的仅仅是自言自语般地讲述那些往事,而并非被追问。

方舟在信里写:我住在这里挺好的,房子一直都有人打理,花园里种着各色蔷薇,有个园艺工人很特别。

说起那个园艺工人,两天后,方舟又见到了他,他系着围裙,戴着手套,在修剪花园里的蔷薇。

方舟路过花园的时候,他主动叫住她:"你好,小姑娘,你叫什么名字?"

这次他没有盯着她看,所以少了那种压迫感。她走近他:"我叫方舟,诺亚方舟的方舟。"

男人说:"好名字。"

方舟说:"你呢?我该怎么称呼你?"

他说:"怎么称呼都好。"

方舟说:"那我叫你蔷叔,就是蔷薇叔叔的意思。"

他对此不置可否,说:"上次你说你刚住进来,是刚来香港?"

"对,我今年刚考上这里的大学。"

"一个人住这么大的房子,孤单吗?"

方舟不好意思地说:"有一点,但我是借住朋友的房子,没经过她的同意,也不敢喊同学过来玩。"顿了顿,她又说,"蔷叔,你是不是认识谢先生，可不可以把他的电话号码给我？"

男人愣了一下，想必也是职业要求，是不允许的。

方舟连忙说："没关系，如果你为难就算了。"

这期间，方舟和莹莹一直通信往来，在信里，她知道了莹莹和文浚后来的故事，包括这个房子的来历。

方舟扼腕叹息，这是一个比她想象中的还要凄美的故事，她仿佛回到了很多年前，看到了那个蔷薇花园里种花煮茶的少女。

那是她的柳姐姐，她像一只骄傲的、美丽的、为爱折翼的孔雀。

蔷先生再来的时候，方舟跟他说："花园里的蔷薇全部枯萎了。"

蔷先生说："明年还要种蔷薇。"

方舟想起柳小姐那么喜欢蔷薇，鬼使神差地开口问："蔷先生在园艺公司工作很久了吧，不知道蔷先生认不认识这里以前的主人。"

蔷先生说："认识的，这里的女主人很漂亮。哦，对了，我有她的照片。"

说着，他从口袋里拿出一张照片，照片上的女人有一双美丽迷人的眼睛，朱唇皓齿，足以媲美任何一个无 PS 时代的美女明星。

不，她比她们都要美。

方舟认得那双眼睛，那是柳姐姐的眼睛。

原来，柳姐姐年轻时美得这么不可方物，也难怪文浚那样的人费尽心机也要留住她。

就在蔷先生收回照片时，方舟忽然看到了他的手背。

由于修剪蔷薇，他一直都戴着手套，所以她从来不曾注意过他的手，此刻才发现他的手背上有一圈淡淡的印子，像是牙印。

方舟忽然想起柳姐姐在信里和她说过的故事，那一夜在兰桂坊，她狠狠地将他的手背咬伤。

"你是文浚。"方舟忽然惊呼。

"你知道我的名字？"他一点也不惊讶，坦然地看向方舟。

05

方舟最后一次收到莹莹的信时，讶异地发现，信里竟然有两句话是写给文浚的，第一句是——不要为难方舟，第二句是——不能做你的唯一，但求做你唯一的留而不得。

末了，她让方舟把孔雀羽毛和这封信交给文浚。

可是，读着这封信的方舟，全身骤然冰冷。

和柳姐姐相处了那么久，方舟不敢说自己完全了解柳姐姐，但她觉得自己读懂了那些信。而这一次，不知是不是她的错觉，她从信里感觉到浓浓的诀别的意味。

她拿出那封信，跌跌撞撞地跑出去想找文浚，可她根本就不知道他住在哪儿。

她站在香港冬日的街头，忽然感觉茫然不知所措。

对了！谢先生！

方舟拿出手机，按键的手都在颤抖。

电话拨通了，谢铭听到方舟有急事找文浚之后，帮她接通了电话。

听到文浚的声音的那一刹那，眼泪忽然涌了上来，方舟站在繁华的街头，哽咽着说："柳姐姐她……"

"方舟？你是方舟？你在哪儿？"

文浚和方舟以最快的速度赶回了靖港。莹莹住的阁楼被打扫得干干净净，里面没有任何她的物品，只有阳台上盛开的一盆蔷薇。

文浚站在爬满青苔的斑驳的墙边，久久不动，面色凝重。他低声喃喃："她就在这里住了十年。她宁愿住在这么破烂的房子里，也不愿留在我身边。"

方舟望着他，一字一句地说："柳姐姐一定很爱您。"

他静默的脸上满是沉痛。

她近距离看着这个男人，他头上已经有了银发，脸上也有了皱纹。

方舟不知道曾经在香港呼风唤雨的文先生到底有多么英俊迷人，她只知道，此刻，眼前的这个人，已经老了。

杨女士对自己的女儿还是很了解的，见到方舟突然回来，很快就明白她的意图了。

在方舟的追问下，杨女士支支吾吾，最后还是告诉了她："你柳姐姐走了。"

其实，自从方舟去香港上学后，杨女士就经常去老阁楼看莹莹。最近一次去看她时，杨女士发现她搬走了，只余下一盆蔷薇，下面压了一张字条，说她已经租了一条船，顺江而下，到死。

杨女士重重地叹了口气，对方舟说："你柳姐姐让我们不要去找她，她愿客死他乡，也不求魂归故里。"

方舟无声地叹息，她的柳姐姐，离开得那么江湖。

文浚没有马上离开靖港，方舟应他的要求，带着他沿着老街老巷逛了逛。他们慢慢地走着，方舟不时停下来向他介绍："蔷叔叔，这家店的小鱼特别辣，柳姐姐可喜欢吃了。您看那边，那边的甜酒丸子最好吃，我妈经常买来酿酒，每次都让我给柳姐姐送一些，那里有那家……"

文浚静静地听着，他高大的影子被阳光拉长。

能够这样走在莹莹走过的路上，吃她爱吃的东西，感受她存在过的气息，竟让他觉得是种奢侈。

方舟曾经问过莹莹："你男朋友是做什么工作的？他真的很帅吗，像谁啊？"

现在，她想起她看过的那些TVB剧，即使在剧中，也没有这么好看而痴情的男人。

她只是遗憾，他与柳姐姐明明相爱着，却只能天各一方。

可能因为对自己家乡的爱和使命感，这几天方舟都尽职尽责地充当导游，她给文浚介绍："那边是我们靖港古镇的观音寺，这寺庙建于雍正年间，香火挺旺的，不过，我不知道柳姐姐有没有来过，您要去看看吗？"

文浚是一个没有信仰的人，他从不烧香拜佛。

他的前半生，不信天，不信地，只信他自己。

可是，当方舟这么提议的时候，他竟鬼使神差地点头说："辛苦你带路。"

06

寺庙十分隐秘幽静，几经修缮的幽幽古刹大门巍峨，翘檐如飞。

来这里的人都很虔诚，老远就能看到一群人在大殿打坐，面上的表情十分享受。

文浚除了走到那幅写着"看破放下观自在，慈悲喜舍见如来"的门帘下，站得久一些，其他时候并无表情。

方舟也没有带文浚去跪拜礼佛，他们只是纯粹参观。

寺里有一棵很大的柏树，香客们将它当成了许愿树，在上面挂了许多铃铛和许愿的布条。

不知为何，方舟又想起了柳姐姐，感叹道："你看这个世界上这么多人,这么多愿望,要是人人都能得偿所愿就好了。"

少女有一双极干净的眼睛,认真的样子,让文浚有片刻的失神。

文浚没有说话,只是静默地看着这些许愿的布条在风中飞舞,就像他的思绪。

忽然,树枝上有一根布条被风吹落,飞了起来,一直飞到他的脚边。他缓缓地弯腰捡起来,准备将它重新挂回去,挂到一半,忽然停下了手中的动作。

方舟见他脸上忽然出现一种复杂的、悲喜交加的表情,猛地凑过去:"怎么了,蔷叔叔?"

文浚用力把手中红色的布条拽紧,半晌,他沉声说:"方舟,她来过这里。"

"您是说柳姐姐……您看到什么了?"方舟不明白,这个喜怒不形于色的男人,刚刚还是开心的,为什么说沉下脸就沉下了脸。

她拿过他手中的布条一看,也惊住了。

那布条上面写着一句话:我爱你,纵这世界蔷薇凋零,孔雀铩羽。

没有姓名,没有落款。

可是,方舟知道是谁写的。因为有过漫长的通信时光,她能够准确认出柳姐姐的字迹。

连她都认识,文浚又如何认不出来。

更何况,这句话,是写给文浚的。

方舟用手挡住眼睛,觉得太虐了,她一个旁观者都要落下泪来,更何况身在其中的人。

文浚还是离开了靖港,他带走了柳莹莹房间里的那盆蔷薇,回程的飞机上,他告诉方舟,这些年他一直都知道莹莹还活着,当年欧阳

孔雀与蔷薇

不让他看遗体，可他后来还是偷偷去了太平间。

打开了名为"柳莹莹"的那个抽屉，他才发现，里面根本就没有人，然后他打开了边上所有的抽屉，没有一个人是她。

方舟十分震惊："既然你这么想留住柳姐姐，那你为什么不把事情追查清楚？"

文浚看着年轻的方舟，就仿佛透过她看到了另一个人，半晌，他才说话，声音低沉而哀伤："她不惜以死亡这样惨烈的方式来逃离我。遵从她的意愿，是我唯一能为她做的事了。"

方舟已经有好几年没有被感动过了，她有几年特别沉迷于看小说，看过无数动人的爱情故事，却依旧不懂为什么这世上有那么多人明明爱着对方，却要互相折磨、互相伤害。

后来她去香港念书，遇见了两个文家的男人，如同遇见命运。

他们一个叫文简百川。

而另外一个是文浚。

文浚长长地叹了口气，看着窗外刺目的光，就好像看到了很多年前，旺角的下雨天，那个女孩，也像一道光，刺破黑夜，照进他的人生："我一生最大的错误不是认识她，不是想方设法将她留在身边，而是知道她最好，却没能让她成为唯一。"

方舟想起在她前往香港念书的头一天晚上，柳姐姐将一串密码与一个地址递到她的手上。

那时她不知道，房子是文浚用莹莹的名字买的。

柳姐姐在给她的最后一封信里写道："曾经我像疯了一样想从这里逃离，不过，现在我感谢他至少给我留了一套房子，让我可以自由处置。因为，除此以外，我已经没有别的东西可以送给你了。我希望你在陌生的香港能拥有一席之地，不被人瞧不起，不被人欺辱，就像当年的我一样。方舟，愿你平安喜乐，无拘无束地过完这一生。"

然而，文浚说："如果还有机会，我想给她的不是一幢房子，而是一场婚礼，一生誓约，一世白头。"

只是啊，这世上又哪有什么如果。

孔雀与蔷薇

Chapter 15
孔雀与蔷薇

01

一年后，K市，骄阳似火。

一场以"万物有灵且美，别让野生孔雀成为传说"的公益活动在该市举行。为了唤醒人们参与保护野生孔雀的意识，该活动用音乐、舞蹈、诗歌等不同的形式在各地区大力推动传播。

由于各方人士的支持和媒体的聚焦，通过传统媒体和新兴的平台微信、微博等社交平台的转发，活动吸引了成千上万的观众。

在登上舞台之前，莹莹给自己做了很多心理建设，可她还是没有想到会来那么多人。真正站在舞台上，看着黑压压的人头，她感觉发怵，手心都在冒汗。

这些年,她逃离香港,避世而居,人生洁净且孤独。

无人知,这些日日夜夜,思念如同附骨之蛆,她竟如此想念着那个人。

她慢慢发现,原来曾经禁锢着她的,从来都不是文浚那所房子,而是爱情。

从爱上他那刻起,她的人生已经别无选择,没有出口,没有归宿。

无论逃到那里,终将画地为牢。

有一日,夕阳落在靖港的江面上,红霞染了半边天。

她忽然感到无比难过,恍惚中,她又想起她与文浚在英国的小镇上看过的粉色夕阳,是啊,无论她多么用力地想要将那段记忆、那个人从脑海中抹去,最后都是徒劳。

与他相处的点点滴滴,食髓知味,早已刻进了她的骨髓。

忘记一个人,这般这般难。

以前还有方舟经常过来陪陪她,现在她只能自怨自艾地翻着方舟留下的那些言情小说。

大千世界里,每天都有故事发生,那些或精彩或平凡的故事没有一个像她与他。

——如果你爱他,那就去见他。

在莹莹翻开的那本书夹着书签的那一页里,这句话被标了出来。

她无声而又悲凉地笑了笑。就在那个瞬间,心里有什么迅速聚起,那是忽然而至的、终此一生的念头。

在这个念头的驱使下,她提笔坐在铺着碎花桌布的书桌前,给她在香港的小朋友方舟写了封信,完后,站起来,不紧不慢地开始收拾东西。她的生活太过简单,东西很少,一个复古的皮箱便可以悉数装下。

她带着那只皮箱,站在老阁楼前,最后朝它看了很久,心中对学姐,

与孔雀蔷薇

对这一段时光充满感激。

然而，这样偏安一隅的人生，如果得不到真正意义上的平静，那又有什么意义呢。

于是她毅然登上了一艘客船，顺江而下。

她愿客死他乡，不求魂归故里。

在那艘莹莹甚至不知驶向何方的船上，莹莹遇到一个女孩。女孩扎着俏丽的长马尾，露出光洁饱满的额头，她热情爱笑，谈吐大方，见到莹莹便和莹莹自我介绍说："我叫杜西河。"

在她的身边坐着一个沉稳淡漠、拥有小麦色肌肤的男人，很快莹莹便从西河口中得知，那是她的先生，他是著名的野生动物摄影师迟牧遥。

不知道为什么，在杜西河的身上，莹莹看到了一种久违的、生命原始的、如同火焰般熊熊燃烧的活力。

船划开波浪，在水上平稳地前行着，莹莹静静地看着窗外粼粼的水光，听杜西河讲那些关于自由和冒险的梦。

起初，莹莹只是简单礼貌地回应，后来杜西河讲，她跟着那时还不是她先生的迟牧遥在澳大利亚的大丁堡潜拍，见过最美丽的珊瑚海，也是在那里，她第一次与死亡擦身而过。那时，她曾痛彻心扉地以为，她所深爱、追逐的那个人最终残忍地抛下了她，让她沉入异国的海洋。一直到很久以后，她才得知，他救了她，在生死存亡的瞬间，他果断地将呼吸器塞在了她的嘴里。

莹莹被他们的爱情震撼，她想起了那次在无名湖，坠船沉入水底的自己，当时的文浚是带着怎样的心情将她救起的，她至今不得而知。

她与杜西河的境遇，如此相似，却又如此不同。

勇敢追逐爱情的杜西河跟着迟牧遥的脚步，成为一名野生动物保护协会的志愿者。

莹莹问:"你为什么要同我讲这些?"

杜西河俏皮地歪头看着莹莹,将那句"因为我在你眼中看到了绵绵的、无望的灰烬"吞入腹中。她说:"我以为你猜到了我的意图,我想邀请你加入我们的野生动物保护协会。"

这是一段很久以后莹莹回忆起来,依旧觉得神奇的相遇,可是,不得不承认,杜西河的故事打动了她,这是一个拥有自由和被爱的痕迹的女孩。

一年来,莹莹同这个女孩四处奔走,见到了很多自然界的动物精灵。

在这个协会里,有一个保护野生绿孔雀的组织。

由于栖息地被破坏、盗猎猖獗,现如今中国本土野生动物绿孔雀,竟然仅剩五百只!

协会的成员耐心地给莹莹看那些美丽的家伙在大自然的怀抱里自由飞翔的视频。它们在青山绿水中行走、跳跃、栖息、嬉戏、跳舞、开屏……可是画面一转,便切换成了人类对他们的捕杀镜头。

残忍、触目惊心。

莹莹的拳头握了又握。

她又想起了很多很多年前,文浚带回来的那只叫白云的白孔雀。

当时的她,因为无知,因为一己私利,迫切地想将它留下来,曾担心地问过文浚:"它会不会飞走?"

文浚成竹在胸:"放心,飞不了,已经叫人剪了她的翅膀。"

而今想来,她只觉羞愧难当,那样的自己又何尝不是和这些猎杀者一样自私残暴。

她不再陷在自己的情绪中,和这些保护者一起奔走呼吁,促使红

孔雀与蔷薇

河流域划入保护区域最后一道生命线。他们有一个愿望，希望未来有一天，他们能够看到"孔雀东南飞，五里一徘徊"的盛景。

保护者们来自五湖四海，有空的时候便聚在一起，济济一堂，每个人都很快乐。

莹莹教他们模仿动物跳舞，海豚戏水，大雁翱翔，跳得最让人称道和惊艳的是孔雀舞。后来，协会会长告诉莹莹想做个大型的活动，希望能让她去公众面前演出，让大家发现孔雀的美和善。她踟蹰良久，想来想去，觉得她应该答应这事，于是就答应了。

02

时隔多年，莹莹再次站在舞台上，一张盛放的淡粉色蔷薇面具遮住了她脸上的伤疤。

舞台上喷了很多干冰，白色的烟雾无尽地缭绕着，在那样的氛围里，她一身白羽，傲然而立，高贵、孤独，又像是身上天生环绕着一丝淡淡的哀愁。

她仿佛踩在厚重的云雾中，看不到脚下的地，只一时之间，很多遥远的、关于舞蹈的记忆涌入脑海，她一会想起周晓丽对她说的话：台风来了又怎样，只要舞台没有塌，我们就能跳下去。

一会，她又想起了叶柏伦，想起那个春风拂面而又执着的舞者。

她在心里是敬佩着他的，真正的舞者永远不会半途而废，他们将舞蹈当成一生的事业和信仰。

随着音乐声缓缓响起，莹莹忽然忘了自我。

她的肢体动了起来，像水，像风，跟着音乐缓缓流动，像一幅画卷，让冬日的荒野忽而被描上了春天的颜色。

她教过协会的小朋友一些模仿动物的舞蹈动作,可,这是一支从来不曾真正在人前正式和完整表演的舞。它所讲的是,在美丽的蔷薇花园里,被人剪断了翅膀的孔雀,一次一次地尝试着起飞,却一次一队地坠落。所有人都只看到它光鲜亮丽的羽毛,却没一人在意它是否自由、是否快乐。

它只能孤独地开着屏,跳着舞,陪伴它的只有一季一季开了又谢、谢了又开的蔷薇。

此时,没有人注意到,观众席的中央坐着一个优雅体面的男人,他在忽然之间老泪纵横。和他同来的,除了秘书谢铭,还有刘嘉树。

刘嘉树毕业后,进了文氏集团旗下的公司,他有一张英俊的面孔,也有聪明的头脑,加上暗中有文浚帮衬,年纪轻轻便做到了总监一职。

刘嘉树一直不解,一向只做大生意的文浚为什么要千里迢迢来到K城,并提出要注资这个籍籍无名的民间动物保护协会。

直到此时此刻,他亲眼看了这场表演。

他愣住了,久久地盯着舞台上的舞蹈演员,移不开视线。

一张蔷薇面具掩住了她的脸,她穿着用羽毛特制的长裙,人面雀身,远远看去,洁白如周身都落了雪。

射灯的光打下来,那是一个发光发亮的梦。

无论从任何一个角度望去,那舞台上的人都像极了一只高傲、孤单而又美丽的白孔雀,形似,更神似。

不,她就是那只孔雀。

谢铭轻声对刘嘉树说:"是不是悟到了什么?"

刘嘉树摇摇头,又重重地点点头。

这一刻,有什么在他心里破土而出,那是一种让他惊讶、欣喜而

孔雀与蔷薇

又不敢确信的东西。

那个人,虽然有半边脸戴着面具,可是她的身形、她的眼神、她的每一个动作都牵动着他的心,让他觉得那么熟悉。

刘嘉树几乎不由自主地把头转向文浚,想要从他的脸上确认什么,却见那个男人黑眸里有什么晶莹的东西在涌动,是沉醉的温柔?

这一刻,仿佛世界只有他和她。

一曲舞毕,铩羽的孔雀以一个优美的姿势伏在地上,舞台下响起了雷动的掌声。

很多观众为她而起身。

主持人适时拿着话筒出现在舞台上,说:"这是我这一生见过最美好的舞蹈,感谢我们的演员精彩的表演,我们的演员有什么话想要对现场观众说的吗?"

说着,主持人递上话筒,背景屏幕上是她放大的脸部特写,她黑白分明的双眼盈盈似水。像很久没有发过声了,她的声音有一些沙哑,她说:"我曾经也养过一只孔雀,当时将它送给我的那个人说,它被剪了翅膀,所以再也不能飞了,我很开心,以为这样它就可以一直陪着我。直到有一天,我在电视节目中看到在天空中自由翱翔的野生孔雀,才知道我做了多么残忍和自私的决定,我们人类是多么残忍而自私。现在在我国,野生绿孔雀已濒临灭绝,在这里,我想呼吁大家保护它们,保护我们的家园。"

她转身的时候,工作人员抱着满怀的花送上来。

莹莹诧异,她并不知道有献花的环节。

工作人员解释说,这不是原来安排的环节,是热情的观众送的花——捧满天星。

莹莹鞠躬道谢。十几岁的时候，她在旺角摆着一个小小的卖花摊，红白玫瑰最走俏，可她偏爱蔷薇，爱到尽人皆知，而鲜有人知，她爱的还有那细细碎碎的满天星。

那时住在九龙城，环境虽然很差，可是她会在墙上贴画，用瓶子插花，将晾干的满天星用布条捆着，挂在门后面，那是多么久远的时光。

回到后台，杜西河已经等在那里，女孩夸张地对莹莹竖起大拇指："莹莹姐，太棒了，真的太棒了，我总算知道什么叫惊为天人了。"

莹莹觉得这些年轻女孩说话不怕顶了天，脸上的妆容太过厚重，服饰也沉，她拉过帘子："辛苦你等我一下"

等她换好衣服出来，杜西咧嘴笑得灿烂："对了，我来是告诉你一个好消息，有人要重金赞助我们协会的公益事业，你这一舞可是功劳不小。"

"都是大家一起努力的结果。"话是这么说，莹莹心里也是这么想。

"你听我说完，这一次真的是因为你，这次给我们注资的人还特意点名说想见你一面。"

莹莹苦笑："西河，你知道我……"

"我知道为难你了，对不起，莹莹姐，是我光想着如果我们有了这笔经费，我们就能举办更多的活动，在全国各个城市做更多的宣传。"杜西河面露愧疚之色，"我尊重你的决定，投资什么的，不要也罢。"

"西河，你不用说了。我去。"莹莹知道投资商能注意到这种民间的动物保护协会并不容易，她不想因为自己让协会失去这个机会，便说，"你等我。"

约定的地点是一家云南餐馆，其奢华程度又不像那些普通的特色餐馆，西河说："这里的菌子特别有名。"

两人一路说着话,被服务员引着上了二楼,往深处的包厢走。

她们才刚到门口,忽然有个人冒出来:"姐。"

这一声"姐",熟悉又陌生,仿佛穿过山海,穿过岁月,响在莹莹的耳边,莹莹几乎没有什么反应的时间,她的人已经被一双有力的手臂用力地抱住了:"你还活着。"

等他将她从怀中松开,她才觉得眼眶一热,艰涩而又欣喜地喊出他的名字:"嘉树?"

"嗯,我是嘉树。"眼前的刘嘉树也眼含热泪,他已经是一个高大的成年男子,只是看到他的脸,你会深深感叹,有些人,被岁月如此宽待。

莹莹只觉得半生已过,而她的嘉树依然还是少年的模样。

对于这个同父异母的弟弟,莹莹早就从心底认同和接纳了,她不是不想他,只是,那一年,她走得太过狼狈和仓促。

有几次,她都犹豫着应该和他认真告别,可是每一次话到嘴边,都如鲠在喉。

最终,她不告而别。

如今猝然相逢,那些原本已经平复的情绪隔了岁月汹涌而来,她愣了好久,才举重若轻地问出那句:"嘉树,那个投资人是你吗?"

"姐,你先到里边坐,一会再细细和你说。"

杜西河见到此情此景,也很诧异,她原以为这是个商务局,结果却成了认亲局。这样想着,她轻轻地挽住莹莹纤瘦的手臂,在莹莹的耳边说:"莹莹姐,我怎么没有听你说过,你还有个这么帅的弟弟。"

03

刘嘉树带路,领着他们走进包厢,莹莹心情略有些复杂,好像没有办法组织语言将自己与刘嘉树的关系解释清楚。

她像鸵鸟一样低头向前走着,在刘嘉树说"姐,你坐那"时,忽而眼波触到了什么,脚步蓦地顿在原地,身子像注了铅块——

那包厢中间,璀璨的大吊灯下,正对着门口的主位上,坐着一个衣冠楚楚的人。

莹莹只觉心脏狠狠一抽,一瞬间,连呼吸都变得困难。

她从没想过再见到他的场景是这样的,那个人,是在她心里早已永别的人。

刘嘉树见她转身就走,情急之下朝前一挡,小声说:"姐,这么多年过去了,没有什么事是过不去的,你为什么连见都不肯见他。"

是啊,这么多年过去了,她想见他,想得快要疯掉,可是她怕见到他。

她怕控制不住泄露自己心中的软弱,还有绵延的、无尽的爱。

那些没有资格的爱,那些因为离别反而与日俱增的爱,在心里兀自发芽,冲破了土壤,如同苔藓般旺盛地生长着、生长着。

可是此刻,它又变成了一道影子,只要在阳光下一照,就现形了。

更何况,现在的她早就已经不是从前的柳莹莹了,在沧海桑田的人生里走了一遭,繁华过眼,苍凉尽处,她不过是一个已经老去的、容颜尽毁的女人。

而他还是文浚,那样的人,永远衣冠楚楚,众星捧月,身前身后所簇拥环绕的也个个仪态不凡,堪比人中龙凤。而他,从不会被任何人抢去风头,哪怕他不说一句话,站在那里,也永远是人群中最熠熠生辉的那一个。

孔雀与蔷薇

　　他与她之间隔着的不再是一个高蓉、一桩婚姻，不是爱恨算计、世俗礼仪，而是大千世界、滚滚红尘。

　　她想着，用力拿开了刘嘉树的手，脚步又加快了一些，几乎是跟跄的。

　　不知道这短暂的瞬间到底发生了什么的杜西河，原本还在暗暗地打量包厢中的人，这会发现情形不对，几乎是不由自主地对着坐在那里一看便位高权重的那人说了声"对不起"。

　　杜西河正欲去追离开的莹莹，那人却先她一步已经站了起来。

　　他真高，身上有种冰冷的金贵。

　　杜西河发现他追着莹莹而去的时候，神色紧张而焦急。

　　她是多么聪明的人，可是这一出，还是让她迟疑了半秒钟，才想起问站在原地摇头叹气的刘嘉树："什么情况？他们、认识？"

　　正好这个时候服务生上来礼貌地问什么时候可以上菜，刘嘉树没有直接回答西河的问题，而是说："他们不吃，我们吃吧。点了不少菜呢，就我们两人估计也吃不完，不如把你们协会的其他人都叫过来，人多热闹。"

04

　　"万物有灵且美，别让野生孔雀成为传说"主题公益活动的视频迅速开始在网上流传。

　　莹莹那段舞蹈被人单独剪了出来，那美丽的羽衣，高雅的体态，优美的舞姿，如入画境的表演让人赞不绝口，官方微博才不过两天时间，单条转发评论便过了三万。之后各大视频博主和网红大V以及公众号也为了蹭流量车轮式地转播，网友惊叹："这才是中国的舞者，是所谓天生被上帝吻过的人啊。"

动物保护协会一时涌来了很多人,工作人员留在网上的电话几乎被打爆了,还有不少主流电视台的综艺节目邀请莹莹上台表演。

有不知道从哪里得到她住址的记者等在她住的客栈下面,吓得一向深居简出的她把衣帽丝巾裹得更严实了。

最终,在协会其他成员的劝说下,她接受了一家视频媒体的电话采访,记者问:"柳莹莹小姐,广大网友都想知道,什么时候我们才能有机会在现场看到你跳一遍《孔雀与蔷薇》?"

莹莹看着桌上的插花,说:"这支舞,我一生只跳一次。"

"为什么?"记者追问。

"因为它是为野生孔雀的自由而跳,只为它们而跳。"她那一双盈盈似水的眼里有着每一个动物保护协会成员都有的光芒和坚定,"所以,还请大家不要把焦点放在我的舞蹈上,多多关注它们。"

是的,她为孔雀而跳,也为自己而跳。她所跳的,便是她自己的前半生。

后来,所有记者都散了,只有一个人还等在那里,一天,两天,三天。等到星子满天,又从天际消失,等到滂沱大雨落下来。

在很多很多年前,旺角一条不算知名的老街里,开了各式的小型店铺,有一家通宵营业的咖啡店,那里能看到整条街的光色灯影。有天,下雨,他在光色灯影里看到了不一样的风景。

是她踩着雨点的节奏惊鸿而舞,他悄悄给那支舞取了个名字——孤芳。

雨下得更大了,他又见到那道刺破黑夜,钻进他心里的闪电。

一个文姓,注定他不能做一个绝对纯粹的人,商场如战场,作为文氏集团的接班人,他必须时刻保持清醒的头脑,在迎接属于他的鲜

与孔雀蔷薇

花和掌声之前，要先学会披荆斩棘。

这些一直到她离开后，他站在那个最高的地方，万夫莫敌，不可动摇，却忽然发现他步步为营得到的这一切并不重要，可他越发醉心于工作。因为那样，他就可以把时间都填满，就可以彻底麻痹自己，没有一丝空隙去想她。

就这样过了好些年，他的侄子文简百川长大了，百川和他亲近。

文浚也有意将百川放在自己的身边历练，他的大哥难担重任，可是百川不一样，他在百川的身上看到了自己年轻时候的影子。

空闲的时候，文浚还是喜欢去旺角他最常去的那家咖啡厅，点一杯美式咖啡，有时会叫上欧阳。欧阳说："文浚，你变了不少。"

文浚说："是你不够了解我罢了。"

欧阳不是不了解他，而是太了解他了。

让欧阳颇为震惊的不是那个曾经说"众生与我何干"的文浚，这几年默默开始做慈善。而是永远知道怎么利用好媒体的商人文浚，现如今，大把大把地捐钱，人却非常低调，几乎从不在任何慈善晚会颁奖典礼上现身。

欧阳叹息："一九九三年，那个跨年夜，我在医院第一次见到她，就觉得这个女孩不同寻常，没想到，她竟能让你为她改变至此。"

文浚露出些微疲惫的神态："欧阳，你记得我爷爷离开那个夏天，我们坐在这里喝过一次咖啡吗？"

欧阳想了想，说："我记起来了，那天你心情不好，还淋了场雨。"

文浚指了指楼下的屋檐："那天有个人在那儿踩着雨点的节奏跳舞。"

欧阳顺着他的手指看过去，忽然懂了："是柳莹莹。"

不久后的一天，文浚察觉秘书谢铭满腹心事，欲说还休，问他："有事？"

谢铭愁容满面："文总，嘉树那边刚刚来电，柳小姐的那只叫白云的孔雀死了。"

动物最有灵性，在莹莹离开后那段时间，白云也变得郁郁寡欢，不再到处走来走去，无精打采地在水缸边晒太阳。

刘嘉树在它面前撒了一把米，它也爱搭不理。

刘嘉树忽然难过地想，它一定也很孤单，后来就一直寻思着，要不要弄一只孔雀来陪它，没想到过了一段时间后，它又自顾自地生龙活虎了起来。

听到谢铭的汇报，文浚面上没有太多悲伤，只说："孔雀的寿命最多不会超过二十载，白云算得上长寿了。"

谢铭知道老板嘴上不说，心里却难过。但凡关系到柳小姐，再小的事，他都会放在心上。

谢铭习惯性地揣测着他的心思，想说点什么转移他的注意力，又有点别有动机的意思："我这两天无意间看到网上有个保护野生绿孔雀的公益活动，还挺有意思的。"

文浚的手在桌上敲了两下，等着他继续说下去。

谢铭是个好秘书，勤勤恳恳跟在文浚身边几十年，文浚没有亏待他，大方让他持有公司的股份与期权。在其他人看来，谢秘书所站之处，不正是一人之下、万人之上的那个位置。

而他们之间也养成了一种旁人难以企及的默契。

有时候，文浚的一个不易察觉的眼神和一个微不可见的动作，谢铭都能迅速准确地捕捉到，并心领神会。

孔雀与蔷薇

这回更是不用多说,谢铭马上迅速地整理了公益活动的资料送到文浚的手里。

文浚是临时起意去 K 城的。

文浚几乎已经快成了半个慈善家,可是,无论多大场面的宴会,多么有背景的人物,都请不动他本人列席。谁能想到一个微不足道的动物协会竟然能让他亲自动身前往。

这些年,文浚是不是当局者迷,谢铭也不敢说,但作为一个旁观者,谢铭脑中是保留着那丝清明的。

05

谢铭拿来的资料是这个民间动物保护协会的宣传册子,十六开铜版纸印刷,一半是孔雀的图画册和协会的介绍,一半为活动信息。在册子的中间,有一张海报。

文浚的心脏骤然收紧,在画面映入眼帘的那一刹那。

那是一个戴着大大的花朵面具的人物侧脸的特写,高鼻薄唇,黑目乌发,肌肤似雪,眉毛上贴着细柳般的碎花,斜飞入鬓角,整个面部线条优美得像神之得意雕刻,她的头上还孤傲地立着洁白如雪的孔雀冠。

文浚喉结滚动,几乎不由自主地伸出手,却又徒劳地缩了回来。

他合上册子,当晚便命人订了去 K 城的机票。

谁也未想到,这场公益表演竟然颇具规模,现场来了不少人。

文浚穿着质地优良的衬衫,坐在闹哄哄的观众席上,坐得笔直端正,下颌线条紧绷,他竟一时之间像个要去见心上人的愣头青,心里直紧张。

忽然,全场的交头接耳、窃窃私语戛然而止,所有人都看向了同一个地方,盛装的舞者随着音乐缓步走上舞台,任何词语也无法细致地描绘出他们眼之所见到的美。

舞台之上,满目蔷薇妖娆盛开,她化成一只孔雀,拖翅、晒翅、抖翅、亮翅、展翅、点水、蹬枝、开屏、飞翔……灵动轻柔的是她那纤瘦修长的手臂,婀娜旖旎的是她柔软的身姿,华丽优雅的是飞扬旋转的裙裾……

可她,是一只断翅的孔雀,一次一次地起飞,又一次一次地坠落。

这一生,他有过两次惊鸿,第一次是在旺角的咖啡店无意中隔着雨幕看到那场仓促的雨中独舞,那是他第一次遇见她。

第二次,便是现在。她化身为唯美的孔雀,在小溪边戏水,在丛林中漫步,在蔷薇园中奔跑跳跃,高贵、冷艳、优雅、灵动、孤独……还有绝望。

文浚的眉眼染了霜雪,时间仿佛又将他们带回到海边那个种满蔷薇的大房子里。

那一年,蔷薇盛开的时候,那个瘦小的身子纵身一跃,心中又是带着怎样的绝望。

他每当想起这一幕,尖锐的刺痛便掠过他的心脏,让他血液逆流,懊恼与钝痛排山倒海般朝他袭来。不是感同身受,而是割骨剜肉的绝望,在她离开之后,日日辗转在他的心上,折磨着他。

舞台上的"孔雀",在她的演绎下,像是有了人的感情,亦真亦假,似实似虚,惟妙惟肖,直击人心。美丽的孔雀又一次飞了起来,飞得比刚刚任何一次都要高,可是只有一瞬便再一次重重地坠落在花圃中。

她匍匐在地,肩膀轻颤,缓慢而又倔强地仰起面孔,亮白的灯光恰好打下来,落在她的脸上。她的羽冠摇摇欲坠,长睫轻轻颤抖,眼角无声地滑落一滴泪,指间,是一瓣凋零的蔷薇。

孔雀与蔷薇

文浚看得清楚,在这一刻,这幅画面与过往记忆里那个亭亭玉立、无畏无惧、天真倔强的少女在他的脑海中重合,又更加快速地剥离。

她变了很多,可她又什么也没变。

第一眼看到那张海报,他就确定,那是他的莹莹,是他日思夜想的那个人。是故,他带着刘嘉树万里奔赴而来,他别有用心地想,她也许会将他拒之千里之外,但她一定想见一见她疼爱的弟弟。

故而,有了那场饭局——酒店里仓促地见过面,她落荒而逃。

文浚一早就料到会是这个结果,可心中还是免不了怅然。行动已经先于意识,他长腿一迈,追了上去。

她跑得跌跌撞撞,几次差点撞到路人。

他借着腿长的优势,没用太久,便追上了她。

"莹莹。"他喊。

这一声让她觉得恍若隔世,她下意识地掩着自己的脸,努力让自己的声音从容镇静,有几分冷若冰霜:"对不起,您认错人了。"

"我知道是你。"文浚胸口发闷,字字笃定,"我爱的人,即使化成灰,我也认识。"

这酒店外面有很多客栈和民宿,每一家都各有特色,莹莹惊慌失措,不知自己怎么跑进了别人的院子。

这个院子古色古香,入口是圆弧形的,像半面屏风,莹莹站在里面,入眼是墙角盛开的三角梅,而文浚追上来的脚步声就在外面不远处。

"不要过来。"她的心跳到了嗓子眼,这种院子一般只有一个出口,如果他再追过来,她便无路可逃了。

她心里知道自己这么说也是徒劳,文浚从来不是会听别人劝解和告诫的人。若是换作以前,这会,他人早就已经结结实实地堵在她的跟前了。

然而，不可思议的事情发生了——

这一次，文浚竟然听话地停下了脚步："好，我不过来，我就在这里和你说说话。"

"那有什么话，你快说吧。"饶是如此，靠在墙上的她仍旧感到呼吸困难。

文浚急切地想要走近她，从看到那张海报的那一刻起，他的心口便有一团燃烧的火，又怎么会轻易就因为她陌生而冰冷的口吻浇灭，可是，她的话让他不敢冒进："对不起，莹莹，我没有想过你我之间会变成这样。"

"都是过去的事了，不要再提了。"莹莹感到喉间艰涩，她定了定说，"你走吧。"

"那好……"文浚抬腕看了看手表，依依不舍地回头看了看，"你也早点回去休息，我先走了。"

直到听到他沉稳的脚步声渐行渐远，莹莹紧绷的神经才微微松懈下来。她小心地探出头，确认外面没有人了，终于重重地舒了一口气，胸腔仍旧起伏着，虽然极力压下心脏的跳动，试图稳住自己的情绪，可是，通红的眼睛早已经出卖了她。

她叹息一声，文浚啊，我该拿你怎么办？

之后几天，莹莹回到她所住的客栈二楼晒衣服，客栈的老板忽然上下打量她，说："柳莹莹，你是哪个名人吗？外边来了几个记者，说要采访你啊。"

"我不是。"莹莹无奈地摇头，她把衣服晾完，回到房间，撩起窗帘的一角朝下看去，果然，那下面站着几个背着相机的人。

看来，最近小城人们生活得安逸，他们这些人没什么新闻，才有

孔雀与蔷薇

这个闲工夫来找她。

她飞快地放下窗帘,可就在那个瞬间,一个高大熟悉的身影落入了她的眼里。

莹莹一整天闭门不出,中午也用外卖草草对付,一直等到夜里人静,才松了一口气,走到院子里坐了一会。这个两层楼的院子占地面积虽然不算大,但小桥和流水可谓之诗意。

莹莹坐在吊篮上,满脸疲倦,她微微闭上眼睛,摇着摇着。

铁链发出咯吱咯吱的声音,风很温柔,在耳边轻轻地吹,她的思绪不知道飘到了哪里。

忽然,砰地一声巨响,是铁架子上的藤编吊篮忽然倾斜下来,莹莹身形纤瘦,坐在吊篮里整个人被抛了出来,朝前栽去,扑通一声栽入了水里。

住客闻声纷纷开门走出来,客栈的老板正从外面回来,见此情景,慌忙放下手中的东西,欲上前拉莹莹一把,可是有人先了他一步。

一双有力的手拉起莹莹,她大半个身子都湿了,全是水,可是那人全然不顾,将他拦腰抱了起来,朝房间走去。

客栈的老板是个壮实的男人,他扶着自家吊篮,颇为小心地坐上去,摇了摇,发现仍然很结实。

"这吊篮摆在院子里八年,还从来没有人坐垮坐倒过。"他像自言自语,又像对其他住客说道。

下一秒,老板发现了更惊奇的事,这个叫柳莹莹的女人已经被住在一楼的那个男人抱进了自己的房间。

他记得这位房客是一个香港人,叫文浚。

老板摇了摇头,他们民宿又徒添了一段艳遇。

06

莹莹在摇椅上吹着风睡着了,这一摔,她有点没有回过神来,那张熟悉的、英俊的、眉头紧皱如冰山的脸映入眼帘,她第一反应是在做梦。

因为过往无数次在梦里也有过这样的情景,凄凉之处在于,明知是梦,可她还忍不住伸出手,指腹轻触他的眉心。

他不闪不躲,那双像冬日湖泊的眼睛深深地凝视她。

真实的触感让她觉得诧异,是不是因为白天见过他,所以这一次梦得格外真实。

下一秒,她忽然像触电一般弹开,这不是梦。

文浚稳稳地将她放在沙发上,声音很轻:"怎么了?"

"这不是我的房间。"莹莹这才发现,这个房间格局和摆设虽然和自己那间大同小异,但这不是她住的那一间。

"这是我的房间。"文浚穿得很休闲,衬衫湿了一大块,语气却很自然,说,"你的头发和衣服湿了,我去给你拿毛巾和吹风机。"

莹莹错愕,又从错愕变成悚然,那,她刚刚做了什么。

"你到底想做什么?"她听到自己的声音。

文浚已经拿了条浴巾出来,认真地帮她裹在了身上,接着又按住她的肩:"别动,我帮你吹头发。"

到底骨子里他还是那个霸道的大男子主义的文浚。

"我问你,你住在这里,到底想做什么?"她像是突然找回了理智。

"头发吹干了,我再告诉你。"他嘴角噙了一抹笑,竟像哄小孩一样哄着她,"乖。"

莹莹霍然站起来,抢过他手上的吹风机,扔在沙发上,急急地往门口的方向走。

她走到门口,手握住门把,却没有往下旋转,忽而停下了动作。

文浚面色一喜,却见她迅速转身,摘下了自己脸上的薄纱。

文浚的笑容僵在嘴角,他心中的狂喜还没有完全溢出,接着被巨大的震惊和心痛取代,因为他看到她那张精致美丽的脸上盘着一条醒目的疤痕。

香消玉殒,美颜不再,闻者叹息,见者侧目,令他几乎不敢去想,她是如何度过这些漫长的岁月的。

"莹莹……"他的声音喑哑。

"你也看到了。"她漠然地说,"和你在一起的那些日子,我已经付出多么惨痛的代价。请你……放过我,也放过你自己。"

都是肉体凡胎,谁能真正刀枪不入。

因为脸上这块疤,即使最热的夏天,她也终日戴着丝巾和面罩,不敢直面他人,只能活在阴暗和背光的角落,像个影子。

如何不痛,不过是哀莫大于心死罢了。可同时,她也因此如饮鸩止渴似的寻求着心理的安慰和救赎,她反复地、一遍一遍地告诉自己,她做错了事,这是应该付出的代价。

饶是如此,这样巨大的、惨痛的代价,她再付不起第二次了。

过往所有的痛苦又重新席卷而来,在她揭下纱巾的那一刹那,她将自己那半张留着醒目伤痕的脸清楚地暴露在他面前,将她的脆弱、难堪都暴露在他面前。明明她心里痛得要命,却虚张声势,决心要将他吓跑。

殊不知,她的冷漠在他面前破绽百出,像刀一样割着他。

日日将他折磨得不得安睡的,是她因为他所受的苦,是她在不为人知的地方默默流过的泪。

脸上忽然传来了手指的温度,莹莹才意识到他高大的身影不知何时已经走到了她的面前,而他的脸也在眼前被无限放大。他的眼眶已经泛红,那是她生平第一次看到他泪凝于睫。

"莹莹。"他低声唤着她的名字,伸出手,无限怜惜地捧住她的脸。

黑眸中压抑的、克制的情感几乎要喷薄出来,将她淹没。

莹莹闭上眼睛,想要逃避这与她纠缠了一生、依旧无法终结的宿命。

这一刻,世界静得仿佛可以听到彼此的心跳声,他修长的手在微微发抖,她的心也跟着发抖。

"还记得在你出事的前的那个晚上,我和你说过的那句话吗?我说过,等我回来,我有事情要告诉你。"良久,他吐字清晰缓慢,像是生怕自己吓跑了她。这个含着金汤匙出生、在商海沉浮半生,让她痛彻心扉的男人瘦了,面容沉冷,鬓已微白。

莹莹睁眼,没说话,茫然空洞地看着他的身后,那里什么也没有。可是无数的往事扑面而来,她的思绪像是被猫抓乱的毛线团。

混乱里,有一个线头若隐若现,没错,他说过那样的话,在那个月色如纱、无限温存的夜晚,他让她枕在他的胳膊上,说:"我要出几天差。"

她:"嗯。"

他说:"回来后,我有事要告诉你。"

"好。"她也不问是什么事,因为知道问了也没有用,他想说的时候,自然会说。

或许是因为上次她想趁机逃跑,他并不是每次出差都和她说。只是这一次,他好像格外不舍。

"你没有一点期待吗?"他在黑暗里凝视着她。

"期待什么?"莹莹本不想在这个时候激怒他的,他最近来得太勤了,难得出差能让她松一口气。

大手盖在了她的额头上,长身已经倾覆过来,表示了对她的反问和不满。

……

回忆依然清晰,只是,那时的她心如死灰,无暇多想。

"莹莹,我本想那次出差回去就把和高蓉解除了婚约的事情告诉你。"他一字一顿地将迟来了很多年的真相和从未表露过的情感讲给她听。

他说:"我的心里除了你,从来没有过别人。"

莹莹心中绞痛,她怀抱着美好的愿望,以为她可以重新开始生活,以为时间会淡化和稀释一切,以为她与他的羁绊是前世因果,可他又猝然出现,将她从虚妄如同一场大梦的人生中猝然拉回。

那是她穷尽一生、以死相搏,也未能摆脱的心结,她转过身对着门,眼眶里蓄满的泪水终于不堪重负,再也忍不住纷纷滚落下来。

他见她纤瘦单薄的肩膀抽了抽,忍不住走过去将她抱在怀中,大手安抚似的抚着她的后脑,将她按在自己宽阔的胸膛,抱得那样紧,恨不得将这么多年的思念都揉进她的身体:"莹莹,回到我身边好吗?"

他的呼吸炽热,心跳有力,这是她所熟悉的那一个拥抱。

忘记吧,她亦想,自己能够忘记。

可那些发生过的爱恨、算计又如何能当作没有发生,它们隔在其中,提醒着她,永远不要再靠近这个人,不能向自己的内心屈服和投降。

莹莹努力收住自己的眼泪,挣脱开他,冷声道:"文先生……"

"不许拒绝。"他好像知道她要说什么,打断道。

她讥诮地笑了:"那么,你还能给我什么?"

这句话让文浚瞬间沉默,是的,他曾经对她有过算计,用过手段,他也曾以为她和世间所有寻常的女子一般，用锦衣玉食的生活便能收买。

可他错了，错得离谱。

他所拥有的那些东西，那些让别人趋之若鹜的，于她来说不过是冰冷的、毫无温度的、沉重的枷锁。

"我什么也给不了你，除了文太太的身份。"他叹了口气，转身在衣柜拿了一件毛衣，认真地裹在她的身上，"夜里凉，穿上它。"

很多很多年前，他们在太平山顶俯瞰整个维多利亚港的夜景，他脱下外套，不由分说地披在她的身上，也对她说："穿着。"

那时的他何等风光得意。

而此刻，客栈柠檬黄的灯光斜斜地落在他的身上，将他的影子投在地上，让他高大的身影看起来竟有一些孤单寂寥。

莹莹蓦地心里一软。

她忽然发现，那个很多很多年前对她说"我可以给你想要的一切"的文先生，那个意气风发的文浚，真的老了。

（全文完）

初稿二〇一八年春天，完稿于北京通往上海的高铁。

定稿二〇一八年夏天，于上海某公寓。

孔雀与蔷薇

后记 1
我不愿深情是场悲剧

小说还没有写到三万字,我心血来潮,有点任性地先写了后记。

早在写《一万次别离》以前,就有人劝过我写这个长篇,当时我无动于衷,因为文浚这种既想要江山又想要美人的男人,还挺难把握的。

如果不是用旁观者的角度去讲述,把两个时代、两代人连接起来,让读者更直观更清晰地看到他温柔的、痴情的那一面,多半写出来不讨喜,毕竟他展现给女主角的可能还有更多的专横、暴烈、占有、城府、自私。

同时,他也像个猎人,英俊多金,循循善诱,一点一点抛出他的饵,让她爱上他,又让她恨自己爱他。

他宠她,但无法把自己的全部给她。

他让她那样心碎。

可是,如果长篇依旧用旁观者的视角写,很可能就会避重就轻,被讲述人抢戏。

总之,我也纠结了很久。

写第一版开头的时候,我曾试图完全抹去原来短篇的痕迹。一个看过短篇的作者朋友对我说,我太爱你的《孔雀》了,故事、情感、包袱都恰到好处,看到结尾——文浚的未婚妻走到女主的面前,对她说,一九九三年,医院门口,文浚派人载走了一个哭泣的女孩——反转也特别自然。

她说,长篇很难比它写得更好了。

是啊,它已经是一个完整的、满载盛誉的故事了,我该不该去碰它?这样的疑问时常盘旋在我的脑海中。

可最后,我为什么又决定写它呢?

这个决定某种程度上是我对市场的把控权衡后做的,算是一种妥协吧。

显然,我已经过了依靠情怀写东西的年纪了,可是又不想彻底写那些商业化的东西,那么就折中地选择了这个故事。

另一方面,正因为有这些声音,我才有点跃跃欲试地想去挑战它——我想要文浚真正有情有义、有血有肉地出现在大家的面前,万字长的短篇无法承载的东西,交给长篇刚刚好,不是吗?

对于莹莹来说,一块蛋糕可以分享,但是爱情不能。更何况,这爱情从一开始就带着谎言和阴谋。

万字短篇的剧情里,她是他的囚徒,是被他剪断翅膀关在华笼中的孔雀。她觉得爱比死更冷,于是,她向往自由,以死相搏。

爱到深处,彼此折磨,互相伤害。

但只能这样了吗?

不是的,爱到深处最好的结局是耳鬓厮磨、依偎着取暖,相互成就。

于是,我重新构思了莹莹这个人物:她自幼学舞,拥有惊人的天赋和舞蹈才华,可是为了寻找父亲来到香港后,逼自己放弃了梦想。

说到这里,有件事特别值得一提。

孔雀与蔷薇

二〇一七年十一月十一日，有朋自远方来。

于是，长沙某酒店里，我和她讲了这个故事，她几乎是兴奋地说，你快写，这个故事好看，你相信我的眼光。

我说，我一直在想女主做什么职业好。

第二天，我们在窗前喝茶，是她从泉州带来的普洱。

那天我们开怀畅饮，很快定下了女主的职业，聊到了尽兴处，觉得十分精彩，全身起了鸡皮疙瘩。

我讲：原来的情节，女主跳楼毁容，被人宣布死亡，男主不信，他去太平间一一拉开了所有的抽屉，却没有找到女主的尸体。你觉得还要不要保留？

她接：保留吧，很凄美。你写男主做了一块墓碑，碑上没有名和姓，只有一个孤单跳舞的身影。

我们不约而同：他其实知道她没死，他不相信她死了。

我真是喜欢这样的灵感碰撞。那种凄美感，我不知道你们能不能从书中体会到。

还有另外一个情节，男主第一次见到女主，不是在兰桂坊，是一个四下无人的下雨天，在旺角的屋檐下，女主情不自禁地跳了一支舞——一支孤独而又惊艳的舞。

她不知道，那支舞其实有一位观众，而那位观众改写了她的一生。

身体其实是存在记忆的，从小学舞并且热爱它的人，在理智上控制自己不去跳舞，可记忆会在某个特定的时刻突然被唤醒。一瞬间，或者比一瞬间要久一些，只是等意识到时，你已经因为惯性做了某件事情。就像经常坐在电脑前面的人，有时候手指会在空气中无意识地上下敲击，仿若在键盘上跳跃。

而某人画龙点睛地补充：女主的舞步必须得是踏着雨点的节奏的，男主在旺角的二楼，刚好可以清楚地看到这幅画面。

这个人就是我的闺密阿吕。

她说：到时你写后记的时候，记得把今晚写进去，夸一下我。

我说，好、好、好。

所以，文浚从一开始就知道莹莹的梦。他是因她的梦而动心，并且一直在偷偷帮她圆梦。

可是，另一方面，他又怕那个梦让她走得太远。

于是，他用金屋将她藏起来，用笼子将她困住。

……

我心中最爱的情节是，经年以后，她容光不再，戴着蔷薇面具，跳的那一支舞。那支舞讲的是，在美丽的蔷薇花园里，被人剪断了翅膀的孔雀，一次一次地尝试着起飞，却一次一次地坠落。

所有人都只看到它光鲜亮丽的羽毛，却没有一个人在意它是否自由、是否快乐。

它只能孤独地开着屏，跳着舞，陪伴它的只有一季一季开了又谢、谢了又开的蔷薇。

那支舞，她一生只跳一次。

因为她跳的，便是她自己的前半生。

……

而那支舞将重新改写她的命运。

二〇一七年十一月二十六日

米炎凉　长沙

与孔雀蔷薇

后记 2
温柔而暴躁的夏天

夏天的清晨,上海落雨,我独自撑着伞走在江宁路上,忽然觉得人生那样虚妄。

这个故事,从短篇变成长篇,时隔了三年,它藏在电脑里,跟着我一路漂泊,从武汉到长沙,从长沙到北京,又来到了上海。

六月的上海,不热。

甲方办公室里的空调开得很足,在来之前,我曾犹豫要不要带一件外套,来后便懊恼没有将外套带来。

我的行李箱里装了很多条裙子,都是裙子,我觉得冷。数月前,在这里认识的女孩不顾自己感冒刚有好转,特别友善地脱下她的外套塞到我的怀中。几经推诿后,我最终有点不好意思地将外套裹在身上,瞬间暖意传来。那天吃饭时,我随口说了一句有点肚子疼,她又慌忙给我找了药片。

她是我在现实生活中见过的个子最高的女孩,有一米八四,是高但不显突兀的身材,她开玩笑地说要认我做师父。

我说,好啊。

后来有一天中午,我们吃完饭,在路上边走边聊。忽然下起了小雨,我扯着衣服盖在头上,她笑着说,这么小的雨很浪漫的。

我喜欢这样的女孩,温柔而有力量。

虽然只来过上海几次,但一直以来,我都喜欢这座静谧的城市,喜欢那些爬满藤蔓也爬满故事的老洋房,也喜欢隐藏在一幢幢高楼中装修并不算豪华的餐馆里淳厚鲜美的本帮菜。

而在这个故事真正落下最后的句点之前,我在北京,和狄狄一起经常抱着电脑,坐在中国传媒大学旁边的某家咖啡厅里,点一壶茶、一盘水果沙拉。我觉得这里的咖啡不算好喝,但她喜欢这家的意大利面。

她写得很快,我写得很慢。而我们身边除了一些谈网剧或互联网项目的人,大多是努力学习的年轻面孔,余光一瞥,就能看到他们的电脑屏幕上整版的英文,这座城市的每个人都那么努力,面上发着光,身在其中,会让人不自觉地受到感染。

而后有段时间,我开始频繁出差,有时候会特意选择坐高铁,因为有四五个小时,漫长而无聊,适合写稿来打发时间。这个故事的初稿便是在上海回北京的高铁上写完的,写到后来,我大抵是有些急于完成它,连自己都觉得结尾略显仓促。

我是不满意的,一直都不满意,所以总想着,要修一修,再修一修。

可是,有一天一觉醒来,我惊讶地发现,一年就这么过去了一半,朋友圈都在刷儿童节快乐,我想着一些有的没的,故事其实早就修改到最后一章,它停在那里很久很久没有动。

时间一直向前,只有我自己,傻傻地愣在那里,像是一只坏掉的钟,不能摇摆，不能动弹。

  我都怀疑自己得了厌食症，明明肚子很饿，但点的外卖都没有吃下去。我打开手机，很多读者关注了公众号、加入了QQ群，这些跳跃闪动的头像都变成某种无形的压力，蜂拥而至。我整个人都很焦虑，看着公寓里乱七八糟的盒子，心里却生出一个莫名而突兀的念头——我要写个关于厌食症的故事。

  有人说，七情六欲中，食欲最凶残。

  那么，徒劳无功而又旷日持久地爱一个人，像不像一遍一遍逼着自己吃下难以下咽的食物？

  不像。

  但无论爱还是食物，没有变成养分，便会成为一种消耗。

  而莹莹这一生，耗损得太过厉害。

  得与失，大概只有她自己最清楚。

  我收拾了所有的外卖盒子，穿着宽大的T恤和牛仔裤，下楼右拐，穿过马路，经过一个十字路口，在85℃买了一个芝士蛋糕，食不知味地吃到一半。

  然后，我盘着腿坐在电脑前，写了这篇新后记。

  这是一个温柔的夏天，然而，我有一点暴躁。

二〇一八年六月三日
米炎凉 上海